SUTTON
VERLAG

Henry Köhlert

DER HOCHZEITSRING

HISTORISCHER ROMAN UM DEN ERFURTER SCHATZ

SUTTON VERLAG

Sutton Verlag GmbH
Hochheimer Straße 59
99094 Erfurt
www.suttonverlag.de
www.sutton-belletristik.de

ISBN: 978-3-86680-876-8

Titelbild © Foto des Hochzeitsrings: Thüringisches Landesamt für Denkmalpflege und Archäologie, Archiv/B. Stefan
© Stadtansicht Erfurdia, aus: Paravum theatrum urbium praecipuarum, Frankfurt/M. 1595 o. 1608, Holzschnitt nach Abraham Saur, Frankfurt/M. 1953: Stadtarchiv Erfurt, Signatur IIIA3/3, KBT 623

Druck: CPI books GmbH, Leck

DER AUTOR

Henry Köhlert, Jahrgang 1963, lebt seit 2002 mit Frau, drei Kindern und Hund in Erfurt. Der Absolvent der Axel-Springer-Journalistenschule ist seit vielen Jahren mit Leib und Seele Journalist. Privat liebt er die Vergangenheit und das Wühlen in den Archiven von Stadt und Land. Dabei entdeckte echte Kriminalfälle hat er gemeinsam mit seiner Frau Corinna bereits zu mehreren Kurzkrimis verarbeitet. »Der Hochzeitsring« ist sein erster Roman.

PROLOG

Kaum hatte der Arbeiter den Start-Knopf des Diesels gedrückt, tuckerte der Motor des Baggers los, blies blauen Qualm durch den rußgeschwärzten Auspuff in den weiß-grauen Himmel über Erfurt. Der Mann gab Gas, das Tuckern wurde gleichmäßiger, der Qualm weniger. Stotternd setzte sich der Bagger in Gang, rumpelte über die unebene Erde bis zu einem uralten Kellerzugang.

Es war der 8. September 1998, eine Baustelle an der Michaelisstraße. Ein Keller aus dem hohen Mittelalter im Hinterhof sollte Fahrradkeller werden, ein Abfallschacht war als Zugang zu einer Tiefgarage vorgesehen.

Parallel liefen archäologische Grabungen – diese Gegend in der heutigen Altstadt Erfurts zählte im Mittelalter zu den reicheren Vierteln, hier lebten jüdische und christliche Händler, Goldschmiede, Ratsmitglieder, Hofbesitzer, Finanziers Haus an Haus.

Die Bauarbeiten liefen planmäßig, bis zu dem Moment, als die Baggerschaufel auf etwas Unerwartetes stieß.

EIN MORGEN VOLLER TRÄUME

JANUAR 1349

Als er die Augen aufschlug, sah er nichts. Völlig finster war es. Konrad versuchte, irgendetwas zu erkennen, doch da war nichts. Nur Dunkelheit. Sein Gehör registrierte das Trappeln kleiner Pfoten, und er wusste sofort, dass die scheue Ratte, die er bisher erst ein einziges Mal in seiner Kammer zu Gesicht bekommen hatte, um sein Bett lief.

Trappel, trappel, dann Stille. Sie musste in irgendein Loch verschwunden sein, dachte er sich.

Konrad registrierte, dass ihn ein Traum geweckt hatte. Kein guter Traum, sonst wäre das Grummeln in seinem Bauch nicht da. Er konnte sich überhaupt nicht daran erinnern, was ihm diese diffusen Angstgefühle eingeflößt hatte. Wirre, ängstliche Gedanken flogen ihm durch den Kopf.

Normalerweise wusste er nach dem Aufwachen sofort, was er an nächtlichen Fantasien gehabt hatte. Konrads Leben war größtenteils von seinen Träumen bestimmt. Manchmal träumte er von seiner Arbeit als Schüler eines Goldschmieds. Davon, dass er das Gold nicht flach genug geschlagen hatte. Oder der Schmuck nicht mehr ineinander passte, der Ofen zu heiß und alles umsonst gewesen war.

Oder er irrte in seinen Träumen durch die Straßen, auf der Suche nach seinen Angehörigen, die keine Gesichter hatten. Er konnte sie nicht finden, und je länger er lief, desto weiter waren sie von ihm entfernt. Manchmal träumte er vom Hunger, den er vor langer Zeit täglich verspürt hatte, dann sah er sich durch die Straßen laufen, um irgendwo etwas zu essen aufzutreiben.

Er träumte oft vom Bösen, das überall lauerte. Von Landsknechten, die ihn verprügelten. Einfach so, nur weil er stumm war und ohne Eltern, die ihn beschützen konnten. Die Männer hatten ihre Freude daran, ihn zu schubsen und zu schlagen. Und niemand half ihm.

Oft begegnete er im Schlaf dem Satan, den gefallenen Engeln. Immer wieder hatte er von ihnen gehört, und irgendwann hatten die Dämonen in seinen Gedanken Gestalt angenommen. Sie wollten ihn verführen, verkleideten sich als Frauen mit gewaltigen Brüsten. Oder boten ihm gestohlene Schätze an, und immer, wenn er sie annahm, fiel er in ein tiefes Loch. Mitten im Fallen wachte er dann auf.

Seit einiger Zeit wurden seine Träume bunter. Schöner. Auch sie hinterließen ein komisches Gefühl im Bauch, aber ein ganz anderes. Dann träumte er von der Frau seines Meisters – es waren verbotene Träume, gewiss, aber sie waren schön.

Natürlich schämte er sich dafür, die Frau in seinen Träumen so zu sehen, wie Gott sie geschaffen hatte. Aber sie war einfach so gebaut, dass er immer wieder an sie denken musste, eben auch in seinen Träumen. Ihre Brüste waren trotz der vier Kinder, die sie hatte, geformt wie Äpfel. Das konnte er sehen, wenn sie die Kleider aus Leinen trug, die an der Seite unterhalb der Achseln weite Ausschnitte hatten. Und wenn sie sich bückte und er einen schnellen Blick auf ihren Hintern warf, erkannte er die straffen Formen der beiden Gesäßbacken. Nicht schlaff wie bei so vielen Frauen in diesem Alter. Waren ihre Brüste wie Äpfel geformt, so glich ihr Hintern einer Birne, dachte Konrad.

Sein Meister schien seine Gedanken lesen zu können, aber es störte ihn anscheinend nicht. Wenn er mitbekam, wie Konrad seine Gattin mit kurzen, nervösen Blicken ansah, lächelte er nur. Konrad spürte dann, wie ihm das Blut in den Kopf schoss, und seinen Meister schien das sogar zu amüsieren.

Aber in dieser Nacht hatte er nicht von der Frau des Goldschmieds geträumt, das wusste er. Denn normalerweise regte sich nach diesen speziellen Träumen etwas unter seinem Nachthemd, das nur schwer wieder rückgängig zu machen war. In dieser Nacht war aber alles ruhig geblieben unter dem derben Stoff, es musste etwas anderes gewesen sein.

Konrad atmete tief ein und spürte, wie er kalte Luft in seine Lungen sog. Seine Nasenspitze, die Hände, die Füße, seine Wangen – alles war kalt. Er lag auf klammem Stroh, und auch die Decke, die ihn eigentlich wärmen sollte, war kalt und feucht. Die Kohle in der kleinen Bettpfanne zwischen seinen fast steif gefrorenen Füßen war längst erloschen, das Metall war mittlerweile eiskalt.

Konrad spürte, wie kalte Luft durch die Ritzen im Dach kroch, sich in seiner Kammer breitmachte und auf sein Gesicht legte. Wieder einzuschlafen war sinnlos. Zu kalt und zu viel Traum im Kopf. Er stützte sich auf und öffnete die Augen soweit er konnte, doch er sah immer noch nichts. Es war stockfinster in seiner Kammer, und er wusste jetzt, dass draußen noch finsterste Nacht sein musste – sonst wäre wenigstens etwas Licht durch die Ritzen der Holzlade gedrungen, die das eine Fenster im Giebel vor Wind und Wetter schützen sollte.

Die vollkommene Dunkelheit und die Kälte störten ihn, ebenso die Feuchtigkeit um ihn herum. Auch der neue Abzug für die beiden Küchenfeuer im Erdgeschoss, der mitten durch seine Kammer führte, musste mittlerweile bitterkalt sein, dachte Konrad.

Er klemmte seine kalten Hände zwischen Laken und Rücken. Das war unbequem. Und richtig warm wurden die Hände dadurch auch nicht. Also drehte er sich um, versuchte es jetzt mit den Händen zwischen seinem Bauch und dem Stroh. Das war aber schon so hart geworden, dass es seine Körperform nicht mehr annahm, und er jetzt wie auf einem Brett lag. Und die eiskalten Hände gruben sich unangenehm in seinen Bauch. Er drehte sich wieder auf den Rücken.

Konrad war jetzt hellwach. Langsam schlug er die Decke zurück, setzte sich auf, stellte beide Beine auf den Fußboden und bereute es sofort. Der Holzboden war eiskalt. Er suchte seine

Stiefel, fand sie natürlich nicht, fischte im Dunkeln auf dem Boden nach seinem zweiten Hemd. Endlich entdeckte er es, fand das Loch zum Reinschlüpfen, zog das Ganze über sein klammes Nachthemd, stand auf und reckte sich. Jetzt, wo er wenigstens zwei Kleidungsstücke am Körper hatte, wurde ihm schon ein wenig wärmer.

Vorsichtig tapste er, die Hände voran, zum Fenster, stolperte kurz vor dem Ziel über seine Stiefel, fiel hin, griff nach den Schuhen, streifte sie sich im Sitzen über die kalten Füße, stand zu schnell auf und geriet dabei ins Wanken. Hüpfend versuchte er, das Gleichgewicht wiederzufinden, schaffte es natürlich nicht und landete wieder auf dem Boden. Konrad rappelte sich auf, rieb sich seine Knie, ging ein paar Schritte vorwärts und stieß gegen die Mauer. Seine Finger tasteten über die kalten Steine und fanden schließlich das steif gefrorene Tuch, das die Fensteröffnung verdeckte. Er schob es beiseite und öffnete vorsichtig die Verriegelung des Fensterholzes. Das war ein Fehler.

Denn eiskalter Wind blies ihm pfeifend unzählige winzige Schneeflocken ins Gesicht, die schnell auf seiner Haut tauten. Nicht nur, dass ihm lausig kalt war, jetzt war er auch noch nass. Und an Schlaf war nun gar nicht mehr zu denken.

Schnell zog Konrad das Fensterbrett wieder zu. Er hatte einen Entschluss gefasst und wusste, wo er den Rest der Nacht verbringen wollte. Er tastete sich, die Hände wieder nach vorne ausgestreckt, durch die Dunkelheit seiner Kammer Richtung Tür. Er öffnete sie und ging so vorsichtig wie er konnte die leise knarrenden Stufen hinab. Er hatte schon oft nachts nach wirren Träumen das Haus erkundet, so dass er mittlerweile jeden Winkel kannte und wusste, welche Stufe besonders laut knarrte.

Bei einem seiner Ausflüge war er aus Versehen zu nahe am Bett des Meisters vorbeigeschlichen und hatte in der Dunkelheit Geräusche gehört, denen er nachts zwar etwas abgeschwächt in seiner Kammer schon oft gelauscht hatte, die er aber nicht einordnen konnte. Ein rhythmisch schmatzendes Klatschen war es, ein leises Stöhnen vom Meister und seiner Frau, dann heftiger Atem, das laute Knirschen des Bettes. Er hatte damals nicht gewusst, ob der Meister ihn gehört hatte, als er plötzlich neben dem Bett stand und versuchte, das hektische Treiben auf dem Stroh zu verstehen. Eines aber wusste Konrad: Das Ganze war ihm außerordentlich peinlich gewesen. Seitdem machte er bei seinen nächtlichen Ausflügen einen Bogen um das Ehebett.

Im ganzen Haus war es finster. Konrad tastete sich an den Wänden entlang durch die Räume, in denen tagsüber der Schmuck aus Gold und Silber ausgestellt war. Eine seiner Aufgaben war es, diese Dinge abends in großen Truhen zu verstauen und sie morgens frisch poliert wieder aufzustellen. Für die Kunden, die so zahlreich die Werkstatt des Meisters aufsuchten.

Er öffnete eine schwere Tür aus fast schwarzem Eichenholz und trat in die matt erleuchtete Werkstatt, ein Öllämpchen sorgte für flackerndes Licht. Der Meister hatte ihm aufgetragen, es auch nachts brennen zu lassen, trotz der Angst vor einem Feuer. Die Angst vor Dieben war einfach größer. Denn jeder in Erfurt wusste, dass Thomas von Weimar reich war. Wie alle Gold- und Silberschmiede der Stadt. Der Mann hatte ein Steinhaus, keines aus Holz oder Fachwerk. Und das Dach war mit Schindeln gedeckt, nicht mit Stroh.

Konrad wandte sich einem der vier Fenster zu. Kostbares, in Blei gefasstes Glas verhinderte, dass der Wind die Wärme allzu schnell aus der Werkstatt vertreiben konnte. Glas kostete ein Vermögen, doch sein Meister war der Meinung, dass die Menschen von draußen sehen sollten, wie kunstvoll hier gearbeitet wurde. Und sie sollten sehen, dass der Meister nicht mogelte beim Verarbeiten von Gold und Silber.

Konrad blickte durch die Schlieren im Glas, doch er konnte draußen nichts erkennen. Das Morgenlicht war noch weit entfernt. Seit gestern trudelten winzige Schneeflocken auf den durch die eisige Kälte hart gefrorenen Boden des Hofes, bildeten eine Schicht, die bei jedem Windstoß aufwirbelte, um sich neu zu formieren. Mal zu kleinen Hügeln, mal zu Flüssen aus weißem Puder. Konrad hatte gestern, an seinem freien Sonntag, fasziniert diesem Spiel der Natur zugeschaut.

Hin und wieder schien es jetzt so, als ob eine Schneeflocke, vom Schein der kleinen Flamme des Öllämpchens kurz erfasst, vor dem Fenster zu tanzen anfing. Um dann in der Dunkelheit zu verschwinden. Die Schneeflocken, die sich im Fensterkreuz verfangen hatten, hatten eine feste Kruste aus Eis gebildet. Konrad strich mit seiner linken Hand über das Fenster, ein Finger spielte mit den Wassertropfen, die sich auf der Innenseite der Fensterscheiben gebildet hatten. Er rieb das Wasser zwischen Zeigefinger und Daumen und roch daran. Es hatte einen leicht bitteren Geruch nach Metall.

Noch war es in der Werkstatt erheblich wärmer als draußen, dafür sorgte die zusammengefallene Glut des Feuers, das er gestern Morgen entfacht und das den ganzen Tag über gebrannt hatte. Bald wären auch die Wassertropfen an der Innenseite des Fensters gefroren, dachte Konrad. Er drehte sich um, ging zu einer Werkbank in der Nähe der Glut, zündete ein zweites Öllämpchen an. Konrad stellte die beiden Lichter auf die Werkbank, und setzte sich auf einen kleinen Hocker.

Das Licht beleuchtete ein Meisterwerk, das auf der Holzbank stand, eine wirklich einzigartige Arbeit. Die Flammen der Öllämpchen spiegelten sich im polierten Silber wider, machten durch zarte Schatten die feinen vergoldeten Linien und Verzierungen des bauchigen Gefäßes fast lebendig. Der Becher aus reinem Silber hatte vergoldete Beschläge. Er war ganz das Gegenteil der üblichen Becher, dieser plumpen Gefäße, die zumeist aus Holz gefertigt waren. Dieser hier bestand aus zwei fast identischen Teilen, die eigentlich eins waren.

Diesen kostbaren Becher, aus dem zwei Männer gleichzeitig trinken und sich dann das Beste wünschen würden, konnten sich nur die ganz Reichen leisten. Der Adel, die Stadträte, die Meister einiger Zünfte und eine Handvoll Juden, die Geld verliehen –

was Gott eigentlich verbot – und oft mit den kostbarsten Dingen handelten, die Konrad nur vom Hörensagen kannte. Dinge, die von weit her kamen, oft vom Ende der Welt. Der Silberbecher, Doppelkopf nannte ihn der Meister, sollte bald an so einen reichen Menschen verkauft werden: Ein Jude hatte ihn in Auftrag gegeben, zur Hochzeit seines Sohnes.

Konrad hatte an dem Doppelkopf mitgearbeitet, die Zierteile unter größter Mühe und mit großem Stolz feuervergoldet – einige Teile waren kaum dicker als ein Haar. Die Becher selbst hatte ein Geselle aus Silberbarren getrieben. Stundenlang hatte er das weiche Metall mit einem Hammer bearbeitet, bis endlich aus dem dunklen Klumpen ein makelloses Gefäß geworden war.

Thomas von Weimar, den Goldschmied, hatte das Ganze anscheinend gar nicht sonderlich interessiert. Er hatte seit Tagen nur Augen für eine neue Mode: eine ganz besondere Art von Emailarbeit. Angeblich hatten die Araber sie erfunden, so der Goldschmied, oder es waren die Spanier. Könnten aber auch die Franzosen gewesen sein, die das Zeug Schmelzglas nannten – so ganz sicher war sich der Meister nicht. Thomas von Weimar hatte sich die Technik bei einem anderen Erfurter Goldschmied abgeguckt und sie jetzt zum ersten Mal am Doppelkopf angewandt. Immer wieder hatte er in den letzten Wochen geflucht, missratenes Material durch die Gegend geschleudert, seine Frau angeschrien, sogar die beiden Gesellen mit allem beworfen, was ihm in die Finger gekommen war.

So kannte Konrad seinen Meister gar nicht. Es war das erste Mal, seitdem er in dessen Familie aufgenommen worden war, dass er den großen Goldschmied am Ende seiner Geduld gesehen hatte. Doch vor zwei Tagen war dem Meister der Schmelzüberzug geglückt, niemand konnte sich erklären, warum es auf einmal funktionierte. Auch Thomas von Weimar nicht.

Normalerweise war es nicht so schwierig, geschmolzenes Glas auf ein Metall aufzubringen. Quarz, Feldspat, Borax, Soda, Pottasche, Blei und andere Dinge, von denen Konrad noch nie zuvor gehört hatte, wurden dabei erhitzt und verflüssigt. Irgendwann wurde die Email weiß und mit einigen Zusätzen sogar farbig. Auf Kupfer aufgetragen, glänzte Email wie ein Edelstein. Die neue Mode wiederum sah Silber statt Kupfer vor, dadurch wirkten die Farben noch viel lebendiger. Als ob sie ein Abbild der Natur wären, fand Konrad.

Und so schmückten jetzt vier emaillierte Medaillons, von Thomas von Weimar mühevoll nach der neuen Art hergestellt, den Doppelkopf. Und zwar an Stellen, wo niemand sie zuerst vermuten würde: Sie waren außen unter dem Fuß und innen am Gefäßboden eingearbeitet. Konrad konnte sich nicht erinnern, jemals etwas so Schönes gesehen zu haben, obwohl er schon seit Jahren beim Meister arbeitete. Die Bilder auf den Medaillons wirkten so echt, als würden die dargestellten Figuren leben und im nächsten Moment ihr gläsernes Gefängnis verlassen.

Konrad nahm die Decke, die sonst die Beine des Meisters wärmte, von einem Hocker und wickelte sie sich um die Schultern. Kurz lauschte er der Stille, die in der Werkstatt herrschte. Es war hier nachts so beruhigend anders als den langen Tag über, wenn er Schmuck bearbeitete. Oder fegte, aufräumte, die Werkzeuge sortierte, den Ofen anheizte, den Gesellen zur Hand ging. Und hin und wieder nach der Frau des Meisters schielte.

Konrad liebte die Stille. Der Schnee, der seit gestern Morgen fiel, war für ihn wie ein Geschenk des Himmels: Er schluckte jedes noch so laute Geräusch des Tages, das sonst von draußen hereinkam. Keine Stimmen, kein Scheppern von Metall, kein Türenklappen, keine Pferdehufe oder das Knarren der Fuhrwerke. Sogar die Schläge der Glocke der nahen Benediktskirche klangen den ganzen Tag über so dumpf, dass man vergessen konnte, wie nah das Gotteshaus der Werkstatt eigentlich war. Und es war ganz angenehm, fand Konrad, nicht so laut und dröhnend an die Sünden erinnert zu werden.

Er rieb sich die klammen Hände, knetete sich die eiskalten Finger, die eigentlich viel zu dick für seinen Beruf waren. Nicht so feingliedrig wie die seines Meisters. Der meinte immer, es käme nicht auf die Form der Finger an, sondern auf das Gefühl, das in ihnen steckte. Auf die Intuition, die Gabe Gottes. Konrads Finger waren zwar dick, aber sie hatten diese Gabe: Beim Arbeiten durfte er nie planen, was er als nächstes tun würde, er durfte die Dinge nicht Schritt für Schritt durchgehen – das funktionierte nicht. Konrad musste nur seine Finger machen lassen, dann ging alles von alleine.

Er nahm das schwere Gefäß vorsichtig in beide Hände. Es waren zwei gleich große Teile, die so ineinander gesteckt werden konnten, dass der eine Teil den Deckel für den anderen bildete. Bauch und Rand der beiden Gefäße waren mit einem aufgelegten vergoldeten Profilband verbunden. Darunter befand sich ein fein geschwungener, ebenfalls vergoldeter Griff. Beim Zusammenstecken der beiden Gefäße bildeten die Griffe einen gemeinsamen Henkel.

Konrad legte einen der Becher auf die Holzbank, den anderen drehte er so, dass er das Medaillon innen auf dem Boden sehen konnte. Es erzählte eine uralte Fabel, dargestellt mit Farben, die er so leuchtend noch nie zuvor in der Werkstatt gesehen hatte. Zarte Pflanzen in einem gräulichen Blau wuchsen in den Himmel. Der wiederum hatte die strahlend blaue Färbung eines wolkenlosen Herbsttages, nachdem sich der morgendliche Dunst verzogen hatte. So klar, dass man glauben konnte, Gott da oben zu sehen, dachte Konrad.

Das Blau leuchtete im Licht des Öllämpchens auf, änderte mit dem Flackern der Flamme immer wieder seine Färbung. Das Grün des Bodens unten wirkte wie eine Wiese im Juni, noch nicht verdorrt wie im August oder dunkel wie im späten Herbst. Es gab kleine grüne Hügel, so sanft, dass man hervorragend seinen Kopf darauf betten konnte. Aus dem herrlichen Grün wuchs ein Baum, dessen Blätterdach sich in den Himmel reckte. Ein Adler, der eher wie ein riesiger Rabe aussah, flog mit seiner Beute zur Baumkrone. Der schwarze Vogel hatte die Gurgel eines jungen Fuchses im Schnabel. Unten saßen die Fuchseltern in ihrem Bau, schauten hilflos nach oben. Sie wussten wohl, dass ihr Junges keine Chance gegen den Adler hatte, dachte Konrad. Das Ende war unvermeidlich.

Er nahm jetzt den zweiten Becher in die Hand, ein weiteres Medaillon kam im Inneren zum Vorschein. Die Szene war die gleiche, die grüne Wiese, der Baum, die Krone voller Laub. Immer noch hielt der Adler sein Opfer im Schnabel fest. Doch unten, am Stamm des Baumes, saß der Vater des kleinen Fuchses. Er hatte einen Blasebalg in den Pfoten und entfachte damit ein Feuer. Das Ende war klar, dachte Konrad. Der Adler würde den Flammen entkommen, der kleine Fuchs aber würde verbrennen.

»Lieber tötet der Fuchs sein Junges, als dass er zulässt, dass es von einem Fremden getötet wird.« Kalman von Wiehe hatte das zu Konrad gesagt, er war der Mann, der den Doppelkopf in Auftrag gegeben hatte. Ein Jude, reich wie kaum ein anderer. Aber gar nicht so eingebildet wie die anderen reichen Männer der Stadt, dachte Konrad. Egal ob Juden oder Christen.

Jetzt drehte er den einen Becher um und besah sich ein Medaillon auf der Unterseite, das eine andere Fabel erzählte. Eine, die Konrad besonders gut gefiel. Sein Meister hatte wieder den gleichen Schauplatz gewählt: blauer Himmel, brauner Baum, grüne Wiese, graue Ranken. Diesmal handelte die Fabel von einem Fuchs und einem Raben, der genauso aussah wie der Adler von der Innenseite. Und sie war schnell erzählt: Der Rabe saß mit einem Stück Käse auf einem Baum – auf dem zweiten Medaillon türmte der Fuchs mit seiner Beute, dem Stück Käse des Raben, der ihm auf dem Baum sitzend nachsah. Der Fuchs hatte zuvor dem Raben gesagt, dass er dessen Stimme so lieben würde, und ihn gebeten, doch ein Lied zu singen. Das tat der eitle Rabe auch, und der Käse fiel herunter, direkt ins Maul des Fuchses. Eitelkeit brachte eben nichts, dachte Konrad.

Plötzlich hörte er draußen ein dumpfes Geräusch, als ob etwas auf den Schnee plumpste. Es kam vom Gang zum Tor.

Konrad stand auf, legte seinen Kopf schief und strengte seine Ohren an. Das Geräusch war aber nicht mehr zu hören, es war vollkommen still. Trotzdem öffnete er vorsichtig die Tür zum Hof und spähte durch den schmalen Spalt. Das einzige, was er sehen konnte, war ein Schneehaufen, der vom Licht der Lämpchen spärlich beleuchtet wurde. Und jede Menge Schneeflocken, die zu Boden fielen. Es war bitterkalt, schnell machte Konrad die schwere Tür wieder zu.

Er schrak auf, als der Goldschmied ihm eine Hand auf die Schulter legte. »Warum bist du nicht in deiner Kammer?«, fragte Thomas von Weimar.

Konrad blickte seinem Meister verwundert in die Augen. Er war tatsächlich an der Werkbank noch einmal eingeschlafen, hatte den Kopf dabei auf die Arme gebettet, die jetzt fürchterlich anfingen zu kribbeln.

»Ist es oben so kalt?« Thomas von Weimar redete freundlich mit ihm, anscheinend war er gar nicht böse, seinen stummen Schüler in seinem Heiligtum, der Werkstatt, vorzufinden. »Von mir aus könntest du immer hier schlafen, das würde Diebe davon abhalten, einzusteigen. Nur, was sollen die Leute denken – dass ich dir kein vernünftiges Bett bieten kann?«

Konrad nickte und streckte sich vorsichtig. Vor ihm lag noch der Doppelkopf, die Medaillons leuchteten im Morgenlicht, das durch die Fenster fiel und winzige Staubkörner durch die Luft tanzen ließ.

»Sie sind wunderschön geworden«, sagte der Meister und Konrad nickte. Wie zur Bestätigung streichelte er die glatte Oberfläche mit den Fingerspitzen.

Maria, eines der beiden Küchenmädchen, das Konrad schon seit Längerem mit ihrem Lächeln verzauberte, kam in die Werkstatt, in den Händen hatte sie eine Schale mit Brei aus Hafer und Gerste.

»Der ist für dich, und ausnahmsweise darfst du hier essen«, sagte der Meister, und das Mädchen stellte Konrad die Schale auf die Werkbank. Dabei kam sie ihm so nahe, dass er ihren Geruch wahrnahm – ihrem Nacken entströmte der Duft wohlriechender Blüten, in den sich eine sauer riechende Note mischte, die von anderen Körperregionen stammen musste. Konrad fragte sich noch, was wohl für diesen Geruch verantwortlich sein könnte, als sein Meister die Schale nahm und sie auf einen kleinen Tisch an der Wand stellte.

»Nicht an der Werkbank essen, das lernt das Mädchen wohl nie«, sagte er. »Bitte beeile dich, wir müssen noch jede Menge Gürtelschnallen und Verzierungen herstellen. Kalman von Wiehe will heute wissen, wie weit seine Bestellung gediehen ist, und ich wünsche, dass er sieht, wie fleißig wir sind. So einen Auftraggeber wie ihn findet man wirklich selten. Außerdem ist er ein Freund des Hauses.«

Als der Geruch des Breis seine Nase erreichte, spürte Konrad plötzlich die Leere in seinem Magen, setzte sich auf den Hocker an dem kleinen Tisch und war froh, dass er sich den Brei nicht mit den anderen Gesellen, den Küchenmädchen und Mägden teilen musste. Normalerweise gab es morgens nur eine große Schüssel für alle, zum Schaufeln besaß jeder einen Holzlöffel, den aber nicht jeder benutzte. Nicht, dass er etwas gegen das Essen mit der Hand hatte, nur sah so manche Hand aus, als hätte sie vorher sonst etwas veranstaltet, und das war ihm irgendwie zuwider. Die anderen schien das nicht zu stören, auch nicht die Geräusche, die beim Essen entstanden.

Und dann erst die Gerüche, die die eng an eng sitzenden Menschen bei Tisch verströmten – auch daran konnte Konrad sich nicht gewöhnen. Seine Nase war so sensibel wie kaum eine andere. »Das liegt daran, dass du stumm bist«, sagte sein Meister immer. »Dafür sind eben deine anderen Sinne schärfer.«

Nach dem Essen stand Konrad auf, eilte die Treppen hinauf, vorbei an der Kammer mit den anscheinend noch schlafenden Kindern des Meisters, griff nach dem Wams, das ihm viel zu groß war, zog sich ein Gewand drüber, schlüpfte in die Strümpfe aus

Leinen, wickelte Stoff um seine Unterschenkel und lief wieder nach unten. Es drückte und rumorte kräftig in seinen Gedärmen, und er fluchte in Gedanken, weil er die Riegel der klapprigen Tür zum Grundstück hinter dem Haus nicht schnell genug aufbekam, stolperte erst über die Schwelle, rutschte dann auf dem Schnee aus, fiel hin, klopfte sich flüchtig sauber und eilte zum Abort.

Erleichtert, dass er alleine war und sich den Ort, der vor allem im Sommer so fürchterlich stank, nicht teilen musste, hockte er sich über die große Grube. Kaum war das Gröbste erledigt, sah er sich um. Nichts war langweiliger als hier zu hocken und geradeaus zu starren. Noch dazu, wo sich die Kälte langsam seines nackten Hinterns bemächtigte. Seine Augen blieben an einem Schneehügel hängen, der sich im engen Gang zwischen Straße und Hof gebildet hatte.

Etwas lugte darunter hervor, Konrad konnte aber nicht erkennen, was. Es war hell und hatte dunkle Flecken.

Er stand auf, wischte sich den Hintern mit Schnee sauber, warf das Ganze in die Grube, zupfte sein Gewand in Form und blickte wieder zu dem länglichen Hügel. Da ging die Tür zur Küche auf, das zweite Küchenmädchen, das ebenfalls Maria hieß, kam ins Freie, ihre nackten Füße waren ganz schwarz von der Asche des Feuers. Und jetzt wusste er plötzlich, was es war, das er da aus der Entfernung unter dem Schneehügel gesehen hatte!

Während das Küchenmädchen gähnend mit einem Eimer zum Brunnen ging, der nur wenige Schritte vom Abort entfernt war, lief Konrad zu dem Hügel. Er rutschte aus und landete mit den Händen voraus tief im Schnee. Er hörte das Küchenmädchen lachen, wischte sich den Schnee aus den Augen und blinzelte vorsichtig zu dem Haufen. Was er sah, ließ seinen Atem stocken, seine Hände verkrampften sich. Da, wo er mit den Armen gelandet war, waren jetzt zwei zierliche Füße freigelegt.

Konrad öffnete staunend den Mund, musste schlucken, wollte schreien, schaffte es natürlich nicht und schlug erst einmal ein Kreuz auf seiner Brust. Das Gebet dazu hatte er völlig vergessen.

Er sah Füße, die schwarz von Asche waren. Wie die des Küchenmädchens.

Konrad öffnete wieder seinen Mund, doch statt eines Schreis hörte er nur seinen heftigen Atem. Er griff nach vorne, hob langsam einen Fuß an und merkte, wie kalt er war. Rasch fegte er den Schnee mit beiden Händen von dem Bein, kniete sich neben den ganz in eisiges Weiß getauchten Körper, wollte ihn von seiner kalten Last befreien. Er war so entsetzt, dass er gar nicht merkte, wie das Küchenmädchen neben ihm aufschrie. Er blickte sie an, auch sie schlug das Kreuz, aber nicht einmal, sondern immer wieder. Und sie brabbelte ein Gebet nach dem anderen, mal auf Latein, mal auf Deutsch.

Die Tür flog auf, donnerte gegen das Mauerwerk, und Thomas von Weimar lief zu Konrad, gefolgt von seinen Gesellen Karl und Wieland. Der Meister kniete sich neben Konrad: »Der Kopf! Du musst den Kopf freilegen«, schrie er.

Mit beiden Händen tastete sich Konrad vor, schaufelte das Gesicht frei. Schnee war in die Nase eingedrungen, die Wimpern über den weit geöffneten braunen Augen waren vereist, wie auch die dunklen Haare.

»Sie ist tot. Abigail ist tot«, sagte der Meister leise und streichelte das Gesicht des Mädchens. Eine Träne löste sich aus einem seiner blauen Augen und bahnte sich einen Weg über die Wange.

Konrad befreite den leblosen Körper weiter vom Schnee. Und jetzt nahm er Einzelheiten wahr, die er vorher übersehen hatte. Das Mädchen hatte zwei Gewänder aus derbem aber durchaus wertvollem Stoff an, die aber über ihre Scham gerutscht waren. Konrad sah den Flaum zwischen ihren Beinen und wollte den Stoff nach unten zerren, er wollte sie irgendwie vor den Blicken der anderen schützen. Plötzlich stoppte er: Zwischen den Beinen des Mädchens hatten sich dunkelrote, fast schwarze, längliche Flecken ausgebreitet.

»Blut«, sagte ein Geselle, der den Blick von Konrad gesehen hatte.

Niemand wagte, etwas zu sagen. Die Schreie des Küchenmädchens waren in ein leises Heulen übergegangen.

»Sieh zu, dass das Tor geschlossen ist«, sagte Thomas von Weimar zum anderen Gesellen. »Wir brauchen hier keine Gaffer. Und geh zu Kalman von Wiehe und sag ihm, dass seine Magd tot ist.«

Konrad konnte seine Augen nicht von dem toten Mädchen abwenden. Sein Meister schickte den anderen Gesellen und die beiden Küchenmädchen zurück ins Haus, verscheuchte auch seine Kinder, deren Köpfe hinter dem Türrahmen hervorguckten. Konrad ließ er aber merkwürdigerweise in Ruhe.

»Wie hast du sie gefunden?«, fragte der Meister.

Konrad zeigte erst auf sich und dann auf den Abort.

»Ich verstehe. Was hast du denn gesehen?«

Konrad zeigte auf den Fuß, auf die dunklen Flecken. Thomas von Weimar hob das Bein vorsichtig an, es war steif wie ein Ast. Jedes Leben war aus diesem Körper gewichen. Der Meister bekreuzigte sich, murmelte irgendwelche Gebete, die Konrad nicht verstand.

Das Bein war an der Unterseite blauviolett angelaufen, einige Stellen waren hellrot. »Flecken des Todes«, erklärte der Goldschmied. Woher er das bloß wusste, fragte sich Konrad. Meister und Schüler wanderten mit ihren Blicken den Körper hinauf, über die blutverkrustete Scham und den Bauch, der ebenfalls dunkle Flecken aufwies. »Folgen von Verletzungen«, sagte der Meister leise. Er schob die Gewänder höher: Auch die kleinen Brüste waren voller roter Stellen, Schultern und Arme waren damit übersäht.

»Sie wird geschlagen worden sein«, sagte der Meister und zupfte die blutverschmierte Kleidung wieder hinunter.

Konrad zeigte auf das Blut zwischen den Beinen, blickte den Älteren fragend an.

Der antwortete abweisend: »Was ihr da an dieser Stelle passiert ist, werde ich dir nicht erklären«. Thomas von Weimar schloss mit der rechten Hand die Augen des Mädchens. Er stockte plötzlich und zog ein steifes, in sich verdrehtes Tuch aus dem Schnee neben dem Kopf der Toten. »Hast du noch mehr Kleidung gesehen?«, fragte er seinen Schüler, doch der verneinte mit einem unmerklichen Schütteln seines Kopfes.

»Wie um Himmels Willen kommt ein so junges, totes Mädchen auf meinen Hof? Hast du heute Nacht gar nichts gehört? Kein Schreien?«

Konrad schüttelte den Kopf. Er zog mit der flachen rechten Hand eine imaginäre Linie von links nach rechts durch die Luft – absolut nichts, sollte das heißen, und sein Meister verstand. Dann erinnerte sich Konrad an das Poltern im Hof, und er wusste, dass das der Zeitpunkt gewesen sein musste, als das Mädchen gestorben war. Nur, wie sollte er das seinem Meister erklären? In diesem Moment hasste er seine Sprachlosigkeit, sie zwang ihn zu lügen.

»Dann muss sie schon tot gewesen sein, als sie auf den Hof geworfen wurde. Und es muss schon gestern Abend geschehen sein, ihr Körper ist fast starr gefroren.« Thomas von Weimar schob seine Hände unter den toten Körper und stemmte sich mit seiner unhandlichen Last langsam hoch. »Hilf mir«, sagte er und deutete mit seinen Augen auf die Füße. »Sie muss ins Haus, ich trage sie an den Schultern, du an den Beinen.«

Konrad packte an und merkte, dass seine Hände die Fesseln des Mädchens problemlos umfassen konnten. Wie zierlich sie war.

Sie trugen den Körper wie ein Brett zur Tür. Karl, einer der Gesellen, öffnete ihnen.

»Auf die Werkbank mit ihr, schafft da mal Platz!«, sagte der Meister. »Sind die Kinder weg?« Karl nickte.

Der Goldschmied trug die Leiche gemeinsam mit Konrad Richtung Werkbank, dorthin, wo normalerweise nie Unordnung herrschen durfte. Konrad merkte, wie sein Rücken warm wurde. Irgendjemand hatte bereits Feuer im Schmelzofen entfacht.

Im Raum waren außer ihnen beiden nur die zwei Gesellen Karl und Wieland – die Familie des Goldschmieds und die beiden Küchenmädchen waren wohl wieder in die anderen Räume geschickt worden. In die Stube oder die Küche mit den beiden Herdfeuern in der Mitte des Raumes.

Karl räumte das Werkzeug von der fast zwei Männer langen Bank, stellte die vier Hocker beiseite. Wieland wollte seinem Meister helfen, griff unter den Hintern des Mädchens. Zu dritt legten sie den Körper so vorsichtig wie möglich auf das dunkle Eichenholz. Dann traten sie einen Schritt zurück und Konrad sah, wie das Eis an den Haaren des Mädchens langsam schmolz und Wasser auf die Bank tropfte.

Konrad hatte schon viele Tote gesehen, alte und junge, Männer und Frauen. In den letzten Jahren hatte es oft Missernten gegeben, manche Menschen verhungerten auf den Straßen, ohne dass das jemanden großartig scherte, es waren manchmal einfach zu viele. Doch diese Tote wirkte anders als die Hungerleichen und das nicht nur, weil es sich um ein junges Mädchen handelte. Irgendetwas in ihren Gesichtszügen verriet ihm, dass sie gelitten haben musste. Und dann sah er es: Ein dunkelroter Strich zog sich quer über ihren Hals, unregelmäßig und irgendwie ausgefranst. Konrad ging hin, strich mit dem Zeigefinger über die Wunde. Während Karl und Wieland sich plötzlich abwendeten, merkte er, dass es kein Schnitt war, was er da ertastete.

»Ein Strick«, sagte sein Meister, der viele seiner Gedanken anscheinend lesen konnte. »Sie wurde erdrosselt, daran ist sie gestorben. Ein schrecklicher Tod.«

War erhängen besser, fragte sich Konrad, den Finger immer noch auf dem Hals. Oder erschlagen? Oder verhungern? Er ärgerte sich über seine Gedanken. Tot war tot. Nur, hatte dieses Mädchen so ein Ende verdient? Was war passiert, wieso hatte sie so viel Blut verloren? Wurde sie im Schlaf überrascht, und wenn ja, wieso hatte sie zwei Gewänder an? Und vor allem, warum hatte niemand außer ihm etwas gehört?

»Gott!«, rief der Goldschmied plötzlich in die Stille und alle zuckten erschrocken zusammen. »Holt schnell eine Decke! Bevor der Jude kommt und seine Magd hier so sieht!«

Während Wieland, fasziniert von dem schönen, jungen Körper, wie angewurzelt stehen bleib, lief Karl zur Stubentür, öffnete sie ein wenig zu schwungvoll, denn sie donnerte so heftig gegen die Wand, dass alle erneut erschraken, und eilte hinaus. Konrad hörte laute Befehle der Herrin, dann das Klappern von Truhendeckeln.

»Wir haben nur das hier, was passen könnte«, sagte Karl und hielt seinem Meister wenig später einen Ballen Stoff hin. »Wir wollten nicht die Wolle nehmen, die roch so streng. Und das Leinen war dreckig.«

»Sie hat es wohl verdient«, seufzte Thomas von Weimar und rollte den Ballen Tuch aus. Es war blauer Damast aus Damaskus, unsagbar teuer. Konrad hatte einmal nachts gehört, wie sich der Meister und seine Frau über diesen Stoff gestritten hatten – sie hatte ihm vorgeworfen, nicht recht bei Trost zu sein, ihr mit so einem Luxus nach Hause zu kommen. Da hätte er ja gleich gesponnene Goldfäden kaufen können.

Mit einem scharfen Messer trennte der Goldschmied das Tuch nach knapp vier Armlängen ab, wickelte den Rest wieder zusammen und breitete den Stoff neben dem Körper aus. Dann drehte er die Leiche auf das Tuch, so dass jetzt alle die Rückseite des Mädchens sahen. Die Männer zuckten zusammen. Der Hintern war stellenweise blauviolett gefärbt, hatte aber auch hellrote Flächen!

»Was ist da passiert? Warum ist sie da so dunkel?«, fragte Wieland und ließ sich auf einen Hocker fallen. Seine Hände zitterten. »Sie ist dunkel wie die Pest! Sie hat die Pest!«, sagte er leise und bekreuzigte sich.

Karl zuckte zusammen, und Konrad sah, wie sein Meister die Mundwinkel verzog. So leise, dass er kaum zu verstehen war, zischte er Wieland an: »Das will ich in meinem Haus nie wieder hören! Verstehst du?«

Die Pest. Allein das Wort verbreitete Angst und Schrecken. Die Seuche hatte schon einmal in Erfurt gewütet, knapp dreißig Jahre zuvor hatte sie viele Menschen das Leben gekostet. Jetzt würde sie wohl wieder kommen, das wusste man von Händlern, die aus dem Süden kamen und Berichte über die Krankheit mitbrachten, von denen man nächtelang nicht schlafen konnte. Sie erzählten, dass die Menschen morgens noch normal aufstehen würden und schon am Abend tot wären. Dass ihnen das Fleisch bei lebendigem Leib von den Knochen fiele. Dass Heerscharen von schwarzen Vögeln sich an den Kadavern bedienen würden. Dass es keine Heilung gäbe. Dass es jeden treffen würde. Dass die Welt zur Hölle würde, so wie es die Bibel prophezeite.

»Wenn sie die Pest hätte, würdet ihr Beulen auf der Haut sehen. Mit einer gelben Flüssigkeit gefüllte Beulen, die, wenn man sie öffnet, fürchterlich stinken. Und, seht ihr an ihrem Körper Beulen?«, fragte der Goldschmied und blickte Konrad und die Gesellen nacheinander an.

Alle drei schüttelten den Kopf. Keine Beulen zu sehen.

»Ihr fragt euch wohl, woher ich das weiß? Ein Stoffhändler hat es mir gesagt, der, von dem ich auch den Damast habe. Er kommt aus dem Orient. Aus Damaskus, viele, viele Tagesreisen von uns entfernt. Er muss wissen, was er sagt, er ist dem Schwarzen Tod gerade noch rechtzeitig entkommen.« Thomas von Weimar machte eine Pause, bevor er fortfuhr. »Und was meint ihr, was passiert, wenn ihr jetzt herausposaunen würdet, das Mädchen hatte die Pest? Dann könnte ich das alles hier sofort zusperren und die Stadt verlassen. Niemand mehr würde auch nur den Fuß über die Schwelle meines Hauses setzen.«

Das war also der wahre Grund für das Redeverbot, dachte Konrad.

Langsam nahm der Meister den Stoff wieder auf und wickelte das junge Mädchen mit Karls Hilfe darin ein. Nur ihr Gesicht ließ er frei, darauf legte er ein Tuch aus feinem Stoff, das er aus seinem Mantel gezogen hatte. Dazu sprach er ein kurzes Gebet. Dann drehte Thomas von Weimar sich zu seinen Gesellen um. »Sie hat nicht die Pest, habt ihr das verstanden? Die Flecken, die ihr an ihrem Rücken seht, entstehen immer, wenn ein Toter etwas länger liegt. Dann ist auf der Seite des Körpers, der auf dem Boden liegt, alles dunkel. Warum auch immer. Dieses Mädchen wurde ermordet. Und geschändet. Abigail wurde geschlagen, aus welchem Grund, weiß ich nicht. Nur warum hat das niemand gehört?«

Mitten in die Stille, die nach den Worten des Meisters eingetreten war, knarrte die Tür. Ein Kinderkopf mit langen, blonden Haaren beugte sich langsam durch den schmalen Spalt, es war eine der beiden Töchter des Goldschmieds. Dann griff eine zarte Frauenhand etwas unsanft nach den Haaren und zog den Kopf zurück. »Du hast da nichts zu suchen«, sagte die Mutter leise und schloss die Tür wieder.

Als nächstes vernahmen sie ein Klopfen am Tor, ein paar Gesprächsfetzen zweier Männer. Kurz darauf hörten sie Schritte im Verkaufsraum. Dann, vier, fünf Schritte später, öffnete sich die nächste Tür und Kalman von Wiehe, begleitet von zwei Dienern, betrat mit ernstem Gesicht den Raum. »Ich grüße Euch«, sagte er knapp in Richtung des Meisters und deutete eine Verbeugung an.

Den Kopf des jüdischen Händlers bedeckte ein blaugrüner, flacher Hut, die grauschwarzen Haare quollen wild darunter hervor – als ob sie in aller Eile gebändigt worden waren, genauso wie der wirre, anscheinend ungekämmte, dunkle Bart. Über dem Hemd trug er einen blauen Mantel, vielleicht aus spanischem Brokat mit Seide gesäumt, und darüber einen Pelz – einen Hermelin. Sein hellblaues Untergewand reichte bis zum Boden.

Der Händler war eher klein, hatte dafür aber einen stattlichen Bauch. Er wirkte trotz der wirren Haare gepflegt, nie hatte Konrad bei ihm das gerochen, was andere Menschen so verströmten. Und er hatte die dunkelsten Augen, die Konrad je gesehen hatte. Die sahen jetzt zuerst auf das tote Mädchen, dann traf sich sein Blick mit dem des Meisters. Während Thomas von Weimar nur stumm nickte und sich mit beiden Händen über das stoppelige Kinn strich, ging der Händler langsam zur Werkbank.

Erst jetzt betrachtete Konrad die zwei jungen Diener, die Kalman von Wiehe mitgebracht hatte. Sie waren ebenfalls unrasiert und hatten noch Schlaf in den Augen, doch als sie die Leiche sahen, rissen sie sie erschrocken auf. Und bekreuzigten sich – also mussten es Christen sein, dachte Konrad.

Niemand sagte einen Ton.

Kalman von Wiehe zog seine dünnen Handschuhe aus, legte sie auf die Werkbank und griff ganz langsam zum Tuch, das das Gesicht des jungen Mädchens bedeckte. Als ob er Angst vor dem hätte, was er gleich erblicken würde, zog er das Tuch ganz behutsam beiseite. Er betrachtete lange das Gesicht, ohne eine einzige Regung.

Dann nahm er eine Ecke des blauen Tuchs, hielt kurz inne, als er den kostbaren Stoff zwischen den Finger spürte, als ob er kaum glauben konnte, um was für Material es sich da handelte, und hob es vorsichtig an.

»Hinaus ihr beiden«, sagte Thomas von Weimar und nickte den beiden Gesellen zu.

»Ihr bitte auch«, wies der Händler seine Diener an, die Karl und Wieland Richtung Küche folgten.

»Konrad hat sie gefunden«, sagte der Goldschmied zum Händler, nachdem er sich vergewissert hatte, dass alle außer Konrad den Raum verlassen hatten. »Sie lag im Gang zwischen Hof und Gasse, sie war von einer Schneewehe bedeckt. Wir wissen nicht, wie lange sie dort gelegen hat.«

Kalman von Wiehe hörte ihm anscheinend gar nicht zu, er hatte das Tuch nun vollständig angehoben und sah die blutverschmierten Gewänder der jungen Dienstmagd. Erst jetzt zeigten sich Regungen auf dem bis dahin unbewegten Gesicht: eine Mischung aus Staunen und Entsetzen. Zuletzt betrachtete er die Wunde am Hals. »Warum?«, fragte er nur. Mehr nicht.

Plötzlich kniff er die Augen zusammen und beugte sich über das Gesicht der toten Dienstmagd. Und da sah es auch Konrad, der aus Neugier näher herangetreten war: Aus dem Mund hingen drei winzige Fäden, die hatten sie alle bislang übersehen. Vorsichtig versuchte der Händler, den Mund der Toten zu öffnen, doch es gelang ihm nicht. Er schob mit Mühe die Lippen zurück und zog die Fäden raus. Sie mussten wohl zu dem steif gefrorenen Tuch gehören, das neben dem Kopf der Leiche gelegen hatte, vermutete Konrad.

»Ihr Mörder hat ihr anscheinend vorher noch den Mund gestopft«, kommentierte Kalman von Wiehe bitter. »Damit sie nicht schreit, nehme ich an.«

»Und was machen wir jetzt?«, fragte der Goldschmied. »Holen wir die Stadtwache? Informieren wir den Rat der Stadt?«

»Nein, bloß nicht«, sagte Kalman von Wiehe schnell und hob fast abweisend seine Hände. »Sie gehört zu meinem Haus, und ich will nicht, dass sie jeder so zu sehen bekommt. Wir tragen sie zu uns. Und dann werden wir sie auf unserem Friedhof vor dem Moritztor begraben.«

»War sie Jüdin?«, fragte Thomas von Weimar.

Der Händler nickte.

»Und was ist, wenn der Rat von ihrem Tod erfährt? Und wissen will, wie sie starb?«, fragte der Goldschmied weiter. »Dass bei mir eine Tote lag, wird sich kaum verheimlichen lassen.«

»Wenn der Rat davon erfährt, wird mein Geld seine Fragen beantworten«, antwortete der Händler. Er setzte sich auf einen der Hocker, öffnete seinen Mantel und nahm die Kopfbedeckung ab. Sofort schnellten die gelockten Haare nach oben.

»Was ist bloß mit ihr passiert?«, fragte er mehr sich selbst und blickte dabei auf das Mädchen. Kein Ausdruck in seinen Augen verriet, was er dachte oder fühlte. »Wer hat ihr das angetan?«

»Ich hatte gehofft, Ihr könntet mir das sagen«, erwiderte der Meister.

»Wir hatten uns heute Morgen gewundert, dass Abigail nicht in der Küche war. Sie ist immer die Erste, sie ist immer die Fleißigste. – War. Sie war die Fleißigste«, verbesserte sich der Händler. »Gestern Abend noch hat sie das Essen zubereitet, uns aufgetragen. Wir gingen danach in unsere Kammer, sie musste noch alles wegräumen. Ich weiß nicht, was dann geschehen ist.«

»Habt Ihr denn nichts gehört?«

»Nein, absolut nichts«, antworte von Wiehe.

»Aber irgendjemand muss doch etwas gehört haben«, sagte der Goldschmied. »Das Mädchen wurde geschlagen!« Nach einer kurzen Pause fügte er vorsichtig hinzu: »Und ich glaube auch, dass sie geschändet worden ist. Sie hatte viel Blut zwischen ihren Beinen.«

Kalman von Wiehe blickte den Goldschmied fragend an, und in der Stille, die jetzt eintrat, traute sich Konrad kaum, Luft zu holen. Er setzte sich wieder auf seinen Hocker und fragte sich, was »geschändet« hieß, er hatte keine Ahnung.

Aus Stube und Küche drangen jetzt wieder die gewohnten Geräusche in die Werkstatt, die Mädchen liefen in ihren Holzpantoffeln hin und her, ab und zu klappte eine Tür oder eine Truhe, die Nachttöpfe wurden im Innenhof entleert. Und von der Straße hörten sie mittlerweile das übliche Gerede der Menschen, das Klappern der Hufe von Eseln und Pferden, die Arbeit der Steinmetze auf der nahen Baustelle, die Rufe der Bettler, die hier im Viertel der Reichen besonders zahlreich durch die Straßen zogen, und hin und wieder das Gebell eines der zahllosen Straßenköter. Sogar das Plätschern des Breitstroms drang heute Morgen bis in die Werkstatt.

»Habt Ihr nichts gehört? Gar nichts?«, fragte Kalman von Wiehe.

»Nichts, wie Ihr. Absolut nichts«, antwortete von Weimar. »Wie konnte sie das Haus verlassen, und Ihr bekamt das nicht mit?«

»Sie hat es nie verlassen. Und schon gar nicht, wenn es dunkel wurde. Sie war noch so jung, und wir kannten ihre Eltern gut. Sie sind arm und dienen bei Freunden. Wir hatten versprochen, auf Abigail aufzupassen«, sagte der Händler.

»Wissen sie es schon?«

»Wie denn, ich habe es ja selbst erst erfahren«, antwortete von Wiehe.

Wieder entstand eine quälende Pause, und der Goldschmied ärgerte sich über seine überflüssige Frage.

»Die Familie lebt im Fränkischen. Nachdem dort vor ein paar Jahren Juden erschlagen und verbrannt worden waren, haben sie ihre großen Kinder zu Freunden geschickt. Abigail kam zu uns. Erfurt ist doch sicher, hatten sie mir damals gesagt. Euer Rat schützt doch die Juden.«

»Das tut er auch!«, verteidigte von Weimar die städtischen Ratsherren und blickte seinem Gegenüber ins Gesicht. »Das macht er doch schon deshalb, weil er Euer Geld braucht.«

Der Händler antwortete nicht. Er stand auf. »Ich habe jetzt viel zu tun. Wir müssen sie nach jüdischem Brauch beerdigen, ich muss ihre Eltern benachrichtigen, und das muss ich persönlich tun.« Er ging zur Tür und rief seine Diener, die in der Küche gewartet hatten.

»Ich brauche eine große Truhe«, sagte Kalman von Wiehe zu Thomas von Weimar.

»Selbst in die größte, die wir haben, passt Abigail nicht hinein«, sagte der Meister.

Außer man brach ihr alle Knochen, dachte Konrad und schämte sich sofort für diesen Gedanken.

Von Wiehe nickte. »Dann muss eben ein Brett reichen.« Und plötzlich brach es aus ihm heraus: »Euer Rat kann uns nicht schützen. Das können wir nur selbst tun. Oder habt Ihr vergessen, wie vor ein paar Jahren friesische Kreuzfahrer mordend durch die Stadt zogen? Dass mit den Toten auch ein paar Pfandbriefe verbrannten, war dem Rat doch nur recht.«

Der Goldschmied schwieg und stand auf. Was sollte er auch dazu sagen? Thomas von Weimar verließ die Werkstatt, beauftragte Karl und Wieland, nach einem Brett zu suchen. Als er zurückkam sagte er nur: »Ihr habt recht.«.

Konrad hörte ein Rumpeln vom Hof, dann zwei laute Flüche, und wenig später ging die Tür auf. Vorsichtig legten die beiden Gesellen ein schmales, langes Holzbrett auf die Werkbank. Wieland rieb sich mit schmerzverzerrtem Gesicht das Schienbein, der Trottel musste irgendwo gegengelaufen sein. Händler und Goldschmied legten ihre Arme unter den immer noch steifen Körper der Dienstmagd und hoben ihn auf die provisorische Trage.

Der Jude ordnete das Tuch, bedeckte das Gesicht der Toten. »Bringt sie jetzt zu uns«, sagte er zu seinen Dienern und folgte ihnen. Auf der Türschwelle drehte er sich noch einmal um: »Es ist zwar unpassend, aber der Tod von Abigail wird keine Auswirkung auf die Hochzeit haben. Sie findet statt.«

»Und der Schmuck? Wollt Ihr den denn noch?«, fragte Thomas von Weimar und wurde rot, als ob ihm die Peinlichkeit der Fragen erst bewusst wurde, nachdem er sie schon ausgesprochen hatte.

»Natürlich. Es geht schließlich um die Hochzeit meines Sohnes. Und ich will, dass jeder sehen kann, wie sehr wir ihn lieben«, sagte der Händler. »Und fertigt den schönsten Hochzeitsring an, der je Eure Werkstatt verlassen hat! Das Geld spielt keine Rolle, das wisst Ihr ja.« Er blickte um sich, so als ob er etwas vergessen hatte. »Und danke, dass Ihr Euch sofort an mich gewandt habt. Und den Rat aus dem Spiel gelassen.«

Konrad wusste zu gut, was geschehen wäre, hätte sein Meister zuerst die Wachen informiert. Dass der Jude viel Geld für die

Freigabe der Leiche zu zahlen gehabt hätte, das hätte er verschmerzen können. Aber das Gerede der Menschen, das hätte ihm erheblichen Schaden zugefügt. Ihm, seiner Familie, den Juden in der Stadt und natürlich seinen Geschäften.

DIE ARBEIT AM NACHMITTAG DESSELBEN TAGES

JANUAR 1349

Nachdem der Händler mit seinen beiden Dienern fort war, versammelte der Meister Konrad und die beiden Gesellen in der Werkstatt um sich. »Ich verlange, dass ihr über das, was hier geschehen ist, kein Sterbenswörtchen zu irgendjemandem sagt. Wenn ihr gefragt werdet, so wisst ihr von nichts. Schweigt einfach«, sagte der Meister streng und sah dabei auch Konrad an – obwohl der gar nichts sagen konnte. »Wir haben viel zu tun, der Auftrag des Juden ist ein Geschenk Gottes. Wir wollen ihn so gut ausführen, wie wir nur können«, fuhr von Weimar fort. »Habt ihr verstanden?«

Alle drei nickten.

»Also an die Arbeit, ihr wisst, was jeder von euch zu tun hat.« Der Goldschmied verließ die Werkstatt, ging durch den Raum, in dem die Schmuckstücke und das kostbare Silbergeschirr tagsüber ausgestellt waren, und Konrad hörte, wie er seine Frau bat, die Familie und die Bediensteten zu holen. Er wird ihnen wohl das Gleiche sagen wie uns, dachte Konrad. Nur, ob sich die Mädchen des Meisters daran halten würden?

Von draußen drangen mittlerweile Sonnenstrahlen in die Werkstatt, ließen feinste Teilchen in der Luft tanzen. Immer wieder schoben sich Wolken vor die Sonne, Schatten fielen dann in den Raum, der von dem Feuer im Brennofen erwärmt und beleuchtet wurde.

Das Bild des toten Mädchens tauchte so plötzlich vor Konrads Augen auf, dass er erschrak. Er sah sie auf der Werkbank liegen, sah die dunklen Flecken und das Blut zwischen ihren Beinen. Und er wunderte sich, dass der Meister so tat, als ob nichts geschehen wäre. Wie konnten sie einfach gleich weiterarbeiten nach so einem schrecklichen Geschehen?

Konrad kannte Abigail, er hatte sie des Öfteren gesehen, wenn er mit seinem Meister beim Juden war. Oder hin und wieder hatten sie sich auf der Straße getroffen, das Haus des Goldschmieds und das des Händlers waren ja nur ein paar Steinwürfe voneinander entfernt. Viel wusste er nicht von ihr. Sie war hübsch mit ihrer hellen Haut, den großen dunklen Augen und den vollen Lippen. Aber sie hatte ihn nie angesprochen, geschweige denn auf seine Blicke reagiert. Sie wirkte nie abweisend, aber auch nie einladend. Es war, als ob sie zwar im selben Stadtviertel, aber doch in verschiedenen Welten lebten.

Jetzt war sie tot, und er fragte sich, warum er keine Trauer empfinden konnte. Konrad versuchte, sich den letzten Augenblick ihres Lebens vorzustellen. Er überlegte, was ihr wohl zugestoßen war. Wer ihr den Strick um den Hals gelegt hatte. Und vor allem, warum sie sterben musste. Er hatte auf keine seiner Fragen eine Antwort.

»He, träumst du?« Karl stand hinter Konrad und tippte ihm auf die Schulter. »Du sollst doch die Gürtelschnallen machen!«

»Lass ihn doch«, sagte Wieland. »Eine Tote sieht man nicht alle Tage.«

Karl nickte unwillig, drehte sich um, setzte sich auf einen Hocker und sortierte schweigend sein Werkzeug. Die Feilen nach links, die verschiedenen Hämmer nach rechts. Er war der sorgsamere der beiden Gesellen und auch der mit dem wacheren Geist. Beide hatten sie Familie und lebten in einem anderen Viertel der Stadt zur Miete. Konrad mochte die beiden, auch wenn sie ihn manchmal spüren ließen, dass er jünger war als sie. Und außerdem merkten sie sehr wohl, dass zwischen ihm und dem Goldschmied eine ganz besondere Beziehung bestand, die sie nicht begriffen. Die aber auch Konrad nicht verstand.

Konrad beobachtete kurz die beiden Gesellen, dann schweiften seine Gedanken ab. Wie so oft. Er dachte an das Haus von Kalman von Wiehe, an den Raum, in dem der Händler seiner Arbeit nachging. Er sah den großen Tisch, auf den der Jude die unterschiedlichsten Münzen genagelt hatte. »Damit ich sie nicht verwechsle«, hatte er Konrad einmal erklärt. Es waren Münzen aus Ländern, die Konrad nicht kannte, von denen er auch noch nie gehört hatte und die alle auf einer Seite irgendeinen Herrscher zeigten, dessen Namen er nicht einmal aussprechen konnte.

Dann gab es in dem Raum auch noch die verschiedensten Proben von Waren aus aller Welt. Stoffe, Felle, Gewürze – aufgereiht in dunklen Regalen, manches verstaut in den schweren Truhen. Und Bücher. Für Konrad waren diese Pergamente mit der geschwungenen Schrift und den bunten Bildern das Wertvollste überhaupt. Sie riefen bei ihm sofort die schönsten Tagträume hervor, vielleicht nicht bunter, aber zumindest friedlicher als das Leben. Kalman von Wiehe wusste das, seitdem er Konrad vor ein paar Jahren das erste Mal alleine vor einem seiner Fenster gesehen hatte – ohne den Goldschmied. Er ließ den Schüler eintreten und breitete dabei einladend die Arme aus.

Bei diesem ersten Besuch hatte Konrad sich zunächst nicht getraut, die Bücher anzufassen. Er stand nur lange vor dem Brett, auf dem sie aufgereiht waren, und bestaunte die ledernen Einbände. Mit seinen Fingern tastete er irgendwann vorsichtig die Linien auf den Buchrücken nach, die Verzierungen aus Gold. Der Händler ließ ihn gewähren, er tat so, als beachtete er den Schüler von Thomas von Weimar gar nicht.

Konrad kam immer wieder. Im Laufe der Zeit durfte er die verdammt schweren Bücher vom Brett herunternehmen, sie dem Juden an den Tisch schleppen. Der zog sich dann immer Handschuhe aus feinstem Stoff an und fing an zu blättern. Bei besonders schönen Bildern strich der Händler sanft über die Farbe und erklärte Konrad, was da zu sehen war.

Am liebsten hatte Konrad die Bilder, die Tiere zeigten. Wobei er nicht wusste, ob es sie wirklich so gab. Er sah kleine Affen mit großen Augen, die kannte er von den Vagabunden, die durch die

Stadt zogen und mit den dressierten Tieren die Menschen zum Lachen brachten. Er sah Vögel mit bunten Federn, Bären, Raubtiere mit riesigen Krallen, Pferde und Esel, Hunde und Katzen. Und dann waren da Tiere, die er noch nie gesehen hatte. Die unten ein Fisch waren und oben ein Mensch. Die am Leib Flügel hatten, deren Kopf dem eines Löwen ähnelte. Manche Tiere hatten lange Stacheln, waren gepanzert wie Ritter, hatten sechs Beine oder drei Köpfe auf langen Hälsen. Und natürlich träumte er auch von diesen Wesen.

»So, nun reicht es aber!« Konrad schrak aus seinen Gedanken auf. Karl stand grinsend hinter ihm und hatte seinem dreibeinigen Hocker einen leichten Tritt versetzt. Der geriet ins Wanken und Konrad musste sich an der Kante der Werkbank festhalten, um nicht umzukippen.

»Vergiss den Gewandbesatz nicht! Nicht, dass ich den dann wieder machen muss«, sagte Karl und setzte sich wieder hin. Konrad sah, wie er sich dabei die Hände rieb.

Gewandbesatz zu fertigen, war eine langweilige Angelegenheit. Niemand in der Werkstatt gab sich gerne damit ab, kein Wunder. Denn mit Kunstfertigkeit hatte das nicht viel zu tun. Konrad atmete tief durch. Dutzende dieser winzigen Teile musste er noch aus dem Silberblech schneiden, sie mit einem kleinen Hammer und winzigen Feilen bearbeiten. Und wenn er mit dem Besatz fertig wäre, was Tage dauern würde, war der Gürtelschmuck an der Reihe. Da durfte er wenigstens das Feuer richtig anheizen, um ein paar Nieten anzulöten.

Er stand auf, ging einmal um die Werkbank herum, nahm sich einen freien Hocker und griff nach der obersten Lage des vergoldeten Silberblechs vor ihm. Konrad nahm einen Bronzeblock, zog ihn an sich und legte eines der Blechherzen in die Vertiefung. Mit einem Hammer trieb er das Metall in die Form, ganz vorsichtig, damit nichts kaputtging. Dann hob er mit Daumen und Zeigefinger das Stück an, besah sich das entstandene Muster: Es zeigte eine Lilie, geschmückt mit einem Perlenstab. Sein Meister hatte

Dutzende verschiedene Stempel in der Werkstatt. Lilienförmig, rosettenförmig, herzförmig, fünfpassförmig. Mit einer starken Schere schnitt er zuletzt die daumennagelgroßen Teile ab.

Plötzlich zuckte er zusammen, irgendetwas hatte sein Bein berührt. Er senkte seinen Kopf und für einen winzigen Augenblick trafen sich seine Augen mit denen der Ratte, die an seiner Hose geschnuppert hatte. Ihre Barthaare zitterten. Dann drehte sie sich mit einer unglaublich schnellen Bewegung nach rechts und verschwand unter der Werkbank. Konrad war erstaunt. So zutraulich hatte er Ratten noch nie erlebt. Und es gab immer mehr davon, sie wimmelten jetzt schon tagsüber über die Straßen der Stadt, ließen sich kaum noch von den Menschen stören. Konrad kratzte sich am Bein, dort, wo die Ratte eben noch geschnüffelt hatte. Ein Floh hatte ihn gebissen.

»Ich sage dir, die Kleine hatte die Pest.« Als Wieland das sagte, legte Konrad den Besatz hin, und Karl, der gerade an der Grundplatte einer vergoldeten Brosche arbeitete, verzog den Mund.

»Du hast gehört, was der Meister gesagt hat! Also sei still!«

»Der Meister ist aber nicht hier oder siehst du ihn?«, fragte Wieland provozierend. »Du hast die Kleine doch auch gesehen, ganz dunkel war sie am Hintern!«

Karl kratzte sich am Kopf. »Die Kleine hatte aber auch helle Flecken.«

»Die sind doch egal. Und werden die Wunden der Pestilenz nicht dunkel? Na?« Wieland ließ nicht locker.

»Ich weiß es nicht, vielleicht. Ich habe noch nie einen Menschen gesehen, den die Pestilenz dahingerafft hat«, musste Karl zugeben.

»Die sehen so aus, genauso«, sagte Wieland. »Erst haben sie grässlich stinkende Beulen, dann werden sie dunkel.«

»Woher willst du das denn wissen?«

Diese Frage hatte sich Konrad auch gerade gestellt. Neugierig schielte er zu den beiden Gesellen. Und hoffte, dass sie nicht merkten, wie sehr ihn ihr Gerede interessierte.

»Ich weiß es eben. So erzählt man es sich auf der Straße«, sagte Wieland.

»Und die Leute auf der Straße wissen das natürlich genau«, sagte Karl herablassend. »Die letzte Pestilenz ist so lange her, da warst du noch gar nicht auf dieser Welt!«

»Aber es gibt noch viele Ältere, die sie erlebt haben«, beharrte Wieland. »Und die Älteren haben immer Recht, das weißt du doch!« Nach einer Pause fügte er noch hinzu: »Und was die erzählen, jagt einem Schauer über den Rücken.«

Konrad kannte die Geschichten, sie wurden abends auch in der Stube im Haus des Goldschmieds weitergetragen, wenn sich die Zunge des Meisters durch den sauren Wein gelockert hatte. Es waren eben die spannendsten Geschichten.

Wieland bemerkte Konrads fragenden Blick, die ganze Zeit hatte der Schüler mit offenem Mund dem Gespräch der beiden Gesellen gelauscht. »Die Alten sagen, dass die Pestilenz die Strafe Gottes ist. Für unsere Sünden. Deshalb gibt es ja auch kein Entkommen!«

»Es haben aber damals welche überlebt, es waren sogar die meisten«, erwiderte Karl. Plötzlich sprang er auf: »Mistviecher, elende!«

Sein Hocker fiel um, und Konrad folgte dem angewiderten Blick des Gesellen. Ein paar Schritte entfernt huschte eine große Ratte durch den Raum, lief erst unter die Werkbank, blieb kurz stehen, schnupperte so heftig, dass ihre langen Barthaare zitterten, und lief dann weiter, verfolgt von den Blicken der drei Menschen. Es schien sie gar nicht zu interessieren, dass wir hier sind, dachte Konrad.

»Das Viech hat überhaupt keine Angst«, nahm Karl anscheinend seinen Gedanken auf. »Die Ratten werden immer dreister.« Der Nager lief zur Tür und verschwand.

Wieland kratzte sich wieder am Kopf, fischte eine Laus aus den Haaren und zerquetschte sie mit den Nägeln von Daumen und Zeigefinger. Beim Zusehen juckte es plötzlich auch Konrad.

Ausgerechnet zwischen seinen Beinen, doch wenn er sich jetzt dort kratzen würde, hätten die beiden Gesellen was zu lachen. Also versuchte er, das Jucken zu ignorieren, rutschte lieber unruhig auf dem Hocker hin und her.

»Wenn die Kleine die Pest hatte, dann sind wir geliefert«, sagte Karl. »Und du hast sie ja auch noch angefasst!«

Wieland guckte instinktiv auf seine Hände, betrachtete nervös die schwarzen Fingernägel. »Na und? Meinst du, ich hab' es jetzt auch? Kriegt man die Pest, wenn man einen Kranken anfasst? Wieso das denn?«

»Ich weiß nicht, wie man die Pest kriegt. Ob sie durch die Luft fliegt oder im Wasser schwimmt. Ich weiß nur, dass das Mädchen an etwas anderem gestorben ist. Sie wurde ermordet und die dunklen Flecken haben andere Gründe. So, wie der Meister es gesagt hat«, antwortete Karl. »Hast du das Blut gesehen? Das zwischen ihren Beinen?«

Wieland nickte.

»Sie muss noch Jungfrau gewesen sein und ich glaube nicht, dass sie es freiwillig getan hat«, sagte Karl.

Konrad zuckte zusammen. Was meinte Karl mit »nicht freiwillig getan«?

Der Geselle erriet seine Gedanken. »Dafür bist du noch zu jung, um das zu verstehen«, sagte er wenig hilfreich. Wieland grinste nur anzüglich.

Karl drehte sich wieder um, widmete seine Aufmerksamkeit der goldenen Brosche. »Und jetzt lasst uns endlich arbeiten, wir haben genug zu tun. Mach mal das Feuer heißer«, befahl er Konrad. Der stand auf, ging zum glühenden Kohlenfeuer, nahm einen Blasebalg und fachte die Glut an. Sie musste richtig heiß sein, sonst hielten die Lötstellen nicht. Schnell schwitzte Konrad am ganzen Körper.

»Du meinst also, die Pest gibt es nicht?«, fragte Wieland. Er konnte offensichtlich nicht von dem Thema lassen.

»Noch nicht. Aber sie wird kommen«, sagte Karl genervt. »Noch ist sie im Süden, am Rande unserer Welt, das sagen doch die Händler. Aber sie breitet sich immer weiter aus. Du wirst sehen.«

Karl war eindeutig der gescheitere der beiden Gesellen, dachte Konrad.

Die Tür ging auf, der Meister kam herein. Konrad sah seinen finsteren Blick. War es, weil er gehört hatte, was seine Gesellen gesagt hatten? Oder lag ihm noch das tote Mädchen auf der Seele? Wahrscheinlich beides.

Schweigend trat er zu Konrad, nahm einen Besatz und sah ihn sich ganz genau an. »Die Ränder musst du noch besser schneiden, ganz gleichmäßig müssen sie sein. Und achte drauf, dass du die Stempel nicht unterschiedlich tief in das Blech treibst, die Formen müssen gleich sein.«

Konrad nickte zur Bestätigung.

»Und vergiss nicht die drei Löcher an den Rändern, damit man die Stücke auch annähen kann.« Genau die hätte Konrad nämlich vergessen, da war sich der Meister sicher. Der junge Mann träumte tagsüber einfach zu viel. Aber das hatte er in dem Alter wohl auch getan. Und irgendwie machte ihn das auch liebenswert.

»Unterbrich kurz einmal deine Arbeit, ich will dir was zeigen«, forderte der Meister Konrad auf, ging um die Werkbank herum, trat an ein Regal und griff sich eine Holzschatulle. Er öffnete das Kästchen, entnahm ihm ein Stück sorgsam zusammengelegten Stoff, entfaltete ihn vorsichtig und legte ihn auf die Werkbank.

Auf dem roten Stoff lag ein Meisterwerk.

»Ich muss den Hochzeitsring nur noch polieren und ein paar Feinheiten ändern«, sagte der Goldschmied, und Konrad hatte das Gefühl, die Augen seines Meisters würden vor Freude funkeln.

Konrad hatte den Hochzeitsring noch nie als Ganzes gesehen. Er hatte zwar seinem Meister dabei zugesehen, wie er Einzelheiten des Ringes in Form presste, aber er hatte sich nie vorstellen können, wie das Kunstwerk aussehen würde, wenn es denn fertig war. Es war der Ring für den Sohn des jüdischen Händlers, die Hochzeit stand kurz bevor.

»Diesen Ring wird der Bräutigam dann der Braut in der Zeremonie anstecken, sie wird ihn nur einmal tragen«, erklärte der Meister.

Es war ein Ring aus purem Gold, ein winziges Gebäude zierte ihn. Die flache, bandförmige Ringschiene war mit kleinen Kerben reich verziert, und an der Unterseite gab es etwas ganz Besonderes: Da hatte der Goldschmied zwei ineinandergelegte Hände geformt, die Arme waren bis zu den Ansätzen der Ärmel, die mit einer Knopfleiste verziert waren, zu erkennen. Von den Händen ausgehend, verbreiterte sich der Ring zu einem Drachen mit abgespreizten Flügeln, einem gezackten Rückenkamm und spitzen Ohren. Der Kopf und die beiden Vorderläufe trugen das winzige Haus des Ringes, das einem Tempel ähnelte. »Es ist der Tempel in Jerusalem. Den, den die Römer vor langer Zeit zerstört haben«, hatte der Jude zum Meister gesagt, als er den Ring in Auftrag gegeben hatte.

Der Tempel war das wahre Meisterwerk. Er war sechsseitig mit identischen Seiten, über drei spitzbogige Arkaden erhob sich jeweils ein Dreiecksgiebel mit einem Dreiblatt. Der Giebel wurde von einer Kreuzblume gekrönt und von Fialen flankiert. Konrad konnte sich noch gut an die Flüche des Meisters erinnern, als er an dieser Filigran-Arbeit gesessen hatte. Vor allem die Kugel, die er an die Spitze des winzigen, glatten Daches löten musste, hatte ihm zu schaffen gemacht.

Dass der Meister außergewöhnlich ruhige Hände besaß, war bekannt. Was aber nur Konrad mitbekommen hatte, war das leichte Zittern, als er in die glatten Dachflächen hebräische Buchstaben eingravierte. Sie ergaben die Worte »MASEL TOW«, was so viel wie guter Stern bedeuten sollte, hatte ihm der Meister erklärt. »Die Ehe soll unter einem guten Stern stehen!«

Welche Bewandtnis es allerdings mit der kleinen Kugel aus Gold hatte, die sich innerhalb des kleinen Tempels frei bewegen konnte, das wusste Konrad nicht.

Der Goldschmied sah, wie sein Schüler die Kugel betrachtete und nahm den Ring in die Hand. Er ließ die Kugel langsam kreisen und sie erzeugte dabei einen leisen, hellen Klang – wie aus einer anderen Welt, dachte Konrad. Denn unsere Welt war dafür eigentlich viel zu laut.

Inzwischen waren auch Karl und Wieland aufgestanden und hatten sich zum Meister gesellt. Sie betrachteten den Ring, doch keiner traute sich, ihn anzufassen.

»Das ist wirklich Euer Meisterwerk«, sagte Karl ehrfürchtig. »Eigentlich viel zu schade, um ihn nur einmal zu tragen.«

»Geht wieder an eure Arbeit«, sagte der Meister nach einer Weile, nicht ohne eine Spur Stolz in der Stimme. »Und wieso habt ihr denn den Ofen angeheizt, wenn ihr ihn gar nicht benutzt?«

Karls Kopf lief rot an, er nahm die vergoldete Grundplatte seiner Brosche und trug sie zum Ofen. Er musste ein Drahtgerüst darauf löten, damit die Juwelen Platz fanden. Blaue Saphire und kirschrote Almandine aus Indien sollten es sein.

Am Platz des Gesellen lag die Brosche, die er bereits fertiggestellt hatte. Sie war groß, hatte eine viereckige Grundscheibe, und Konrad hatte sie sich immer wieder genau angesehen. Als Unterlage dienten zwei in Form geschnittene Goldbleche, auf die Karl ein aus einem schmalen Blechstreifen gebildetes Steggerüst gelötet hatte. Aus über einhundert Einzelteilen hatte Karl das Stück gefertigt. Jeweils in der Mitte der vier Ränder hatte der Geselle einen kleinen Löwen gesetzt, deren Körper er aus Goldblech ausgeschnitten hatte. Das Fell hatte er durch fünf kurze, paarweise eingeritzte Striche im Bereich des Brustkorbs angedeutet.

Besonders gelungen fand Konrad die Mähne an den Läufen des schreitenden Löwen, seinen plastischen Kopf mit dem aufgerissenen Maul, den mandelförmigen Augen und aufgestellten Ohren. Karl hatte nie einen Löwen gesehen, wie auch, aber ein Händler hatte dem Goldschmied erzählt, dass die Raubtiere wie

Katzen aussahen – nur hundert Mal so groß. Mit einem fürchterlichen Gebiss und einem schrecklichen Fauchen.

Karl hatte ganze Arbeit geleistet und war immer wieder aufgestanden, um die winzigen Tiere zu überprüfen und am nächsten Tag wieder einzuschmelzen, wenn sie nicht so waren, wie er sie wollte. Jetzt war es vollbracht, er hatte ihre Schwänze zu einer offenen Acht verschlungen, und sie bildeten zusammen mit der eigentlichen Figur eine Halbkugel. Die Löwen wurden bekrönt von kleinen roten, flach geschliffenen Almandinen und blauen Saphiren, deren Farbe fast ins Schwarze ging. In der Mitte steckten weitere Saphire und Almandine in ihren Fassungen und in den Ecken war jeweils eine Perle, gehalten von einem winzigen Stift. Und damit die Besitzerin das Stück auch tragen konnte, hatte Karl in der Mitte eine Nadel angelötet, die mit einem winzigen Scharnier mit der Grundplatte verbunden war. Alleine für das Scharnier hatte er einen Tag gebraucht.

Irgendwann, da war sich Konrad sicher, würde auch er so eine wunderschöne Brosche schaffen. Ruhige Hände und genügend Fantasie hatte er und auch die Geduld, die man dazu brauchte. Und wenn er das geschafft hatte, dann war aus dem zerzausten Jungen, der früher einmal durch die Straßen der Stadt geirrt war, ein angesehener Bürger geworden, dessen Schmuck die reichsten Männer und Frauen trugen, um damit anzugeben.

ZEICHEN DER LIEBE

EIN MORGEN MITTE FEBRUAR 1349

Die letzten Tage waren für Konrad in eintöniger Langeweile vergangen. Er stand morgens auf, aß, setzte sich an die Werkbank und fertigte einen vergoldeten Gewandbesatz nach dem nächsten. Und als er damit endlich fertig war, waren die Gürtel an der Reihe.

Hin und wieder ließ sich die Frau des Meisters an seiner Seite blicken, manchmal kamen die kleinen Töchter vorbei, um ihn zu ärgern. Sie hatten immer noch nicht eingesehen, dass Konrad nicht redete, und gaben nicht auf, ihm mittels Kneifen oder Kitzeln zumindest einen Laut zu entlocken. Vergebens.

Der einzige Lichtblick war Maria, die ältere der beiden Dienstmägde. Und auch bei weitem die hübschere, gesegnet mit einem wachen Geist. Immer wenn sie ihn ansah, und ihn ließ das Gefühl nicht los, dass das öfter als nötig vorkam, lächelte sie. Konrad mochte die kleinen Fältchen, die sich dann an ihren Mundwinkeln bildeten. Auch sie war abends mit der Familie zusammen, genauso wie die kleine Maria und die Eltern der Hausherrin, die sonst aber im Haushalt unsichtbar waren. Und immer öfter suchte Maria seine Nähe, setzte sich zu ihm, ohne ihm zu nahe zu kommen. Konrad spürte die Verlockung, die von ihr ausging, sie roch außerdem viel zu gut, um sie zu ignorieren. Und so machte auch er mittlerweile im Haus Umwege, um Maria für einen kurzen Augenblick nah zu sein.

Wenn es dunkel wurde, musste Konrad überall in der Werkstatt Öllämpchen anzünden, nur damit der Arbeitstag nicht viel zu früh endete. Die Hochzeit war für Ende März angesetzt und der Schmuck sollte Ende Februar bereits ausgeliefert werden.

Der Meister wurde immer nervöser. Nicht dass er anfing rumzuschreien, er hatte nur irgendwie seinen Humor verloren, dachte Konrad. Einsilbig ging er durch die Werkstatt, sah immer wieder Karl über die Schulter, kontrollierte Wielands Arbeiten und blieb regelmäßig bei Konrad stehen, um äußerst penibel den Gürtelschmuck zu inspizieren.

Auch die Abende, die Konrad und die Hausangestellten normalerweise mit der Familie des Meisters in der Stube verbrachten, wurden immer stiller. Anstatt sich wie früher gegenseitig Geschichten zu erzählen, zu lachen, zu streiten, zu würfeln oder ungelenk an der Laute rumzuzupfen, berichtete der Goldschmied von den Lehren des Herrn. Konrad ging regelmäßig in die Kirche, an manchen Tagen sogar morgens und abends, doch nur ganz selten verstand er, was der Priester da vorne vor sich hinbrabbelte. Das allermeiste war auf Latein, genau wie der, das musste Konrad zugeben, wunderschöne Gesang der Mönche, die im Chorgestühl saßen. Er liebte Gott, ohne Frage, nur wollte er nicht auch noch abends vor dem Zubettgehen die Geschichten aus der Bibel hören. Den Tod von Jesus am Kreuz fand er das Schlimmste, was die Menschen je angerichtet hatten.

Im Verkaufsraum stapelten sich mittlerweile die Kästchen mit dem fertigen Schmuck, verpackt in feinstem Stoff. Immer wieder öffnete der Meister die kleinen Truhen, entfaltete die Tücher und besah sich den Schmuck mit einem besonders geschliffenen Glas vor den Augen. Niemand durfte das Glas anfassen, geschweige denn ihm zu nahe kommen. Es war das kostbarste Hilfsmittel, das der Goldschmied in seiner Werkstatt hatte. Mit ihm konnte das Auge winzigste Dinge oder Unebenheiten erkennen, die dem Betrachter sonst verborgen blieben.

Mittlerweile war der Frost Regenschauern gewichen, der Boden war aufgetaut und hatte die Straßen in matschige Wege verwandelt. Es stank überall nach flüssigem und festem Abfall – so als ob der Frost die Gerüche eingefangen hatte und sie jetzt, wo der Schnee schmolz, wieder losließ und diese wie befreit durch die Straßen zogen.

Konrad war einer der wenigen Menschen, der die Nase verzog, wenn sich durch Fensterritzen oder geöffnete Türen der Gestank der Straße in die Werkstatt schlich. Gut, er war seiner Meinung nach auch der Einzige, der sich täglich zweimal wusch, das hatten sowohl Karl als auch Wieland noch nie gemacht. Das jedenfalls bestätigte ihm seine Nase. Die Einzigen, die nach Konrads Empfinden gut rochen, obwohl sie sich ebenfalls kaum wuschen, waren Kinder. Doch je älter sie wurden, desto mehr stanken auch sie. Konrad konnte nicht verstehen, warum anscheinend nur er die Gerüche als störend wahrnahm. Oder warum sie den anderen nichts ausmachten. Er würde viel dafür geben, genauso zu sein.

Trotz der vielen Arbeit in der Werkstatt musste Konrad ab jetzt immer wieder seine Arbeit unterbrechen, um gemeinsam mit zwei Dienern den Keller im Hinterhof aufzufüllen, der den Winter über arg geplündert worden war. Gepökeltes Fleisch und getrocknete Fische mussten wieder eingelagert werden, dazu noch jede Menge kostbaren Weins aus dem fernen Rheinland. Auch die Holzvorräte wurden wieder aufgestockt und es schien so, dass der Meister immer größere Schwierigkeiten hatte, Nachschub an Brennmaterial zu bekommen, denn die Holzhändler konnten einen immer höheren Preis dafür verlangen, ohne rot zu werden. Und es geschah immer öfter, dass sie einfach weiterfuhren, wenn der Meister ihnen den Wucher nicht durchgehen lassen wollte und auf den alten Preisen beharrte. Sie hatten es anscheinend gar nicht nötig, zu handeln.

Konrad wurde vom Läuten der großen Glocke wach. Er hatte wieder die Reste seiner wirren Träume im Hinterkopf, als er vorsichtig die Beine aus dem Bett schwang und aufstand. Durch den Bretterverschlag vor seinem Fenster drang schwaches Licht, die Sonne schickte gerade die allerersten Strahlen über die Dächer der Stadt. Er spitzte die Ohren, hörte die Schweine auf dem Nachbargrundstück grunzen, die Hühner des Meisters im Hof gackern. Konrad reckte sich, zog sich langsam an – nicht dass ihm bei zu schnellen Bewegungen wieder schwindelig wurde wie so oft in letzter Zeit.

Im Haus selbst war es noch still, nur aus dem Raum, in dem gekocht wurde, drangen leise Geräusche und Gerüche zu ihm nach oben. Es roch nach Feuer, nach Brei, Bier und Braten. Er ging die Treppe hinunter, öffnete die Tür und stand Maria gegenüber. Das Küchenmädchen hatte ein derbes Kleid an, das vielleicht einmal hell gewesen war, jetzt aber durch Asche und anderen Schmutz überall Flecken hatte. Sie trug ein kleines weißes Häubchen und hatte ihre leicht lockigen Haare, die eine undefinierbare Farbe hatten, irgendetwas zwischen braun und blond, darunter zusammengeknotet.

Maria lächelte, als sie ihn sah. Und er lächelte zurück. Sie verstanden sich, auch ohne miteinander zu sprechen. Ihre Lippen wünschten ihm jetzt einen guten Morgen, und er freute sich darüber. Vielen Menschen ging er lieber aus dem Weg. Was sie sagten, war selten ehrlich. Sie redeten nur, um zu reden. Manchmal war er froh, stumm zu sein.

»Möchtest du essen?«, fragte Maria. Konrad nickte und blickte vielleicht ein paar Augenblicke zu lange in ihre Augen, deren genaue Farbe er bis heute nicht bestimmen konnte. Blau? Grün? Grau? Oder alles in einem? Das Mädchen lächelte jetzt noch ein klein wenig mehr, als ob sie sich über seinen etwas zu langen Augenblick besonders gefreut hatte.

Während Konrad in die Stube trat und sich auf eine Bank setzte, drehte sich Maria um, ging zu einer der beiden Feuerstellen und rührte mit einem langen Holzlöffel den Brei in dem Kupferkessel um. Das Feuer darunter war schon etwas zusammengefallen. Maria stand mitten in der Nacht auf, um das Essen für die Familie und die Bediensteten des Goldschmieds zu bereiten.

Konrad betrachtete sie. Er mochte Maria, obwohl er eigentlich gar nicht wusste, warum. Sie musste so alt sein wie er, schätzte Konrad, genau wusste er es aber nicht. Sie war eher klein und zierlich, hatte unter ihrem Gewand kaum wahrnehmbare Brüste, und ihr Hintern zeichnete sich nur spärlich unter dem Leinen ihres Kleides ab.

Da hatte die Frau des Meisters erheblich mehr zu bieten, fand Konrad. Dafür hatte Maria aber etwas, was in ihm immer für ein warmes Gefühl in der Mitte seines Leibes sorgte – es war das Lächeln und der Glanz in den Augen. Immer wenn sie ihm eines schenkte, zog sich etwas in ihm zusammen. Ein schönes Gefühl war es, auch wenn es ihm manchmal Angst machte.

Warum, wusste er nicht.

Konrad mochte auch Marias kleine Nase, vielleicht etwas zu klein für seinen Geschmack, dafür aber mit jeder Menge Sommersprossen. Sie hatte ein eher rundes Gesicht mit leicht hervorstehenden Backenknochen und ihre Ohren standen etwas vom Kopf ab. Er mochte vor allem ihre Haare an der Schläfe, die sich bei Regen immer besonders stark kringelten.

Maria und er waren etwa zur selben Zeit in den Haushalt des Goldschmieds gekommen. Der Meister hatte Konrad von den Straßen der Stadt weggeholt, und Konrad wusste bis heute nicht, was genau damals geschehen war. Warum der Meister ausgerechnet ihn als seinen Schüler auserkoren hatte, obwohl er ihn doch gar nicht gekannt hatte. Oder vielleicht doch? Der Goldschmied hatte nie ein Wort darüber verloren, als ob diese Geschichte für immer im Dunkeln bleiben sollte.

Konrad wusste nur, dass seine Mutter bei seiner Geburt gestorben war. Er war das erste Kind, und sein Vater, ein Steinmetz, zog ihn ohne Frau groß. »Er wollte nie eine andere Frau als deine Mutter«, hatte der Meister Konrad irgendwann einmal gesagt, und damit war die Geschichte für ihn auch schon erledigt. Konrads fragenden Blicken begegnete der Goldschmied mit der Bemerkung, dass er ihn schon früh genug aufklären würde.

Nur eines hatte ihm der Meister seither noch verraten: Dass sein Vater tödlich verunglückt war, ein Gerüst war eingestürzt und er von Steinen erschlagen worden. Warum Konrad schließlich in den Haushalt des Goldschmieds geriet und woher dieser seinen Vater kannte, blieb das Geheimnis des Meisters.

Über Marias Vergangenheit wusste Konrad genauso wenig. Karl hatte einmal erzählt, dass das Mädchen an einem bitterkalten Wintertag vor dem Haus des Meisters ausgesetzt worden war, doch das konnte Konrad kaum glauben. Da schien ihm die Geschichte von Wieland plausibler, der behauptete, die Eltern von Maria hätten die Kleine dem Meister verkauft. Als Haushaltshilfe.

Maria hatte nie ein Wort über ihre Herkunft verloren, es schien ihr völlig egal. Vielleicht wusste sie es ja auch gar nicht. Mit Konrad verband sie die ungeklärte Herkunft, und das war für beide ein Band, das niemand durchschneiden konnte.

Das Mädchen reichte Konrad eine Schüssel mit dem Brei, pustete vorher noch einmal über die Oberfläche, um sie abzukühlen. Dazu gab es ein Bier vom Nachbarn zur Rechten, der frisch gebraut hatte.

»Die anderen kommen später, es ist noch früh, die Glocken haben noch nicht zur Messe geschlagen«, sagte Maria, als sie Konrads Blick zur Treppe bemerkte. Sie nahm sich auch eine Schüssel, füllte sie aber nur halbvoll und setzte sich neben Konrad auf die Bank. Sofort sprang sie wieder auf.

»Ach, das Wichtigste hab' ich noch vergessen!« Maria ging zu einer Truhe, öffnete sie und nahm eine Schale mit Honig heraus. Sie tröpfelte eine ordentliche Portion in Konrads Brei und genehmigte sich auch einen Löffel.

Sie setzte sich wieder neben ihn und zwar so nah, dass zwischen den beiden Körpern keine handbreit Platz blieb. Konrad spürte ihre Wärme und genoss den Augenblick. Er wusste nicht, ob er ein wenig wegrücken sollte, um Anstand zu bewahren, oder ob er einfach sitzen bleiben sollte, weil es so schön war.

»Uns sieht doch keiner«, sagte Maria, die seine Unsicherheit gespürt haben musste und Gedanken lesen konnte. »Du bist doch viel zu anständig.« Was das bedeuten sollte, wusste Konrad nicht.

Sie war der einzige Mensch, den Konrad kannte, der beim Essen nicht schmatzte oder schlürfte. Geräusche, die ihm, wie so manche Gerüche, Gänsehaut verursachten. Ein weiterer Grund, das Mädchen zu mögen.

»Du hast heute frei«, sagte Maria und Konrad blickte von seiner Schüssel auf. »Wir sollen deshalb zusammen einkaufen. Hat die Frau des Meisters gestern Abend gesagt, und du sollst auf mich aufpassen.« Maria lächelte und zeigte dabei ihr makelloses Gebiss. Konrad wurde mal wieder warm im Bauch.

»Mein Beschützer. Na ja, groß genug bist du ja schon«, gluckste sie und schaute ihn von unten bis oben an. Konrad spürte, wie er rot wurde.

»Damit mir nicht das passiert, was dem Judenmädchen passiert ist«, sagte Maria und senkte den Blick. Ihr Gesichtsausdruck wurde wieder ernst. »Die Frau des Meisters meint, dass Abigail getötet wurde, weil sie Jüdin war.«

Konrad sah sie an und hob fragend eine Augenbraue.

»Ich habe gehört, was der Meister und seine Frau im Bett geredet haben«, sagte Maria. Konrad fragte sich, wie sie das wohl angestellt hatte, lag sie dabei etwa unter dem Bett der beiden?

»Der Herr macht sich Sorgen. Große Sorgen. Er sagt, die Stadt kocht über vor Gerüchten. Anstatt ehrlich zu arbeiten und sich einen Dreck um die Meinung der anderen zu scheren, hören die Leute lieber auf die Gerüchte, die von draußen kommen und erzählen den größten Unfug auch noch weiter. Das sagt er.«

Maria sah Konrad in die Augen: »Alle haben Angst vor der Pest. Viele sagen, die Juden sind daran schuld.«

Stille. Konrad traute sich nicht, den letzten Rest des Breis auszukratzen. Er nahm lieber einen Schluck Bier.

»Es ist die Strafe Gottes, sagt die Herrin. Wegen der vielen Sünden, sagt sie. Das macht den Meister dann ganz wütend, und er sagt ihr, sie soll endlich den Mund halten. Sie würde ja schon so reden wie die Leute von der Straße. Noch wäre niemand in der Stadt an der Pest erkrankt, und niemand könne wissen, was geschehen wird. Gott würde es schon richten.«

Maria stellte ihren Brei auf den Boden. »Karl und Wieland reden auch von nichts anderem mehr. Und auch nicht die Hausmädchen bei den Nachbarn. Alle haben schreckliche Angst.«

Maria gab sich einen Ruck. »Nur wir beide nicht, oder?«, fragte sie Konrad und stand auf. Sie zog an seinem Ärmel, lächelte wieder, nahm ihre Haube ab und schüttelte ihre langen Haare. Dass einige Strähnen Konrad dabei ins Gesicht flogen, war wohl nicht ganz unbeabsichtigt.

»Mach dich fertig, lass uns gleich los. Früh am Morgen sind die Sachen noch am besten«, sagte Maria. »Ich geh' schnell nach oben, weck' Maria, damit sie in der Küche weitermacht, und zieh' mich an.« Dass das zweite Küchenmädchen ebenfalls Maria hieß, fand Konrad völlig normal. Fast jedes Mädchen, das er kannte, hieß so – warum auch immer.

»Wir treffen uns draußen vor der Tür, nimm eine Trage mit«, bat Maria noch und verschwand dann mit einer gekonnten Drehung ihres Körpers durch die Tür. Konrad eilte so leise wie er konnte die Treppe rauf, fischte Mantel und Kappe aus der Wäschetruhe neben seinem Bett und zog sich beides beim Runterlaufen über.

Er schnappte sich eine Rückentrage, öffnete das schwere Eingangstor und trat einen Schritt auf den Benediktsplatz. Erst jetzt bemerkte er die Sonnenstrahlen. Konrad hielt sein Gesicht in die Sonne und vergaß für einen Moment die Welt um sich herum. Jetzt Mitte Februar hatten die Strahlen schon ein wenig Kraft, und er genoss die Wärme auf seinem Gesicht.

»He du, mach mal Platz!« Konrad schrak auf und sah in die Richtung, aus der die laute Stimme kam. Sie gehörte zu einem Mann, der auf einem erschreckend großen Gaul saß, der genau in dem Moment etwas fallen ließ, als er auf Konrads Höhe war. Die Pferdeäpfel platschten in eine Pfütze, und der Mann lachte, als er sah, dass Konrad getroffen wurde. »Du musst weniger träumen, Junge«, sagte der Mann und ritt langsam davon.

Konrad sah an sich hinunter und bemerkte die dunklen Wasserflecken. Mit seinem Ärmel wollte er sie wegwischen, doch das verschlimmerte das Missgeschick nur. »Hast du wieder mit Wasser gespielt?«, fragte Maria grinsend, als sie auf einmal neben ihm stand. Konrad hatte sie gar nicht kommen hören.

Er schüttelte den Kopf, und dabei fiel ihm auf, dass sie jetzt ein blaues Kleid anhatte, darüber einen Mantel in derselben Farbe. Maria bemerkte seinen fragenden Blick: »Das hat mir die Herrin geschenkt, sie wollte beides nicht mehr tragen. Komm, lass uns jetzt los!«

Konrad schnallte sich die Trage auf den Rücken und Maria hakte sich bei ihm unter. Am liebsten hätte er sie jetzt umarmt, aber ihm fehlte der Mut. Das Mädchen blickte ihn an, und er begriff, dass sie seinen Gedanken erraten hatte. Konrad wurde rot. Mal wieder.

Auf dem Benediktsplatz, den sie überquerten, hatten Leineweber und Tuchschlitzer ihre Stände. So früh am Morgen waren die Händler und Handwerker noch dabei, ihre Ware auszubreiten. Erst später würden sie lautstark über den Platz brüllen, um ihre Ware anzupreisen. Die ersten Kinder rannten barfuß über den Platz, sprangen dabei in die Pfützen, die der Regen der letzten Tage geschaffen hatte.

Ein alter Esel sah die beiden an und Maria grinste. Das Tier hatte einen riesigen Penis, was ihm überhaupt nicht bewusst zu sein schien. Maria zog Konrad mit sich, und er sah, dass diesmal ihr Gesicht ganz rot geworden war.

Die Tore der Benediktskirche standen bereits offen. Es war ein großzügiger Bau, eine von zwei Kirchen, die an den jeweiligen Brückenköpfen gebaut worden waren, um reisende Händler zu großzügigen Spenden zu ermuntern. Die Kirche des Benediktinerordens hatte unten große Arkaden, darüber große Fenster, um Licht in den Innenraum zu lassen. Ihr Turm, der am

Brückenkopf stand, ragte fünf Etagen in die Höhe und war mit einem spitzen Dach mit Tonschindeln bedeckt.

Im Innenraum hatten sich schon Händler und Handwerker versammelt, auch einige Pferde und Esel standen still beisammen. Hühner sausten gackernd und wild mit den Flügeln schlagend durch den Raum, und die Luft war von Weihrauch geschwängert. Zwischen den Messen gingen die Menschen in der Kirche ihren Geschäften nach, und in der guten Stube Gottes konnten es ja nur gute werden.

Maria und Konrad liefen durch die Kirche hindurch zur Krämerbrücke, einem der wenigen Bauwerke der Stadt aus stabilem Stein. Auch hier waren die Händler gerade dabei, ihre Ware auszupacken. Die ganze Brücke war auf beiden Seiten mit Holzhütten bebaut, in ihnen und auf den Auslagen gab es nur Kostbarkeiten zu kaufen. Das war auch kein Wunder, war die Brücke Teil der uralten Handelsstraße Via Regia und noch dazu die einzige Möglichkeit, den Fluss trockenen Fußes zu durchqueren. Unter ihr gab es zwar eine Furt, doch die war den langen und schweren Gespannen vorbehalten, die aus weit entfernten Gegenden nach Erfurt kamen, um von hier aus in die entlegensten Winkel der Welt weiter zu ziehen.

Und mit den Gespannen kamen natürlich auch die Händler aus allen Teilen des Abendlandes. Und einige aus dem Morgenland. Viele von ihnen wirkten auf Konrad geradezu unverschämt reich, und sie trugen ihren Reichtum auch gerne zur Schau. Konrad bewunderte die teuren Pelze, die die Männer aus aller Herren Länder umgelegt hatten. Die kostbaren Stoffe, meist in rot, blau und gelb gefärbt. Die dichten Bärte, die oft dicken Bäuche.

Jetzt war die Brücke noch leer und die Sonnenstrahlen beschienen den Holzbelag, doch schon nach der nächsten Messe würde man hier kaum noch Platz zum Luftholen haben.

»Guck mal«, sagte Maria und Konrads Blick folgte ihrem ausgestreckten Finger. Vor einem Stand, vor dem er schon öfter stehengeblieben war, stapelten sich viele große Holzschüsseln. »Riech mal!«, sagte sie, zog ihn zu dem Stand und fächelte sich mit der Hand Luft zur Nase. Konrad schnupperte und jetzt roch er es auch: Zimt! Dann sah er die kleinen schwarzen Perlen – Pfeffer. Daneben Salz, exotische Kräuter, Lorbeerblätter. Der Händler bemerkte die beiden, und seinem Blick nach zu urteilen, war er über das Interesse von Maria und Konrad nicht sonderlich begeistert. Sie sahen nicht gerade so aus, als ob sie sich diesen Luxus leisten konnten. Vor allem nicht der junge Kerl mit den befleckten Hosen.

Und als ob Maria diese Gedanken erraten hatte, nahm sie einen Geldbeutel aus dem Saum ihres Umhangs, zog eine Silbermünze hervor und zeigte auf den Pfeffer.

»Was kostet der?«

Konrad riss die Augen auf – ein Küchenmädchen kaufte so teure Sachen?

Der Händler war erst genauso erstaunt wie Konrad, nahm dann aber die Münze und betrachtete sie von allen Seiten. Als ob er nicht glauben konnte, dass das einfache Mädchen vor ihm so viel Geld mit sich trug.

»Wie viel willst du?«, fragte der Händler endlich, und es entwickelte sich zwischen ihm und Maria ein ausgedehntes Feilschen. Jetzt, wo der Mann sah, dass sie Geld hatte, nahm er sie für voll, dachte Konrad. Ihm war das Ganze eher peinlich, und er tat so, als ginge es ihn nichts an.

Nach einer Ewigkeit, so kam es ihm jedenfalls vor, waren sich Maria und der Händler einig. Neben Pfeffer packte er auch noch Salz, Zimt und einige Gewürze, die Konrad nicht kannte, in verschiedene Beutel, gab Maria Beutel und Wechselgeld. Die konnte es sich nicht verkneifen und prüfte ihrerseits die Münzen auf Echtheit.

Und Konrad begriff auf einmal, warum die Herrin Maria zum Einkaufen schickte – besser hätte sie auch nicht feilschen können. Wahrscheinlich hätte sie es wohl auch nicht gemacht, feilschen war mit Sicherheit unter der Würde der Herrin. Maria war das sichtlich egal.

»Komm, lass uns einmal die Brücke auf- und wieder ablaufen«, sagte Maria und zog Konrad am Ärmel hinter sich her. Der staunte jedes Mal, was es hier alles gab: pures Gold und Silberbarren, sogar wertvolles Pergament und kostbare Stoffe, unbezahlbare Borten, Gürtel aus Seide und mit Verzierungen aus Edelsteinen, Broschen, Ringe, Armreifen, Ketten, Perlen, bunte Vögel in kleinen Käfigen, Silberbecher, Kannen, alle Sorten Edelsteine.

Maria blieb vor fast allen Ständen stehen, bestaunte vor allem den Schmuck und hielt dabei Konrad fest am Ärmel. »Ist das nicht schön?«, fragte sie ihn immer wieder und er konnte nur nicken. Die Arbeiten aus vielen Teilen der Welt waren zum Teil wirklich perfekt gemacht – besser hätte sie auch sein Meister nicht fertigen können.

Mittlerweile hatte sich die Brücke gefüllt, es wurde langsam eng. Maria und Konrad verließen sie durch die andere Brückenkopfkirche, die Aegidienkirche, und kamen auf den Wenigemarkt, wo es ganz anders als auf der Brücke roch – mehr als neunzig Fleischbänke drängten sich auf dem kleinen Platz, so manches war auch nicht mehr ganz frisch, da war sich Konrads Nase sicher. Es gab auch Brothäuser, Brotbänke, Tuchauslagen, ein Lederhaus, mehrere Schuhmacher.

Hier war es schon voller, die verschiedensten Menschen bevölkerten den Platz. Arme, reiche, junge und alte. Was die meisten einte, waren die Lücken im Gebiss – manche hatten nur ein paar Zähne verloren, andere hatten nur noch eine Handvoll davon im Mund. Und die waren auch eher braun als weiß. Doch das war's auch schon an Gemeinsamkeiten. Je reicher der Mensch, desto bunter seine Kleidung, desto größer die Kopfbedeckung. Während die Kinder barfuß über den Matsch rannten, ärmere Menschen in Holzpantinen durch den Dreck schlurften, stöckelten vornehme Herrschaften auf Holzuntersätzen, die sie sich unter die Schuhe geschnallt hatten, durch den mit Pferdemist durchsetzten Morast.

Konrad blickte in die zahnlosen, vom Wetter zerfurchten, von der Arbeit verdreckten Gesichter älterer Menschen, die nur noch Brei essen konnten. Viele hatten rabenschwarze Fingernägel und dreckstarrende Füße. Er fragte sich, wie er wohl auf andere Menschen wirkte, wie er eigentlich aussah. Er hatte zwar noch alle Zähne, doch er wusste, dass das nur noch eine Frage der Zeit war.

Maria kaufte mehrere Brote und Schweinefleisch für die nächsten Tage, packte alles auf Konrads Rückentrage und ging Richtung Anger weiter. Das war eigentlich ein großer Umweg, aber Konrad wusste, dass Maria diesen Weg mochte. Hier wurde Waid verkauft, die Pflanze, die Stoff blau färbte und die Händler reich machte. Denn so guter Waid, wie der aus der Gegend rund um die Stadt, war selten und äußerst teuer. Auch wenn die Herstellung, wie Konrad aus eigener Erfahrung wusste, recht geruchsintensiv war. Es stank oft bestialisch – wurde doch die eigentlich recht unscheinbare Pflanze auf den Dachkammern der großen Waidhäuser immer wieder mit Männerurin getränkt, damit sie irgendwann zum besonders farbintensiven Pulver wurde. Dazu passte, dass fast jeder größere Haushalt sein eigenes Bier braute und es so immer genug Nachschub an Flüssigem gab.

Das alles war nichts für Konrads sensible Nase, vor allem, weil bei der Herstellung des Farbstoffes alle Fenster unterm Dach sperrangelweit geöffnet wurden.

Die gerade mal faustgroßen Waid-Ballen, die auf dem Anger lagerten und von den Händlern mit Argusaugen bewacht wurden, waren jetzt schon ein Vermögen wert. Und Konrad merkte vor lauter Ehrfurcht gegenüber diesem Schatz gar nicht, dass Maria seine Hand genommen hatte. Und als er es schließlich merkte, wurde er mal wieder rot. Doch die Hand wegziehen, das wollte er auch nicht.

Auf dem Anger herrschte schon reges Treiben, mittlerweile waren auch die vielen Bettler wieder da, wer weiß, wo sie die Nacht verbracht hatten. Es waren Menschen jeglichen Alters, kleine, große, dünne, aber nie dicke. Es gab mehr männliche Bettler als weibliche und die Frauen, die Konrad sah, waren außerordentlich hässlich, oft entstellt von den grässlichsten Krankheiten, die sich Gott ausgedacht hatte, um die Menschen zu strafen.

Obwohl der Anger zu den größten Wegen in Erfurt zählte, war auch diese Straße zu klein für die vielen Menschen, Tiere und Wagen. Hinzu kam, dass fast überall Häuser abgerissen und neu gebaut wurden – Erfurt wuchs schnell, und je knapper der Platz innerhalb der Stadtmauer wurde, desto mehr wuchsen die Häuser in die Höhe. Und mit ihnen kamen der Qualm, der Gestank, das Geplapper der Menschen, das Krachen und Krächzen der Fuhrwerke, die unterschiedlichen Geräusche der Lasttiere.

Karren, voll beladen mit Sand, hellem Sandstein und Holz unterschiedlicher Länge, quälten sich durch den Morast, dazu die vielen Wagen der Händler voller Waidballen, Mehlsäcke oder Lederbündel. Menschen aus den Dörfern trieben alle möglichen Tiere vor sich her: Schweine, Ziegen, Schafe, manchmal sogar riesige Ochsen, die nur durch einen Nasenring gebändigt werden konnten. Und da manche Bauern tagelang unterwegs gewesen waren, trugen auch sie und ihre Tiere zu den unterschiedlichsten, ziemlich üblen Gerüchen der Stadt bei.

Trotzdem liebte Konrad das Durcheinander auf der Straße, er mochte es, sich einfach auf die Mitte des Weges zu stellen und die schimpfenden Fahrer, die ihn umkurven mussten, zu ignorieren. Und denen, denen er völlig egal war und die deswegen einfach geradeaus fuhren, machte er einfach eine lange Nase und trat eben einen Schritt beiseite. Er mochte es, das Treiben um ihn herum auf sich einwirken zu lassen. Er hörte dann das Knarren der Wagen, das Gerede und Gequatsche der Männer und Frauen, manchmal das Bellen von Hunden, oder, eher selten, den Gesang eines Vogels, der sein Dasein in einem Käfig auf einem Hinterhof fristen musste. Ach ja, es gab auch Vögel, die in Freiheit umherflatterten – die aber pickten sich ihr Futter aus dem Mist der Pferde und hatten sich damit jeden Respekt von Konrad verspielt. Von Raben und den überall ihren Kot hinterlassenden Tauben ganz zu schweigen.

Manchmal hörte er auch Geschrei aus den Häusern, das dunkle Poltern der Männer, das hohe Kreischen der Frauen oder Kindergebrüll. Dann versuchte er sich vorzustellen, was da wohl gerade passierte, und in diesen Momenten war er froh, bei seinem Meister leben zu dürfen.

Mit Maria an der Hand drückte er sich jetzt aber lieber an den Hausmauern entlang, wo es nicht ganz so geschäftig zuging. Manchmal wurden die Nachttöpfe aus einem Fenster platschend auf die Straße ausgeleert, dann machten sie einen Satz zur Seite. Es war sowieso ratsam, seine Augen ständig kreisen zu lassen – man wusste nie, was wann von oben, von hinten oder auch der Seite kam, ob das harmlose Anrempeln nicht der Versuch war, einem die Geldbörse zu stehlen.

Konrad war froh, der Eintönigkeit der Werkstatt für den Moment entkommen zu sein. Und er fand es eigentlich ganz nützlich, dass Maria heute mit ihm anscheinend die große Runde durch die Stadt machen wollte. Denn vom Anger aus ging es zur Schlösserbrücke, wo der Töpfermarkt der Stadt war.

Hier zog er Maria von der Brücke weg an den Rand des Flusses, der kräftig sprudelnd Richtung Krämerbrücke rauschte. Er fischte sich eine Münze aus einer Tasche, gab sie einem Brezelverkäufer, nahm das Gebäck, brach es in zwei Hälften und gab eine davon Maria.

Ihr dankbares Lächeln ließ seinen Magen zusammenschrumpfen. Vorsichtig drehte er sich um, versuchte wieder einigermaßen Luft zu bekommen und stellte die schwere Rückentrage auf den Boden. Froh darüber, Maria in diesem Moment nicht in die Augen blicken zu müssen, zerbröselte Konrad ein Teil seiner Brezel.

Er warf den ersten Brösel in Richtung einer Ente, die erst ganz gemächlich vor sich hin paddelnd umherschwamm und dann plötzlich, als sie die Handbewegung mitbekam, mit ganzer Kraft auf ihn zu schoss. Im Schlepptau hatte sie zwei andere Enten, und wie aus dem Nichts landeten plötzlich drei weitere Männchen vor seinen Füßen im Wasser.

Mussten die Hunger haben, sagte sich Konrad und fragte sich, warum es überhaupt noch so viele von den eigentlich recht leckeren Tieren in Erfurt gab. Bei dem Gottvertrauen, das sie anscheinend hatten, waren sie doch eine leichte Beute. Während er den zweiten Krumen in Richtung der Vögel warf, nahm er sich vor, in einer der nächsten Nächte ein paar von den Viechern einzufangen. Auch wenn der Meister das nicht schätzte – und es ihn mit ganz viel Pech möglicherweise die Hand kosten konnte, so war das eben bei erwischten Dieben –, so aßen er und die Familie die gefangenen Enten doch ganz gerne.

Maria machte sein Spiel mit, auch sie hatte einen kleinen Teil ihrer Bretzel in kleine Häppchen aufgeteilt und fütterte damit die Enten. Konrad sah ihr dabei zu und wunderte sich, warum Mädchen so ganz anders warfen als Männer. Irgendwie umständlich, als ob sie einen Knoten in Armen und Beinen hätten.

Von der Schlösserbrücke aus ging's weiter Richtung Rathaus. Immer wieder mussten sie Pferden ausweichen und so mancher sture Esel schubste Konrad zur Seite, wenn er mal wieder seinen Gedanken nachhing und nicht auf die Umgebung achtete. Die Straßen waren mittlerweile durch die unzähligen Füße und Hufe völlig aufgeweicht. Ab und zu kamen ihnen Gruppen von Bettelmönchen entgegen, die in ihren grauen Kutten durch die Stadt zogen und einen mit ihrem Gemurmel penetrant an die eigenen Sünden erinnerten. Und daran, wie man sich von ein paar davon befreien konnte – wenn man genügend Geld hatte.

Erfurt veränderte sich, dachte Konrad, als sie an Baustellen vorbeikamen, wo mal wieder mit viel Lärm ein einfaches Holzhaus aus Baumstämmen und Lehmgeflecht abgerissen wurde und einem Fachwerkbau Platz machte. Oder gleich einem Steinhaus mit Innenhof. Im Hof ein Brunnen, Scheunen für

Waid und Getreide, Werkstätten, vielleicht ein Brauhaus, Ställe für Pferde, Hühner und Schafe. Da viele dieser reichen Bürger Kunden seines Meisters waren und Konrad bei der Auslieferung des Schmucks oft dabei war, kannte er sich aus. Maria hatte sich inzwischen wieder eingehakt, heute schien sie Konrad nicht loslassen zu wollen. Passenderweise kam jetzt die Sonne immer öfter zum Vorschein, die Strahlen sorgten für zusätzliche Heiterkeit in seiner Seele.

Vor Maria und Konrad lag jetzt rechts das Rathaus der Stadt, Sitz der Reichen und Mächtigen. »Hier wird regiert und intrigiert«, sagte der Meister immer. Hier saßen seit Jahrzehnten die immer gleichen Familien und versuchten sich zu bereichern, aber auch die Stadt wachsen zu lassen. War ja auch zu ihrem Nutzen.

Und vor allem versuchten die Stadtoberen immer wieder, sich von der Herrschaft des Mainzer Bischofs zu befreien, der seit Jahrhunderten aus der Ferne die Geschicke der Stadt bestimmte.

Vor dem Rathaus hatte sich eine Menschenmenge versammelt, Konrad konnte mittendrin zwei Hellebarden der Stadtwache ausmachen. Maria zerrte ihn am Ärmel, zog ihn zu dem Knäuel Menschen. Konrad hörte eine laute Stimme aus der Mitte der Ansammlung, und auch die Händler auf dem Fischmarkt vor dem Rathaus spitzten die Ohren, wenn sie nicht gerade einen Kunden zu bedienen hatten.

»Und ich sage Euch …«, hörte Konrad, den Rest verschluckte das allgemeine Stimmengewirr. Er drängte sich mit Maria durch die Menschen, die ganz schön schimpften, wenn er mit seinem Rückengestell bei ihnen aneckte. »Die Pest, sie wird uns alle vernichten!« Konrad sah zwar nicht, wer da sprach, aber es musste eine wichtige Persönlichkeit sein, dem zustimmenden Gemurmel der anderen nach zu urteilen.

Gezogen von Maria, konnte Konrad irgendwann den Mann sehen, der für diesen Auflauf gesorgt hatte. Es war ein Kaufmann, seiner teuren, für Erfurt etwas zu ungewöhnlichen Kleidung nach zu urteilen, musste er ein Fernhändler sein. Er trug einen breitkrempigen blauen Hut mit Fasanenfeder, hatte ein blaues Tuch um den Hals gewickelt, trug einen roten Mantel, einen breiten Gürtel aus Leder mit Silberbesatz, blaue Strümpfe, spitze Stiefel. Links und rechts von ihm standen zwei Mönche mit gesenktem Blick, sie trugen schwarze Kutten und hatten eine Kapuze über ihre blank geschabten Köpfe gezogen. Konrad konnte ihre Augen nicht sehen, nur die beiden Münder im ungeschorenen Gesicht, und er fragte sich, was die Kirchenmänner neben dem Händler zu suchen hatten.

»Ich sage Euch, unser Ende ist nah!«, ereiferte sich der Kaufmann und wurde immer lauter. »Ich habe es selbst gesehen! Ich war dort, wo der Tod wütet! Wo die Menschen sterben wie Fische auf dem Trockenen!«

Die beiden Mönche nickten, und trotz ihrer in Demut zu Boden geneigten Gesichter, konnte Konrad das Entsetzen darin erkennen. Oder er glaubte es zumindest.

»Ich war in Italien mit meinem Gespann, wollte Gewürze und Wein kaufen. Und da habe ich ihn gesehen! Den Tod! Gottes Strafe für unsere Sünden!«. Der Händler hatte sich in Fahrt geredet, und die Feder an seinem Hut wippte bei jedem Satz auf und ab. »Ich bin dem Tod wie durch ein Wunder von der Schippe gesprungen, um mich herum starben die Menschen wie die Fliegen. Rechtschaffene Christenmenschen, arme Sünder – die Pest verschonte keinen! Ich bin durch Orte gekommen, in denen es kein Leben mehr gab. Nur noch Ratten und abgemagerte Hunde, die an den Leichen nagten, die auf den Straßen lagen.«

Die Menge stöhnte auf. Die junge Frau mit den filzigen, blonden Haaren, die rechts von Konrad stand, schauderte merklich. Als ob plötzlich Frost herrschen würde. Andere murmelten: »Oh Gott!« und bekreuzigten sich. Auch die beiden Mönche hatten ihren Rosenkranz hervorgeholt und bearbeiteten die Holzperlen.

»Und wie kann es sein, dass Ihr entkommen konntet?«, rief ein glatzköpfiger Mann, der der Tonlage nach zu urteilen seine Zweifel an der Erzählung hatte.

»Weil Gott mir meine Sünden erlassen hat!«, antwortete der Händler selbstbewusst. Konrad musste grinsen, als er sah, dass die beiden Mönche jetzt besonders heftig nickten. Fast jeder in der Menge wusste, was der Händler meinte: Vergebung der Sünden durch eine Spende an die Mutter Kirche. Je größer die Sünde, desto größer die Spende. Konrad glaubte nicht so recht daran, so einfach konnte Gott doch nicht denken. Einfach von den Sünden freikaufen?

Er sah Maria an, und prompt fielen ihm seine Sünden ein. Geistige Sünden zwar, aber immerhin.

»Und ich sage Euch, es ist die Strafe Gottes, es ist das Jüngste Gericht!« Mittlerweile brüllte der Händler, um das aufgeregte Gequatsche der Menge zu übertönen. »Kinder lassen ihre Eltern im Stich, Eltern lassen ihre Kinder krepieren. Die Einzigen, die nicht davonliefen, waren die Diener Gottes. Sie halfen, als ob sie ganz ohne Angst gewesen wären.« Die Mönche freuten sich sichtlich. »In einem Dorf wurden die Kranken in ihren Häusern einfach angesteckt und die Türen verrammelt! Die Schreie der Kinder, Männer und Frauen werde ich nie vergessen können«, schrie der Händler.

Jetzt gruselte es auch Konrad.

»Ich habe Frauen gesehen, die ihre Neugeborenen erschlugen, nur weil diese leichten Ausschlag hatten!« Der Händler hatte sich in Rage geschrien. »Ein Bürger mied den anderen, kein Nachbar sorgte mehr für den anderen. Die fürchterliche Heimsuchung hatte eine solche Verwirrung in den Herzen der Männer und Frauen gestiftet, dass ein Bruder den anderen, der Onkel den Neffen, die Schwester den Bruder und oft die Frau den Ehemann verließ, ja, was noch merkwürdiger und schier unglaublich erscheint: Vater und Mutter scheuten sich, nach ihren Kindern zu sehen und sie zu pflegen. So als ob es nicht die ihren wären.«

Der Händler blickte jetzt auf den Boden und wurde leiser, vielleicht um seinen Worten noch mehr Ausdruck zu verleihen. »Viele starben, die, wenn man sich nur gekümmert hätte, wohl wieder genesen wären. Aber wegen des Mangels an ordentlicher Pflege und wegen der Macht der Pestilenz war die Zahl derer, die Tag und Nacht starben, so groß, dass es Schaudern erregte, davon zu hören, geschweige denn, es mitzuerleben.«

Den letzten Sätzen hatte die Menge ganz still gelauscht. Betroffen sah jeder seinen Nachbarn an.

»Gibt es denn keine Hilfe?«, fragte eine alte Frau ohne Zähne im Mund.

»Hilfe?« Der Händler verzog seinen Mund und schüttelte den Kopf. Und antwortete in einer fast normalen Tonlage: »Was für Hilfe? Manche Quacksalber stechen die Beulen auf. Doch das beschleunigt meiner Meinung nach nur das Sterben, das habe ich selber gesehen. Andere segnen die Kranken – die sterben trotzdem.« Jetzt blickten die beiden Mönche auf – der Segen durch die Männer der Kirche konnte nicht helfen?

»Auch der Aderlass taugt nichts, im Gegenteil. Ich habe keinen gesehen, der erkrankte, so behandelt wurde und überlebte«, sagte der Händler.

»Und ich habe gehört, dass faule Winde Schuld an dem großen Sterben sind!«, ereiferte sich ein kleiner Mann, dessen graue Haare ihm wild auf der Halbglatze klebten.

»Ach was, es sind Dämpfe aus dem Inneren unserer Erde!«, rief ein anderer Mann mit wirrem Blick.

Dämpfe aus der Erde? Konrad konnte sich nicht erinnern, jemals von so etwas gehört zu haben.

»Es sind die Juden«, sagte eine alte Frau neben dem Händler laut. »Ich hab' gehört, dass sie unser Wasser vergiften, sie träufeln Gift in Brunnen und Quellen, um uns zu töten!«

»Das stimmt«, brüllte ein jüngerer Mann mit verstaubter Kleidung, anscheinend ein Steinmetz. »Ich hab' gehört, dass ein jüdischer Arzt so ein Verbrechen gestanden hat!«

Konrad fragte sich, wo er das wohl gehört hatte. Obwohl – als Steinmetz konnte man schon herumkommen, gebaut wurde ja zurzeit überall.

»Dann kannst du mir sicher erklären, warum die Pestilenz auch in Gegenden wütet, wo gar keine Juden leben, und dort, wo sie lebten, sie selbst zum Opfer werden?«, antwortete ein anderer besonnen.

»Woher willst du das denn wissen?«, kam schnell die Antwort. »Ich meine, dass es auch die Gegenden trifft, in denen keine Juden leben?«

Der Händler hob die Hand, um die beiden Männer zum Schweigen zu bringen. »Nur eines kann uns helfen: Wir müssen unser Leben in Gottes Hände geben und uns von unseren Sünden befreien.« Wieder nickten die Mönche, und Konrad fand das mit dem Leben in Gottes Hand eigentlich ganz vernünftig.

»Und die Juden vertreiben, diese widerlichen Wucherer!«, sagte ein Mann, der das wohl ganz anders sah und erntete mit diesem Satz zustimmendes Gemurmel der Umstehenden. Und auch dieses Mal nickten die Mönche.

Konrad hatte genug von diesem Geschwätz, er mochte die Juden. Zumindest die, die er kannte. Sie hatten ihm nichts getan, ganz im Gegenteil, sie waren alle ohne Ausnahme freundlich zu ihm. Was er von so manchen Christen nicht gerade behaupten konnte. Konrad zerrte Maria zurück. Die hatte die ganze Zeit nur staunend dagestanden, den Mund leicht geöffnet. »Ich komm' ja schon«, sagte sie. »Was meinst du, hat der Mann recht?«

Konrad neigte fragend seinen Kopf.

»Ich meine den, der gesagt hat, dass die Juden schuld sind. Dass sie unsere Brunnen vergiften.«

Er schüttelte energisch den Kopf und zog sie weiter mit sich. Brunnen vergiften, was für ein Unsinn. Wozu sollte man denn bitteschön so etwas machen?

Sie schoben sich durch die Menge, kamen an die Stände mit Fisch. Hier roch es besonders streng, fand Konrad. Vor ihm war ein Stand mit Heringen aus der Ostsee aufgebaut, wie der Händler lauthals herumschrie. Konrad hatte keine Ahnung, wo die Ostsee war. Der Fisch war in übel riechendes Zeug eingelegt und Maria zeigte daran lebhaftes Interesse. Schnell wurde sie sich mit dem Händler handelseinig und der stinkende Hering wanderte ebenso wie einige Stücke Stockfisch auf Konrads Rückentrage. Wenigstens würde dieser Gestank ihm die Menschen ein wenig vom Leib halten.

Maria ging weiter, sie hatte sich ihre nassen Schuhe ausgezogen und trug sie in der linken Hand. Sie schlenderte vorbei an Ständen mit lebenden Schweinen, kurz angebundenen Ziegen und halben Rindern. Sie blieb an einem Stand mit Hühnern, Enten und Gänsen stehen. Der Händler, der schlimmer stank als seine Tiere, bemerkte ihr Interesse und verwickelte sie in ein Gespräch.

Konrad ließ sich von einem Gaukler ablenken, um den sich einige Menschen versammelt hatten. Der junge Mann trug kunterbunte Gewänder, hatte spitze Schnabelschuhe mit einer Bimmel an der Spitze an und ein Dauergrinsen im Gesicht. An den Fußgelenken hatte er jeweils zwei Ringe mit Schellen, die für ein kräftiges Scheppern sorgten, und zwischen seinen beiden Händen wirbelten drei Holzkegel – so schnell, dass Konrad Schwierigkeiten hatte, ihren Weg zu verfolgen. Jetzt schnappte sich der Gaukler drei Fackeln, steckte sie an einem kleinen Öllämpchen an und fing an, sie durch die Luft zu wirbeln. Die Menschen um ihn herum starrten staunend den Fackeln nach, die Münder meist weit geöffnet.

Plötzlich ließ ein schrilles Gackern Konrad zusammenzucken. Er drehte sich zu dem Geräusch um und sah, wie der Hühnerhändler einem Huhn das Genick brach, anscheinend war er sich mit Maria handelseinig geworden. Zwei tote Hühner, die weniger lautstark um ihr Leben gekämpft hatten, lagen schon auf der Holzbank.

Konrad wandte sich wieder dem Gaukler zu. Dabei bemerkte er aus dem Augenwinkel ein kleines Mädchen mit dreckigem

Gesicht und kurzgeschorenen Haaren, das sich nicht für die Vorstellung interessierte, sondern offensichtlich für ganz andere Dinge. Konrad sah, wie die Kleine einen Zuschauer wie aus Versehen anstieß und mit der rechten Hand dann im Saum seines Gewandes verschwand. Das alles geschah so schnell, dass der Bestohlene gar nicht reagierte.

Konrad staunte, wie das Kind klauen konnte, ohne dass das Opfer etwas bemerkte. Er war unschlüssig, ob er jemanden auf das Mädchen aufmerksam machen sollte, doch dann blickte ihm die Kleine in die Augen. Es lag eine Bitte in ihrem Blick, die er nicht abschlagen konnte. Sollten die Zuschauer doch besser auf ihr Geld aufpassen, sagte er sich und drehte sich suchend nach Maria um. Und außerdem wollte er nicht daran schuld sein, wenn dem Mädchen aufgrund seines Petzens die Hand abgehackt wurde.

Maria, die von dem stummen Dialog nichts mitbekommen hatte, winkte Konrad heran und packte ihm die drei Hühner und einen Beutel voller Eier auf die Trage, die mittlerweile ganz schön schwer war, und ging an einigen Ständen mit relativ frischem Wildfleisch weiter Richtung Marktstraße.

Während Konrad versuchte, die neuen Lasten auf seinem Rücken auszubalancieren und dabei nicht auf die Menschen um sich herum achtete, wurde er plötzlich grob angerempelt. Ein prächtig gekleideter, junger Mann mit dunkelblonden, halblangen Haaren, auf denen ein auffälliger Hut saß, entschuldige sich jedoch nicht etwa, sondern fuhr Konrad rüde an.

»Was fällt dir ein, mir hier so blöde im Weg herumzustehen!« Der Mann machte Anstalten, handgreiflich zu werden, überlegte es sich aber im letzten Moment und ließ die erhobene Hand wieder sinken. Er dreht sich um und verschwand im Gewühl. Zurück blieb nur eine Wolke aus Parfüm, mit dem sich der überhebliche Patrizier von Kopf bis Fuß eingesprüht haben musste.

Vor Schreck war Konrad der Mund offen stehen geblieben. Maria drückte ganz kurz seinen Arm und zog ihn dann schnell weiter.

Die Marktstraße war als eine der wenigen Straßen der Stadt mit Holzbohlen gepflastert, und an ihrem Rand hatten Händler Holzhütten aufgebaut. Hier gab es Weizen, Roggen, Milch, Honig, Kleie, Hirse, Kraut, jede Art von Kohl, einfache Weine, getrocknete Kräuter, Zwiebeln – also alles, was man für die Küche brauchte.

»Kannst du noch?«, fragte Maria, als sie bemerkte, wie Konrad immer wieder an seiner Trage ruckelte, um sie in eine bequemere Position zu bringen.

Er nickte, was hätte er auch anderes tun sollen. Und prompt packte Maria die Trage so voll, dass er anfing zu schwitzen. Dafür nahm sie ihm jetzt wenigstens die Eier ab.

Die beiden kamen zum Domberg, dessen Platz davor Vor den Graden hieß, und Konrad hatte genug damit zu tun, so entspannt wie möglich weiterzugehen, als ob ihn die Last auf dem Rücken nicht interessierte – was wirklich nicht einfach war. Immer wieder musste er Fuhrwerken ausweichen oder einem Pferd Platz machen, das von seinem Reiter rücksichtslos durch die Menge getrieben wurde. Wer ein Pferd hatte, hatte Geld, dachte Konrad. Wer Geld hatte, hatte Macht. Und warum die Macht nicht zur Schau stellen und rücksichtslos durch die Gassen preschen?, ärgerte er sich.

Der Platz war eng mit Stein- und Fachwerkhäusern bebaut – manche waren drei Etagen hoch und durch die Holzschindeln auf dem Dach quälte sich der Rauch aus der Küche im Erdgeschoss. Es roch nach Holz, nach Qualm, nach Essen. Und sogar manchmal nach Weihrauch.

Maria hatte wieder seine Hand genommen und zog ihn auf den Platz vor dem Mariendom, einen der Orte in der Stadt, die Konrad besonders mochte. Er liebte auch die Stelle hinter der Krämerbrücke, dort, wo der Fluss eine leichte Biegung machte und eine Stelle mitten im Wasser nicht bebaut war, sondern eine Wiese mit Apfelbaum zum Ausruhen einlud. Manchmal, wenn er Lust hatte und der Meister ihm einen Tag freigab – was bei den vielen Feiertagen recht häufig vorkam – verließ er die Stadt durch das Tor im Süden und stieg eine Anhöhe hinauf. Vom Wald, der diese flachen Berge seit Menschengedenken bedeckt haben musste, war nicht viel übrig geblieben – das Holz der Buchen und Eichen wurde für die vielen Baustellen und die unzähligen Herde und Öfen der Stadt gebraucht. Konrad aber kannte eine Stelle, wo es noch einen Rest Wald gab. Davor war eine Wiese, auf der sich ein paar Schafe und Ziegen tummelten, und von dort aus konnte er die gesamte Stadt mit den vielen Kirchtürmen überblicken.

Das alles war für Konrad aber nichts im Vergleich zum Platz vor dem Domberg. Hier schlug für ihn das Herz der Stadt. Hier trafen sich arm und reich, hier trieben sich Vagabunden aus aller Herren Länder herum, sogar einen Menschen mit unglaublich dunkler Hautfarbe und stark gekräuselten, schwarzen Haaren hatte Konrad schon einmal gesehen. Hier trafen sich auch die vielen Fernhändler, die auf dem Weg zu ihren Zielen in Erfurt Rast machen mussten – die Stadt hatte ja das Vorkaufsrecht für ihre Waren.

Konrad blickte zum Pranger, der vor einer Hausecke aufgestellt worden war. Er bestand aus zwei übereinandergelegten Holzstämmen, die je sechs ausgesägte, halbrunde Löcher hatten – übereinandergelegt waren es dann sechs ganze Löcher, durch die die Männer oder Frauen, die es gerade erwischt hatte, ihre Hände oder Füße stecken mussten. Stundenlang waren sie so den Demütigungen der Bevölkerung ausgesetzt, die sich diese Art der Unterhaltung nicht entgehen ließ. Warum auch, so viel Spaß hatte man ja selten.

An diesem Tag war nur eine Frau am Pranger gefangen, eine recht ansehnliche sogar, fand Konrad, wenn man die Rundungen ihres Kleides genauer betrachtete. Hinter der Schandmaske aus Metall, aus deren Mund auch noch eine Blechzunge ragte, kamen lange blonde Haare zum Vorschein.

Konrad mochte den Pranger nicht, genauer das Drumherum. Die Gefangenen taten ihm leid – egal was sie verbrochen haben mochten. Die Frau, deren Füße im Pranger steckten, musste die Beleidigungen zweier Kinder ertragen, die sie nicht nur mit Worten ärgerten, sondern immer wieder ihre Fußsohlen mit einer Feder kitzelten. Das irre Lachen der Gefangenen, das manchmal eher wie ein Schreien klang, war mit Sicherheit auf dem ganzen Platz zu hören. Drei junge Männer, noch zu jung für einen richtigen Bartwuchs aber anscheinend schon alt genug für sündige Gedanken, fassten ihr immer wieder an die Brüste und grinsten. Andere hatten die Kleidung der Frau mit Wasser und anderen, übel riechenden Flüssigkeiten durchnässt. Konrad wandte sich angewidert ab.

Neben den kleinen und großen Teufeleien war auch Gott auf dem Platz immer gegenwärtig, durch die beiden großen Kirchen, die oben auf dem Domberg thronten. Konrad mochte Gott. Immerhin hatte der ihm das Leben geschenkt und vor allem hatte er ihn am Leben gelassen.

Die beiden mächtigsten Kirchen der Stadt – der Mariendom und St. Severi – waren nicht einmal drei Manneslängen voneinander entfernt. In der Stadt stand ja sowieso schon an fast jeder Ecke eine Kirche, aber der Domberg übertraf einfach alles und ließ Konrad jedes Mal vor Ehrfurcht staunen. Siebzig Stufen führten vom Platz zu Füßen der beiden Kirchen nach oben. Während rechts Steinhäuser eng an eng standen, war links eine große Baustelle, auf der unzählige Männer Steine schleppten. Man hatte schon vor etlichen Jahren begonnen, den Domhügel nach Osten zu verlängern, um Platz für einen noch größeren Chor zu schaffen. Die ersten Steinquader des Mauerwerks reckten sich schon in die Höhe. Konrad betrachtete die Außenkanzel, vor der sich bei manchen Messen riesige Menschenmassen drängten. Er konnte sich auch nicht an dem Turm sattsehen, der von drei spitzen Hauben gekrönt wurde – die große in der Mitte, die beiden kleineren links und rechts. In dem großen Turm hing eine gewaltige, unglaublich tief klingende Glocke, die aber immer wieder Risse bekam und dann durch eine ähnliche ausgetauscht werden musste. Keine Glocke in Erfurt hatte einen tieferen Klang, und wenn Konrad sie hörte, stellten sich seine Nackenhaare auf.

Der Platz unmittelbar vor dem Dom war voller Stände, in denen das Fleisch von Schafen, Ziegen, Schweinen und Rindern angeboten wurde, aber auch Brot, Tuche und Schuhe. Unterhalb des Domchors hatten sich Holzhändler einquartiert, daneben Seiler, die feinste Bindfäden, Seile und Stricke anboten. Ein besonderes festes Seil hatten sie auch dem Henker geliefert, dessen Haus ebenfalls auf dem Domplatz stand und das, genau wie der Galgen, von den Menschen möglichst weiträumig umgangen wurde.

Im Moment baumelte ausnahmsweise niemand am Galgen, die Stadt ließ ihre Verbrecher lieber vor den Mauern hinrichten. Zum einen sollte das den Neuankömmlingen signalisieren, dass in der Stadt nicht lange gefackelt wurde, wenn es um göttliche Gerechtigkeit ging. Zum anderen war der Anblick der vor sich hin gammelnden Menschen nicht jedermanns Geschmack. Denn die Hingerichteten, egal ob gehängt, geköpft oder gerädert, wurden nach der Vollstreckung nicht sofort weggebracht – es blieb alles erst mal an seinem Platz. Was die Raben stets aufs Neue freute.

Konrad spürte jedes Mal einen Stich, wenn er den Galgen sah. Er hatte sich früher, als er noch ein Junge war, gegen den Willen seines Meisters öfters zu den Hinrichtungen geschlichen und staunend zugeguckt, wenn ein Räuber, Mörder oder ein Dieb gehängt wurde. Das Knacken des Genicks, wenn der fallende Körper vom Seil abrupt gestoppt wurde, verfolgte ihn immer noch in manchen Albträumen.

Maria bemerkte seinen Blick. »Der ist doch nicht für dich«, sagte sie und ging lächelnd weiter.

Konrad folgte ihr schwitzend, mittlerweile waren auch noch einige weitere Stücke Fleisch auf seinem Rücken gelandet und mit jedem Schritt versank er etwas tiefer im Morast der Straße. Er bemerkte, dass sich auch auf dem Domplatz Menschen versammelten, um von Händlern und Vagabunden mehr oder weniger erfundene Geschichten über die Pest zu hören.

»Konrad, was machst du denn hier? Und Maria, gebt ihr gerade das wohl verdiente Geld eures Herrn aus?«

Die beiden blickten in das bärtige Gesicht von Kalman von Wiehe, der gutmütig grinsend die schwer beladene Rückentrage betrachtete. Auch seine beiden Diener, die ihn begleiteten, mussten grinsen. Wie konnte ein junger Mann wie Konrad sich nur von einer jungen Frau wie ein Esel beladen lassen?

Maria machte einen Knicks. Konrad verzichtete wegen der prall gefüllten Rückentrage lieber auf eine Verbeugung. »Herr, wir sparen, wo wir können«, sagte die Dienstmagd. »Wir haben so gut gehandelt wie lange nicht mehr.«

»Deswegen schickt deine Herrin ja auch dich los, ich kenne keinen, der so handeln kann wie du. Ich sehe schon, ich muss dich in mein Haus holen«, sagte der Händler.

Maria wurde rot. Solche Worte aus dem Munde eines der reichsten Männer der Stadt machten sie verlegen. Auch wenn sie um alles in der Welt nicht das Haus des Goldschmiedes verlassen wollte. Vor allem, so lange Konrad noch da war.

Der Händler deutete eine Verbeugung an, drehte sich um und verschwand mit seinen Dienern Richtung Dom. Konrad fiel auf, dass ihm einige Menschen aus dem Weg gingen. Es war, als ob der Mann von einer unsichtbaren Mauer umgeben war, die ihn von Kontakten mit anderen Menschen abhielt. Oder war das alles nur Einbildung?

Nein, das war es nicht. Fast jeder in Erfurt kannte den reichen Händler, und fast jeder wusste, dass er Jude war, bei dem die reichen Christen der Stadt enorme Schulden hatten, die nicht kleiner wurden. Im Gegenteil.

Konrad sah in den verstohlenen Blicken der Menschen, die einen Bogen um Kalman von Wiehe machten, nicht nur Neid, sondern auch Unsicherheit, mitunter sogar Angst.

DAS SPANISCHE BLUT

EIN ABEND IM FEBRUAR 1349

»Es gibt auch eine Goldsorte, die spanisches Gold genannt wird. Sie wird aus rotem Kupfer, Pulver des Basilisken, Menschenblut und Essig bereitet. Die Heiden nämlich, deren Erfahrung in dieser Kunstfertigkeit bemerkenswert ist, züchten den Basiliken auf folgende Weise.«

Der Meister machte eine kleine Pause und übersetzte dann weiter aus dem Buch vor sich. Mehrere Kerzen brannten mittlerweile auf der Werkbank und erhellten die Goldschmiede-Werkstatt mit ihrem warmen Licht.

»Sie haben einen Stall unter der Erde, oben und unten und an allen Seiten aus Stein, mit zwei Fensterchen, die so klein sind, dass kaum irgendwelches Licht durch sie hindurchscheint. In diesen sperren sie zwei alte Hähne von zwölf bis fünfzehn Jahren und geben ihnen reichlich Futter. Wenn sie fett geworden sind, begatten sie einander durch die Hitzigkeit ihres Fettes und legen Eier.«

Konrad stutzte. Zwei alte Hähne, die Eier legten? Das ging doch gar nicht! Karl und Wieland grinsten.

»Nachdem diese Eier gelegt sind, nimmt man die Hähne aus dem Stall heraus und setzt Kröten ein, die die Eier ausbrüten und denen man Brot als Futter reicht. Aus den bebrüteten Eiern aber schlüpfen männliche Küken, ebenso, als ob sie von Hennen stammen würden. Nach sieben Tagen wachsen ihnen Schlangenschwänze, und sie würden sich sofort in die Erde verkriechen, wenn der Boden des Stalls nicht aus Stein wäre.«

Der Meister machte wieder eine kleine Kunstpause und sah Konrad an. Der hatte nur seinen Kopf etwas schief gehalten, um zu signalisieren, dass er nicht glaubte, was er da vorgelesen bekam. Von draußen drangen noch die Fahrgeräusche von den

Fuhrwerken in die Werkstatt, und immer wenn sie die Kurve zur Michaelisstraße nahmen, donnerten sie gegen die großen Kratzsteine, die als Schutz vor den Rädern an den Häuserkanten angebracht worden waren.

»Um das zu verhindern, nehmen ihre Herren runde Kupfergefäße von großem Durchmesser, allseitig gelocht, deren Mündungen verengt sind. In diese Gefäße stecken sie die erwähnten Küken, verschließen die Öffnungen mit Kupferdeckeln und vergraben sie unter der Erdoberfläche. Sechs Monate lang werden die Tiere mit der feinen Erde ernährt, die durch die feinen Löcher eindringt.«

Wieder eine kleine Pause.

»Danach holen die Herren die Gefäße heraus und stellen sie auf ein kräftiges Feuer, bis die Tiere im Inneren ganz verbrannt sind.« Konrad zuckte zusammen, was für ein schrecklicher Tod!

»Ist das getan, nehmen sie nach dem Erkalten die Asche heraus und zerreiben sie sorgfältig, fügen ihr einen dritten Teil Blut eines rothaarigen Menschen zu. Dieses Blut muss vorher getrocknet und gemahlen worden sein. Diese beiden Ingredienzen werden mit scharfem Essig in einem sauberen Gefäß angerührt. Dann nehmen sie ganz dünne Platten von reinstem Rotkupfer, und darauf streichen sie beidseitig die Mischung auf und bringen die so vorbereiteten Kupferplatten ins Feuer. Wenn die Platten hell glühend sind, nehmen sie diese heraus, löschen sie in der genannten Mischung ab und waschen sie sauber ab. Das machen sie so lange, bis die Mischung das Kupfers ganz durchsetzt hat und das Kupfer dadurch Gewicht und Farbe des Goldes angenommen hat. Diese Goldsorte ist für alle Arbeiten geeignet.«

Der Meister legte das Pergament beiseite. »Wisst ihr, warum ich euch das vorgelesen habe?«

Karl und Wieland schüttelten die Köpfe, Konrad reagierte gar nicht. Er musste noch an das Blut des rothaarigen Menschen denken.

»Das ist eine der wenigen Abschriften des Werks eines wahren Meisters der Goldschmiedekunst«, erklärte der Meister der kleinen Runde. Es war spät am Abend, heute hatten sie wieder Broschen für die Hochzeit gefertigt, aber auch Silberbecher und weitere Ringe. Es waren die letzten Reste des großen Auftrags, und alle waren redlich erschöpft.

»Ihr kennt ihn, ich habe euch schon oft aus seinen Schriften vorgelesen«, sagte der Meister. »Theophilus Presbyter, der Mönch, der vor langer Zeit lebte und dessen Werke noch heute Anleitungen für unser Kunsthandwerk sind.«

Die beiden Gesellen und Konrad nickten. Die Schriften des Mönches waren für sie quasi Gesetz, niemand hatte die Arbeiten mit Gold und Silber so präzise beschrieben wie er.

»Aber wie ihr seht, hat der Meister auch so etwas geschrieben. Oder glaubt ihr etwa an Hähne, die Eier legen?«

Alle vier grinsten.

»Oder, dass das Blut rothaariger Menschen zum Goldbrauen taugt?«

Kopfschütteln.

»Glaubt ihr an Küken mit Schlangenschwänzen?«

Wieder Kopfschütteln. Der Meister machte eine Kunstpause.

»Was ich euch sagen will, ist folgendes: Glaubt nicht alles, was ihr hört. Auch wenn es ein noch so großer Meister verkündet. Glaubt auch nicht alles, was ihr seht – eure Augen können euren Verstand und euer Herz genauso täuschen wie eure Ohren. Hinterfragt alles, was ihr hört und was ihr zu sehen glaubt, denkt lieber einmal mehr über die Dinge nach. Nehmt euch die Zeit.«

Konrad fragte sich, was das Ganze sollte.

Die Antwort bekam er schnell. »Ich mache mir Sorgen, große Sorgen. Unsere Stadt ist nicht mehr wie früher, etwas geschieht, das nicht geschehen soll. Die Köpfe vieler Menschen sind verseucht, in ihnen kreisen böse Gedanken. Gleichzeitig sind sie voller Angst. Und das ist eine schlimme Mischung«, sagte der Meister. »Wie ihr wisst, haben wir den Auftrag des

Juden fast abgearbeitet. Es sind nur noch wenige Wochen, dann wird sein Sohn heiraten. Und ihr wisst auch, dass mich mit dem Vater eine Freundschaft verbindet, die über das Geschäftliche weit hinausgeht. Nicht nur, dass er mir immer mal wieder mit Geld ausgeholfen hat, wenn ich seine Hilfe brauchte, er ist auch ein Vertrauter in geistigen Dingen. Dabei spielt es keine Rolle, welchen Glauben er oder ich haben. Immerhin haben wir den selben Gott, dieselbe Heilige Schrift.«

Alle bekreuzigten sich und die beiden Gesellen rutschten ein wenig unruhig auf der Werkbank hin und her – worauf wollte ihr Meister hinaus?

»In der Stadt hat sich die Angst vor der Pest in den Köpfen festgesetzt. Und sie wird jeden Tag größer, obwohl es noch gar keine Kranken hier gibt, geschweige denn Tote. Die Angst wächst nur durch die Erzählungen der Reisenden.«

Konrad begriff. Deswegen sollte er nicht alles glauben, was er hörte oder sah.

»Manche Menschen sagen die Wahrheit, manche aber schmücken die Wahrheit aus. Andere verschweigen Dinge. Und wieder andere erzählen nur Unsinn, um sich wichtig zu machen. In ihren Erzählungen steckt kein Fünkchen Wahrheit. Und so verhält es sich auch mit der Pest. Wie ihr wisst, ist sie schon einmal über unsere Stadt hinweggefegt und sie hat es überlebt. Es starben zwar Menschen, aber beileibe nicht so viele wie in den Erzählungen, die ihr zurzeit an jeder Ecke der Stadt hört. Oder die euch von so manchem Geistlichen gepredigt werden.«

Konrad schluckte. Sein Meister kritisierte die Kirche? Das konnte ihm schnell böswillig ausgelegt werden. Konrad hoffte, dass Karl und Wieland das, was sie gerade gehört hatten, für sich behielten und niemandem außerhalb der Werkstatt davon erzählten. Andererseits: Predigten Gottesmänner wirklich manchmal die Unwahrheit?

»Wie ihr wisst, hatte ich heute Besuch von einem Händler, der mir schon lange Schmuck abkauft. Und vor mir meinem

Vater. Seine Reise hatte ihn von Spanien aus an den Genfer See geführt. Er berichtete mir, dass dort Juden im Zusammenhang mit der Pest einer peinlichen Befragung unterworfen waren. An ihnen wurde so lange das glühende Eisen angesetzt, bis ein jüdischer Arzt schließlich zusammenbrach und gestand.«

Der Meister holte Luft.

»Gestehen ist vielleicht das falsche Wort, der Händler meinte zu mir, dass der Jude seinen Henkersknechten das sagte, was sie hören wollten. Dass es nämlich eine groß angelegte Verschwörung der Juden gäbe, die die Vernichtung der Christenheit zum Ziel hätte.«

Karl und Wieland hatten von dieser Verschwörung in den letzten Tagen auch schon gehört und nickten. Sie hatten auch gehört, dass die Stadtwachen andernorts gleich säckeweise Gift in den Häusern der Juden gefunden und beschlagnahmt hatten.

Thomas von Weimar blickte sie der Reihe nach fest an. »Aber kennt ihr auch die Methoden, wie solche Geständnisse erpresst werden? Auf der Streckbank werden einem alle Glieder lang gezogen, mit Zangen, manche glühend, wird dem Delinquenten die Haut vom Leib gezogen. Es gibt Stühle voller Spitzen, auf die sich die armen Menschen setzen müssen. Oder sie werden mit Walzen traktiert, die ebenfalls voller Dornen sind. Ich habe von Befragungen gehört, bei denen der Angeklagte an den Händen aufgehängt und dann unter seinen Füßen ein Feuer entfacht wurde. Der Mensch ist sehr einfallsreich, wenn es um das Erpressen von Geständnissen geht. Und irgendwann gesteht jeder alles, da bin ich mir sicher. Der Arzt gestand also, dass ein spanischer Jude und ein französischer Rabbiner gemeinsam Gift gebraut und das dann an Judengemeinden in aller Herren Länder verschickt hatten, um die Brunnen zu vergiften. Sie sollen also die Schöpfer der Pest gewesen sein«, sagte der Meister. »Ihr alle kennt Kalman von Wiehe. Glaubt ihr, er wäre dazu fähig?«

Die drei schüttelten den Kopf.

»Dass er uns Gift in die Brunnen schüttet?«

Wieder Kopfschütteln.

»Oder dass er schweigen würde, wenn es eine solche Verschwörung geben würde? Warum sollte er das auch tun? Er würde nie unsere Freundschaft verraten, und davon abgesehen würde er ja auch sein gesamtes Vermögen verlieren, wenn seine Gläubiger alle tot wären. Ich weiß von anderen Händlern und Goldschmieden, dass sich diese Mär bereits nach Freiburg und Straßburg verbreitet hat, zwei Städte, zwölf bis vierzehn Tagesmärsche von uns entfernt. Auch dort wurde bei Hausdurchsuchungen angeblich Gift gefunden, Juden wurden festgenommen, mit Eisen gequält und natürlich gestanden sie. Was sollten sie auch anderes machen? Und heute Morgen sagte mir ein weiterer Händler, was er aus anderen Städten im Süden gehört hatte. Dass dort nämlich alle Juden getötet und verbrannt worden sind, weil man glaubte, sie hätten die Brunnen vergiftet. Nicht nur die Pest breitet sich aus, auch das völlig sinnlose Morden an den Juden.«

Der Goldschmied schüttelte seinen Kopf. »Sicher, auch ich kann nicht mit letzter Sicherheit wissen, ob die Erzählungen stimmen. Aber dieser Unfug, der aus kranken Köpfen entspringt, den kann und will ich nicht glauben. Und ich sehe und spüre, dass die Stimmung in unserer Stadt umschlägt. Ich mache mir große Sorgen.«

In diesem Augenblick huschte eine Ratte respektlos durch die Werkstatt. Blieb kurz stehen, reckte die Nase in die Luft und lief dann weiter. Sie verschwand, verfolgt von vier Augenpaaren, hinter einem Türspalt. »Wir sollten uns eine Katze holen«, sagte Wieland. »Die frisst die Viecher. Und wir haben dann nicht mehr so viel Flöhe.«

Niemand ging auf die Bemerkung ein, alle dachten über das nach, was der Goldschmied gesagt hatte.

Der Meister brach das Schweigen als Erster. »Ich kann mir denken, dass ihr euch fragt, warum ich euch das alles erzähle.

Aber mir liegt viel an der Freundschaft zu Kalman, er hat mir viel von seinem Glauben erzählt, und ich würde meine Hand dafür ins Feuer legen, dass dieser Glaube friedlich ist. Denn vergesst nicht, auch Jesus unser Herr war Jude.«

Alle vier bekreuzigten sich.

»Wisst ihr, wir glauben alle an denselben Gott. Haben dieselbe Heilige Schrift. Nur, dass die Juden nicht an unseren Herrn Jesus Christus als Heiland glauben.«

Wieder bekreuzigten sich alle.

»Die Juden sind der Meinung, dass Gott die Menschen für ihr Tun verantwortlich macht, jeder ist also seines eigenen Glückes Schmied. Das ist mir zwar fremd, aber fremd ist mir auch der Glaube der Sarazenen oder vieler anderer Völker dieser Welt. Sollen wir sie alle umbringen, nur weil sie nicht an das glauben, was uns heilig ist? Ich denke, wir sollten lieber glücklich sein, dass wir unseren Glauben haben. Und den Beistand des Herrn. Ich hoffe nur, dass das auch so bleibt.«

Mit einer Handbewegung beendete Thomas von Weimar seine Ausführungen und Karl und Wieland verabschiedeten sich nach Hause zu ihren Familien. Konrad räumte die Werkstatt auf, sortierte die Werkzeuge und fegte den Boden mit dem abgenutzten Reisigbesen, während sich der Meister schon Richtung Stube aufmachte. Auch dorthin wollte Konrad noch, um den restlichen Abend mit der Familie zu verbringen. Und mit Maria – wenn sie nicht etwas in der Küche zu tun haben sollte.

DIE ÜBERGABE

ENDE FEBRUAR 1349

Konrad hatte von Abigail geträumt. Und von Juden, die durch die Straßen schlichen, um Brunnen zu vergiften. Nur dass er die Juden gar nicht als Juden erkannte, weil sie so aussahen wie Christen.

An den Traum mit dem jüdischen Mädchen konnte er sich nach dem Aufwachen nur bruchstückhaft erinnern. Er hatte sie wieder im Schnee liegen sehen, das Blut zwischen den Beinen und die schwarzen Stellen an Rücken, Hintern und Beinen. Seine Traum-Abigail hatte gelebt, obwohl sie tot war, sie hatte ihn mit ihren dunklen Augen fragend angeschaut. »Warum macht ihr nichts«, hatten die Augen ihn gefragt. »Warum ist mein Sterben vergessen?«

Konrad hatte sie nicht vergessen. Immer, wenn er morgens in den Hinterhof musste, dachte er an den Moment, als er sie fand. Er dachte aber auch an sie, wenn er am Haus des Juden vorbeiging, das Haus, in dem sie gedient hatte. Und er dachte an sie, wenn er in der Stadt Mädchen traf, die so dunkle Haare und dunkle Augen hatten wie das Dienstmädchen.

Aber die anderen hatten sie anscheinend vergessen. Nie wieder hatte er gehört, dass Wieland sich über das Mädchen äußerte oder Karl von ihm redete. Auch der Meister verlor kein Wort über Abigail. Das Gerede der Menschen über solche Ereignisse flammte schnell und heftig auf, es erlosch aber merkwürdigerweise ebenso schnell wieder. Als ob der Tod eines Menschen eigentlich nicht der Rede wert war, dachte Konrad.

Es scherte ja auch die wenigsten, wenn mal wieder Menschen in den Gassen der Stadt verhungerten, zu Tode geritten wurden, im Suff im Fluss ertranken, als Aussätzige vor die Stadttore verbannt wurden, wo sie meistens auch nicht lange überlebten.

Konrad war froh, dass es ihm so gut ging, und dankte seinem Schöpfer dafür. Er nahm sich vor, ab morgen wieder täglich zur Messe zu gehen. Am besten gleich zweimal.

Heute hatte er frei, der Auftrag für den Juden war geschafft. Konrad hatte nur eine Aufgabe: Gemeinsam mit seinem Meister sollte er die bestellten Silberwaren, die Becher, Krüge und Schalen, zum Haus des Händlers bringen. Auch die Broschen, Seidengürtel, Ringe und Armbänder mussten heute abgegeben werden.

Er rappelte sich vom Stroh hoch, bemerkte wieder die winzigen Lichtstrahlen, die durch das Fensterbrett in den Raum drangen und den Staub in der Luft zum Leuchten brachten. Er stand auf, hängte das Brett aus, stellte es auf den Boden und genoss die frische, aber nicht mehr ganz so eisige Luft, die durch das Fenster in den Raum strömte.

Nach dem wie üblich turbulenten morgendlichen Essen mit den beiden Küchenmädchen, den beiden Gesellen, die mit anderen Aufträgen beschäftigt und deswegen früher als gewöhnlich erschienen waren, und der gesamten Familie des Meisters belud Konrad einen Handwagen mit dem Schmuck und den Silberwaren. Zwar glaubte in der Stadt sowieso jeder zu wissen, was ein Goldschmied auf einer Karre transportierte, aber der Meister bestand trotzdem darauf, die vielen Kästchen und Kisten mit leeren Säcken zu tarnen.

Es war nicht weit bis zum Haus des Händlers, eigentlich wohnte er um die Ecke, an der Michaelisstraße. Konrad schob die Karre vorsichtig durch den Matsch, folgte seinem Meister, der heute seine besten Kleider angezogen hatte. Die Beinkleider waren tiefblau, unter die Stiefel hatte er sich ausnahmsweise die unbequemen Holzteile geschnallt, um nicht im Dreck zu versinken und sich die Schuhe zu verderben. Sein Mantel war außen rot und innen mit Pelz gefüttert, oben von drei Gewandschließen zusammengehalten und in der Mitte zierte ihn ein breiter Gürtel mit Silberbesatz. Auf dem Kopf trug er eine Kappe aus Pelz, den Hals schützte eine Kapuze aus Seide. Der Bart war frisch gestutzt und auch der Besuch des Badehauses an diesem Morgen zeigte Wirkung – der Meister duftete nach allen Blüten dieser Welt. Konrad hatte an, was er immer anhatte. Und er roch auch so wie immer.

Wenige Schritte vor dem Haus des Händlers trafen sie auf eine Gruppe Handwerker, von denen Konrad einige schon einmal gesehen hatte. Es waren Steinmetze darunter, Weißgerber, Weber, Fleischhauer. Sie redeten laut miteinander, schienen sich zu streiten, doch als sie sahen, wer auf sie zukam, schlossen sie sich sofort zusammen. Konrad wollte ihnen mit dem Karren ausweichen, doch sie versperrten ihm den Weg. Auch der Meister kam nicht an den Männern vorbei.

»Wo wollt ihr denn hin?«, fragte einer der Männer provozierend, ein kleiner Kerl mit Bauch und schweinsfarbenem Haarkranz.

»Das geht dich nichts an«, antwortete der Meister, »lasst uns durch!«

Die Männer rührten sich nicht vom Fleck. »Ihr wollt sicher zum Juden – oder etwa nicht?«, fragte ein anderer Handwerker. Der sah schon besser aus, hatte zumindest ein gepflegtes Gesicht, dafür aber rabenschwarze Fingernägel.

»Habt ihr heute nichts zu tun?«, fragte der Meister und Konrad merkte, wie sich der Goldschmied bemühen musste, so normal wie möglich zu sprechen. »Geht nach Hause, was soll das hier?«

»Wir wollen dem Wucherer zeigen, dass er nicht unbeobachtet seine Verbrechen begehen kann«, sagte ein anderer kleiner Mann mit einem enormen Bauchumfang.

»Was für Verbrechen denn?«, fragte der Meister und war aufrichtig überrascht.

»Teufelsanbetungen«, sagte ein kräftiger Fleischhauer und bekreuzigte sich. »Und unsere Kinder schlachten.«

Der Meister schob sich jetzt die Kappe in den Nacken, Schweißperlen hatten sich auf seiner Stirn gebildet. Er wusste nicht, ob er angesichts von so viel Unsinn lachen oder weinen sollte.

»Es weiß doch jeder, dass Juden Christen-Kinder schlachten, um an das Blut zu kommen«, brüllte einer aus dem Hintergrund.

»Wer hat euch denn so etwas erzählt?«, sagte der Meister verärgert. Er fingerte ein weißes Taschentuch aus dem Saum seines Mantels und wischte sich damit über die Stirn.

»Das weiß doch jeder«, sagte ein großer, hagerer Mann mit schief sitzendem Käppi. »Ich frage mich, warum du so etwas nicht wissen willst. Gehst du nicht in die Kirche?«

»Kein Wunder, dass der Goldschmied so redet, der ist ja auch ein Freund des Juden«, sagte ein kleiner, aber äußerst kräftig gebauter Mann. »Seht ihn euch doch mal an, der stinkt ja förmlich vor lauter Geld. Und das ist alles Geld vom Juden, das der uns abgeknöpft hat! Aber davon will dieser hier ja nichts wissen, könnte ja sonst auch noch an seinen Geldbeutel gehen.« Jetzt sah der kleine Mann dem Meister direkt in die Augen: »Nur für dich: Die Juden brauchen das Blut für ihre Brote, wenn sie wieder irgendwas Verbotenes feiern. Irgendeine Götzenanbetung.«

»Die sollten alle brennen für ihre Frevel. So wie in Straßburg, da wurde ihnen recht getan. Zweitausend Juden haben sie da verbrannt!«, gab eine ältere Frau mit ausgeprägten Hängebrüsten zum Besten, die sich nach vorne gedrängelt hatte.

Der Meister war sprachlos und Konrad wusste nicht, wohin er sehen sollte. Er versuchte es mit den Fußspitzen, aber schnell wanderte sein Blick wieder von einem Mann zum anderen.

»Ich weiß, dass Juden für eines ihrer Feste ein Christen-Kind gekauft und es gemartert haben wie Christus am Kreuz«, sagte ein glatzköpfiger Steinmetz und bekreuzigte sich.

Der Meister schüttelte nur den Kopf.

»Ob du's nun glaubst oder nicht: Sie haben ihm all die Martern angetan, die unser Heiland erlitten hat«, beharrte der Glatzkopf.

Die Handwerker und die Bürger, die sich inzwischen angesammelt hatten, bekreuzigten sich.

Der erste Kleine mit dem dicken Bauch führte jetzt das Wort und redete dabei wie einer der vielen selbsternannten Prediger, die durch Erfurt zogen: »Und zum Schluss haben sie das Kind an ein Kreuz gehängt, und danach haben es die Juden beerdigt. Sie haben gedacht, niemand würde etwas merken, aber unser Gott hat offenbart, dass der Junge ein heiliger Märtyrer ist, und die Mönche haben ihn genommen und im Kloster bestattet. Und seitdem tut er dank unseres Gottes großartige Wunder!«

Konrad hatte kein Wort verstanden und auch der Meister schwieg beharrlich. Konrad fragte sich, wo der kleine Dicke die Geschichte aufgeschnappt hatte – das klang ja wie auswendig gelernt.

»Kann es sein, dass du uns nicht glaubst?«, fragte der kleine Mann und sah dem Meister direkt in die Augen. »Wenn ich es nicht besser wüsste, würde ich fast glauben, du und dein Geselle da, ihr wärt selber Wucher-Juden. So ein Lumpenpack, das ehrbare Handwerker ausnimmt! Aber ihr seid nicht besser, ihr nehmt sein Geld!«

Konrad blieb die Luft weg, wie konnte dieses Pack es wagen, so mit seinem Herrn und Meister zu sprechen!

Thomas von Weimar fand endlich seine Sprache wieder. »Ich bin mir sicher, viele von euch haben schon einmal für Kalman von Wiehe oder andere Juden der Stadt gearbeitet und nicht das Geld verachtet, das sie euch als Lohn gegeben haben.« Seine Stimme zitterte und Konrad wusste nicht, ob vor Angst oder vor Aufregung. »Ich will vergessen, was ihr eben gesagt habt. Ich kenne einige von euch, deswegen werde ich diese Unverschämtheiten nicht vor dem Rat der Stadt zur Sprache bringen«, sagte der Meister. »Doch ich verlange, dass ihr mich und meinen Jungen auf der Stelle durchlasst!«

»Nichts kannst du verlangen«, sagte einer der kräftigeren Handwerker. Mittlerweile standen mindestens zwei Dutzend Männer vor dem Haus des Händlers und versperrten die ganze

Straße. Erste Flüche von Kutschern, die nicht weiterkamen, waren zu hören.

»Judenfreunde haben nichts zu verlangen! Ich sage euch: Werft die Schweine aus der Stadt und ihre Freunde genauso! Dann geht's uns besser, dann brauchen wir nicht mehr für diese Frevler und Sünder zu knechten!«

Konrad sah zu seinem Entsetzen, dass viele der Umstehenden nickten, und fragte sich, wie er und sein Meister den Menschen, die sie immer hasserfüllter anstarrten, entkommen sollten. Konrad konnte sich nicht erinnern, Menschen jemals so bösartig gesehen zu haben.

Thomas von Weimar versuchte, ruhig zu bleiben. »Du weißt schon, dass ihr Gott auch unser Gott ist? Oder hast du nicht zugehört, wenn die Prediger dir aus den Heiligen Schriften erzählen?« Der Goldschmied holte tief Luft, versuchte das Zittern in seiner Stimme zu unterdrücken und blickte seinem Widersacher so fest er konnte in die Augen.

Ein eher schwacher Versuch, die Situation zu befrieden, fand Konrad.

»Und warum lässt dieser Gott es dann zu, dass sie unsere Kinder schlachten und unsere Brunnen vergiften?«, sagte ein Fleischhauer, an dessen Schürze noch das Blut der Tiere klebte. »Die Pest ist doch der Beweis, dass sie uns vernichten wollen.«

»Es sterben genauso Juden wie Christen an der Pest«, antwortete der Meister. »Könnt ihr mir erklären, warum das so ist, wenn die Juden doch angeblich Verursacher der Seuche sind? Nichts ist bewiesen und nur Gott weiß, warum er uns und auch die Juden mit dieser schrecklichen Geißel bestraft. Die Juden jedenfalls haben damit nichts zu tun.«

Der kleine Dicke ignorierte die Worte des Goldschmieds: »Na, du musst das ja wissen. Du machst ja blendende Geschäfte mit diesem Pack. Wie wir sehen«, sagte er und trat ein paar Schritte auf den vollgepackten Karren zu. Der Mann streckte eine Hand aus und wollte die Säcke anheben.

Er kam nicht dazu. Mit einer unglaublichen Schnelligkeit, die Konrad ihm gar nicht zugetraut hatte, zog der Meister einen Dolch aus seinem Mantel und hielt ihn an den Hals des Mannes. »Mach ja nichts Falsches«, zischte er, und ein Tropfen Blut bildete sich auf dem Hals des Mannes, der plötzlich ganz blass wurde. Die Menge wich wie auf Kommando einen Schritt zurück, und Konrad war wie gelähmt. Waffen zu tragen war in Erfurt eigentlich verboten, er hatte noch nie gesehen, dass sich sein sonst so friedfertiger Meister ein Messer einsteckte oder gar ein Schwert umhängte. Nur Diebe und anderes Gesindel hatten Waffen bei sich und natürlich der Henker und die Stadtwachen. Aber ein Goldschmied?

»So, und jetzt machst du, dass du nach Hause kommst«, sagte der Goldschmied und stieß den Mann von sich. Die Handwerker wussten nicht, was sie tun sollten, und Konrad hatte Angst, sie würden sich auf sie beide stürzen.

Doch nichts geschah. Plötzlich teilte sich Menge, die Menschen stolperten beiseite, geschupst von vier Männern der Stadtwache, die mit hochroten Köpfen und schwer bewaffnet aufgetaucht waren.

Gott sei Dank, dachte Konrad und schlug drei Kreuze, gefolgt von einem stillen Vater Unser. Der Herr hatte ihnen soeben eindeutig das Leben gerettet und die Wache gerade noch rechtzeitig geschickt.

»Geht nach Hause, ihr habt hier nichts zu suchen«, rief der Hauptmann und seine drei Soldaten scheuchten die Menge auseinander. Widerwillig und murrend trollten sich die Menschen – die einen, weil sie um ein Schauspiel gebracht worden waren, die anderen, weil sie diesem Judenfreund seine Frechheit und Geldgeilheit nicht durchgehen lassen wollten.

Der Hauptmann wandte sich an den Goldschmied. »Ihr habt großes Glück gehabt, dass wir zur rechten Zeit hier auftauchten. Was war denn los?«

»Ich weiß es nicht genau, ich wollte mit meinem Schüler zum Haus des Händlers da vorne, um bestellten Schmuck abzuliefern, als wir auf diese Meute stießen. Die Männer wollten uns nicht durchlassen, sie beleidigten uns, sie beleidigten die Juden. Sie sagten, dass sie den Händler beobachten und zur Rechenschaft ziehen würden.«

»Beobachten?«, fragte der Hauptmann und kratzte sich unter dem Helm.

»Ja. Weil er Kinder von Christen schlachten würde, das sagten sie. Die Juden bräuchten das Blut der Kinder, um ihr Brot damit zu tränken.« Der Goldschmidt verzog den Mund.

»Das ist doch völliger Blödsinn, ich habe noch nie von einem Kinderopfer gehört. Nicht in dieser Stadt, nicht in diesen Landen! Was ist bloß in diese Menschen gefahren?«, fand auch der Hauptmann.

Mittlerweile hatte sich die Lage wieder normalisiert, Menschen trotteten an ihnen vorbei, als sei nichts geschehen. Und doch, Konrad hatte den Eindruck, als ob sie beobachtet würden.

»Wir sind vom Rat angewiesen worden, verstärkt Streife zu laufen«, sagte der Hauptmann. »Euer Freund ist nicht der erste Jude, vor dessen Haus Unruhestifter auftauchen. Die Stimmung in der Stadt ist nicht gerade friedlich dieser Tage. Irgendwann wird das erste Haus brennen, befürchte ich.«

»Und alles nur wegen der Pest.«

»Nein, so einfach ist das nicht«, sagte der Hauptmann leise, als ob er Angst hätte, dass jemand ihn hören könnte. »Niemand mag Juden, das wisst Ihr doch. Außer Euch vielleicht. Sie sind anders als wir. Sie haben unseren Heiland ans Kreuz geschlagen. Sie verleihen Geld zu Wucherzinsen – alles Dinge, die nicht gerade für sie sprechen.«

»Natürlich sind sie anders, das weiß ich auch. Aber das sind viele Menschen auf Gottes Erdboden. Anders zu sein heißt ja nicht, ein schlechter Mensch zu sein, oder?«

Darauf wusste der Hauptmann nichts zu sagen und Thomas von Weimar fragte mehr nebenbei: »Warum habt Ihr uns geholfen?«

»Weil es mein Auftrag ist, für Ruhe in der Stadt zu sorgen. Ich weiß aber nicht, wie lange uns das noch gelingt.«

»Ist es denn so schlimm?«

»Ihr bekommt das in Eurer Werkstatt anscheinend nicht mit, aber es gärt in der Stadt, es gärt überall im Reich, wenn man den Erzählungen der Reisenden Glauben schenken kann. Die Pest kommt immer näher, es ist wie eine tödliche Welle, die über die Berge zu uns schwappt, und Händler berichten Fürchterliches darüber. Alle sagen, Schuld an der Pest haben die Juden und die Menschen glauben es gerne.«

»Und, was glaubt Ihr?«, fragte der Meister.

»Ich weiß es nicht, ich glaube an Gott und an sonst lieber nichts. Ich frage mich nur, warum die Menschen so gestraft werden, und ich habe keine Antwort darauf. Wenn Gott die Menschen so sehr liebt, warum schickt er uns dann so eine Verdammnis?«

Konrad war verblüfft über diese eigentlich ganz weisen Worte des Hauptmanns.

»Und was ich auch nicht verstehe: In immer mehr Städten werden Juden verbrannt, aber Gott straft diese Städte, die so viele Leben auf dem Gewissen haben, auch nicht härter als andere, die nicht Hand an ihre Juden legen. Heißt das, dass die Juden dann unschuldig sind? Oder schuldig?«

Der Hauptmann machte eine Pause. Dann fuhr er mit fester Stimme fort: »Ihr wisst genauso gut wie ich, dass die Juden schon in Gotha, Eisenach, Arnstadt, in Ilmenau, Wiehe, Frankenhausen und Weißensee verscheucht oder erschlagen wurden. Das werden wir in Erfurt nicht mehr lange verhindern können, auch wenn der Rat es von uns fordert. Es ist so, als ob es Gottes Wille ist, dass sie verschwinden.«

Der Meister zögerte, dann fragte er den Hauptmann vorsichtig: »Wisst Ihr eigentlich etwas von dem Tod der Dienstmagd des Juden Wiehe? Von Abigail? Habt ihr überhaupt davon erfahren?«

Konrad wunderte sich, wie der Goldschmied jetzt darauf kam.

»Ja, ich weiß davon, so etwas lässt sich doch nicht verheimlichen, auch wenn's der Jude vielleicht gewünscht hätte«, antwortete der Hauptmann ungerührt. »Dieser Tod interessiert niemanden. Sie war Jüdin, sollen die Juden doch aufklären, was dem Mädchen widerfahren ist.« Der Goldschmied zuckte zusammen. »Dem Rat ist das völlig gleich. Zumindest habe ich in diesem Fall keine Befehle erhalten.«

»Soll ihr Tod denn ungesühnt bleiben?«, fragte der Meister. »Ich meine, es ist doch egal, an welchen Gott sie glaubt. Mensch bleibt Mensch.«

Konrad hoffte, dass sein Meister mit seiner Toleranz nicht irgendwann an den Falschen geriet und selbst als Ketzer auf dem Scheiterhaufen endete.

»Gott wird schon die Richtigen zur rechten Zeit strafen«, sagte der Hauptmann lapidar und überhörte einfach die unziemlichen Worte des Goldschmieds. »Ich habe im Moment zu viel zu tun, um mich darum zu kümmern. Ich muss verhindern, dass hier Schlimmeres als das Belagern von Judenhäusern passiert.« Er rief seine Männer zu sich, die nur widerstrebend seinem Befehl gehorchten, hatte sich doch eine recht ansehnliche Dienstmagd zu ihnen gesellt, um zu erfahren, was sich auf der Straße abgespielt hatte.

»Wisst Ihr«, sagte der Hauptmann unvermittelt, »die Pest treibt das ganze Gesindel wie eine Welle vor sich her, und immer mehr schwappen an unsere Stadttore. Die Bettler, Vagabunden, sogar die Aussätzigen wagen sich wieder in die Stadt, wenn die Torwache sie übersieht. Und wer sagt, dass darunter nicht auch Menschen sind, die die Pest im Gepäck haben?« Er schüttelte den Kopf. »Ich habe wirklich genug damit zu tun, die Ordnung in den Straßen aufrecht zu halten.« Er nickte seinen Männern zu: »So, Abmarsch. Bildet eine Kette. Und passt auf, wo ihr hintretet!«

So schnell, wie sie aufgetaucht war, so schnell verließ die Stadtwache nun wieder den Schauplatz.

»Lass uns gehen«, sagte der Meister zu Konrad. »Und vergiss nicht, was du eben erlebt hast. Damit du gewarnt bist, wenn du wieder vor so einer Meute stehst. Verhalte dich still, bleib ruhig, tu so, als ob nichts wäre. Auch wenn du nicht reden kannst, deine Blicke haben dich eben durchaus verraten.«

Konrad nickte, er hatte verstanden. Jeder hatte seine Angst sehen können. Mit immer noch wackligen Knien schob er seine Karre durch den Matsch bis vor das Grundstück des jüdischen Händlers. Thomas von Weimar schlug mit der Faust gegen das schwere Eisentor, das sich, als ob er schon erwartet wurde, sofort öffnete – erstaunlicherweise ohne zu quietschen.

»Wir hatten den Auftrag, es zu ölen«, sagte der Diener, als er den erstaunten Blick des Goldschmieds bemerkte. »Kommt herein, Ihr seid willkommen. Mein Herr erwartet Euch schon.«

Konrad kannte den Diener, ein Christ, der dem Händler seit seiner Kindheit diente und mit ihm und dessen Familie auch unter einem Dach lebte. Konrad wusste, dass sie manchmal gemeinsam würfelten, sogar an einem Tisch saßen und zusammen das Brot brachen. Wäre gut, dachte er, wenn das ein gut gehütetes Geheimnis bleiben würde.

Sie gingen durch das Tor, traten in den dahinterliegenden Gang und befanden sich nach einigen Schritten im sonnendurchfluteten Innenhof, der an beiden Seiten von einer mehr als mannshohen Mauer vor fremden Blicken geschützt wurde. Das Haus, durch dessen Tor sie gerade gekommen waren, war drei Stockwerke hoch und bestand aus Sandstein. Der jüdische Händler war wirklich steinreich, dachte Konrad. Noch reicher als der Meister.

Links und rechts an den Mauern gab es zwei Ställe, in denen Pferde und ein paar Ziegen untergebracht waren. Hühner wuselten über den Hof, vom kläffenden Hund der Familie anscheinend aus Spaß gejagt. Mitten auf dem Grundstück stand noch ein Fachwerkhaus, vielleicht zehn große Schritte lang, neun Schritte breit. Es hatte zwei Etagen und diente als Vorratsspeicher. Dahinter befand sich der Abort und einige Schritte davon entfernt gleich zwei Brunnen. Das Grundstück wurde vom Kreuzsand begrenzt, ein Gelände, das wiederum an den Breitstrom reichte, einen Nebenarm des Flusses aus den Bergen. Links und rechts des großen Grundstücks hatten sowohl reiche Juden als auch reiche Christen ihre Häuser.

»Willkommen!«, hörte Konrad plötzlich Kalman von Wiehe sagen, er hatte ihn gar nicht kommen gehört. »Ich habe schon vernommen, was Euch eben widerfahren ist«, sagte er mit einer Verneigung.

»Ja, wir sind froh, dass wir heil hier angekommen sind.« Der Meister lächelte schief und verneigte sich ebenfalls.

Der Händler rief einen weiteren Diener, der Konrad dabei helfen sollte, die Gold- und Silberwaren in die Stube bringen. Den Meister bat er hinein und ließ ihm beim Eintreten den Vortritt.

Die komplett mit dunklen Eichenbohlen ausgekleidete Stube befand sich im ersten Stock auf der Rückseite des Hauses, durch die bemalten Fenster fiel buntes Licht und in einem Ofen, der rundum mit kostbarsten weißlich-blauen Kacheln verkleidet war, schien ein mächtiges, verborgenes Feuer zu lodern, so viel Hitze strahlte er ab. Der Qualm, der sich in den meisten Häusern seinen Weg durch Türen und Fenster nach draußen suchen musste, wurde durch einen mächtigen Rauchfang direkt unters Dach geleitet.

Der Diener und Konrad packten die unterschiedlichen Holzkästchen mit den Schmuckstücken auf die rechte Seite eines großen, dunklen Tischs, die Silberbecher, Krüge und den Doppelkopf auf die andere Seite. Der Meister machte eine ausladende Geste und sagte: »Das gehört Euch, wenn Ihr es wollt! Und bezahlt.« Er grinste.

»Du kannst jetzt gehen«, sagte der Händler zu seinem Diener. »Aber haltet die Ohren offen, was vor unserem Tor passiert. Schlagt Alarm, wenn ihr etwas Ungewöhnliches hört oder seht.« Der Diener nickte und verschwand durch die Tür.

»Du kannst bleiben«, sagte der Händler zu Konrad. »Du kannst ruhig dabei sein, wenn ich deinen Herrn mal wieder für seine exzellente Arbeit loben muss.«

Der Meister lächelte und antwortete: »Das Beste möchte ich Euch persönlich übergeben und ich möchte es bis zum Schluss aufbewahren. Wenn Ihr erlaubt.«

Es klopfte an der Tür und ein kräftiger Diener, den Konrad noch nie gesehen hatte, kam mit einem Krug Wein und drei Bechern in den Raum. Er stellte alles ab und verschwand wieder so lautlos, wie er gekommen war.

Drei Becher? Konrad wusste nicht, was er davon halten sollte. War der dritte Becher etwa für ihn? Oder kam noch ein anderer Mann?

Der Jude konnte anscheinend Gedanken lesen: »Wenn dein Meister nichts dagegen hat, kannst du mit uns trinken. Groß genug bist du ja und du warst besonders fleißig, hat dein Herr mir gesagt. Wie viele Gürtelschnallen hast du aus dem Gold geschlagen?«

Konrad dachte nach, zuckte mit den Schultern, verdrehte die Augen und wackelte mit beiden Händen. Unendlich viele, sollten diese Bewegungen sagen.

Der Händler machte sich vorsichtig ans Auspacken, er begann bei dem Satz Silberbecher. Es waren acht Stück und sie waren ineinander stapelbar. Karl hatte sie an einem speziellen Amboss perfekt aus dem Silberblech getrieben. Am Fuß, am Lippenrad und am Halsteil hatte der Geselle ein vergoldetes Profil gelötet, dazwischen schmückten ebenfalls vergoldete Arkaden den Becher. Die Arkaden hatte Konrad graviert.

»Fantastisch«, sagte der Händler nur und griff nach der nächsten Kiste. Sie enthielt eine Kanne aus Silber, die Wieland wie eine Birne geformt hatte. Auch sie wurde von vergoldeten Bändern geschmückt, ihr Fuß war ebenfalls vergoldet. Der Jude sagte nichts, er strich nur bewundernd über die glatte Oberfläche.

Schließlich packte Kalman von Wiehe den Doppelkopf aus. Er holte sich einen Hocker, setzte sich und öffnete die beiden Hälften des Gefäßes. Dann stutzte er plötzlich. »Ich bin ja so unhöflich, wie konnte ich Euch beiden nur keinen Sitz anbieten? Eure Kunstwerke haben mir die Sinne verwirrt.« Schnell stand er auf, holte zwei Stühle, die an der Wand gestanden hatten, und stellte sie an den Tisch.

Konrad und sein Meister setzten sich. »Diese Arbeit ist ganz so, wie Ihr sie Euch gewünscht hattet«, erläuterte der Goldschmied. Er griff in seinen Mantel und holte seine Augengläser raus.

»Ihr habt auch so etwas?«, fragte Kalman von Wiehe. »Es ist doch so fürchterlich teuer, dieses Augenglas.«

»Ich kann nicht mehr ohne, die viele Arbeit mit den winzigen Verzierungen ist anscheinend nicht gut für meine Augen«, antwortete der Goldschmied.

Der Händler näherte sich mit dem kunstvoll geschliffenen Kristall vor dem rechten Auge der Emaillearbeit am Boden des einen Gefäßes. Er kniff das linke Auge zusammen und drehte den Becher ganz vorsichtig. Nachdem er alle vier Medaillons begutachtet hatte, fügte er den Doppelkopf wieder zusammen und stellte ihn zurück auf den Tisch.

»Eure Kunst ist wirklich immer wieder erstaunlich. Wie könnt Ihr aus Silber- und Goldbarren so etwas Schönes, so etwas Einzigartiges zaubern?«, fragte er. Kalman von Wiehe nahm den Krug, stellte die drei Becher nebeneinander und schenkte ein. Konrad erkannte, dass es Wein war. »Ich bin mir nicht ganz sicher, ob dieser Wein nach unseren Regeln gekeltert wurde. Aber er schmeckt einfach zu göttlich, und wenn Ihr mich beim Rabbiner nicht verratet …«

»Ich werde unter Eid bezeugen, dass dieser Wein so hergestellt wurde, wie es Eure Religion vorschreibt«, antwortete der Meister und hob seine rechte Hand zum Schwur.

»Ja, man sollte jeden Augenblick des Lebens so genießen, als ob es der letzte wäre«, sagte Kalman von Wiehe.

Bei diesen Worten musste Konrad wieder an die schrecklichen Momente auf der Straße denken.

»Auf den Frieden«, sagte der Händler und prostete Thomas von Weimar zu.

»Auf die Hochzeit Eures Sohnes, auf dass Eurer Familie ein langes und friedvolles Leben beschert sein möge«, antwortete der Goldschmied, und der Händler gab Konrad ein Zeichen, ebenfalls seinen Becher zu erheben. Der traute sich aber noch nicht.

»Manchmal habe ich das Gefühl, dass ich nicht mehr oft mit Euch werde trinken können«, sagte der Händler, wischte sich einen Weintropfen vom Kinn und stellte den Becher ab. Er vermied es, dem Goldschmied in die Augen zu sehen. Der nickte nur, als ob er den tieferen Sinn dessen verstehen würde, was sein Gegenüber ihm gerade gesagt hatte.

Sie hoben wieder die Gefäße und tranken gleichzeitig. Konrad hatte sich jetzt überwunden und probierte den Wein. Er staunte: Der war ja herrlich süß, so etwas hatte er noch nie getrunken. Der Wein, den es am Tisch seines Meister gab, wenn der mal vom Bier die Nase voll hatte, war so sauer, dass Konrad immer das Gefühl hatte, seine Fußnägel würden sich kringeln. Die Gegend rund um Erfurt, aus der der Wein des Goldschmieds meistens stammte, war anscheinend keine besonders gute Gegend für das Gesöff.

Kalman von Wiehe stellte seinen Becher auf den Tisch und wandte sich Konrad zu: »Weißt du eigentlich, dass uns ein Rabbiner davor gewarnt hat, aus Flaschen mit engen Hälsen zu trinken?«

Konrad neigte seinen Kopf und blickte den Händler fragend an. Nein, das wusste er nicht und das verstand er auch nicht.

»Weil«, sagte Kalman von Wiehe und machte eine kleine Pause, »in dem engen Hals einer Flasche Dämonen hausen, und die sollte man lieber nicht stören.« Er musste grinsen.

»Das habe ich auch schon gehört, allerdings nicht von einem Rabbiner«, warf der Meister ein. »Und deswegen trinken wir alle eben lieber aus einem Becher mit einem möglichst weiten Hals. Juden wie Christen.«

Konrad vermutete allerdings eher, dass das mit dem weiteren Hals einfach damit zusammenhing, dass man schneller mehr trinken kann.

Der Händler machte sich erneut ans Auspacken, er prüfte weitere Silberbecher und Schalen aus Silber und Gold mit dem Augenglas. Schließlich ging er um den Tisch herum, goss sich und dem Meister nach, Konrad hatte höflichkeitshalber lieber abgelehnt, und öffnete die Kästchen, in denen die Ringe und Broschen steckten. Es waren Ringe aus Gold mit dunkelblauen Saphiren, mit ovalen, rot leuchtenden Almandinen oder violett scheinenden Amethysten. Kalman von Wiehe bewunderte die Verzierungen an einem der Ringkörper, die feinen Einkerbungen.

Besonders aber ein Ring hatte es ihm angetan: Es war auch der Lieblingsring von Konrad, Karl hatte ihn gefertigt – aus Silber, verziert mit einem Halbmond und einem Stern aus Silber auf dunkelblauem Grund.

»Der wird der Braut hoffentlich genauso gut gefallen wie mir«, sagte der Händler und betrachtete die Verzierungen immer wieder durch das Augenglas.

Die ganze Zeit über hatte der Meister stumm dem Tun seines Freundes zugesehen, jetzt sagte er: »Seht Euch auch die von Euch bestellten Broschen an, Karl hat sich damit selbst übertroffen. Er schätzt Euch sehr und wollte Euch mit diesen Arbeiten einen besonderen Gefallen tun.«

Der Händler nickte, befreite die vier Broschen ganz vorsichtig aus den Kästchen und legte sie vor sich auf den Tisch. Immer wieder ging er mit dem Augenglas ganz nah dran, dann strichen seine Finger ehrfürchtig über die Saphire, Quarze, Korallen, Perlen, Almandine, Saphire und Turmaline, die die Brosche schmückten und das Gold des Gestells zum Leuchten brachten.

»Es tut mir leid, aber ich bin sprachlos. So etwas Schönes habe ich noch nie gesehen. Sagt bitte Karl, dass ich vor seiner Arbeit den Hut ziehe«, sagte Kalman von Wiehe und verneigte sich vor dem imaginären Karl.

Der Meister nickte und freute sich über das Kompliment.

»Wann wollt Ihr bezahlt werden?«, fragte der Händler. Statt auf eine Antwort zu warten, ging er zu einer Truhe aus noch jungem und hellem Eichenholz und öffnete sie. Er nahm einen Lederbeutel heraus und reichte ihn dem Goldschmied. »Es ist das, was wir ausgemacht haben. Obwohl das wichtigste Stück noch fehlt, wenn mich nicht alles täuscht.« Er lächelte.

Der Goldschmied griff in die Innenseite seines Mantels, wo der Schneider eine kleine Tasche eingenäht hatte, und zog seinerseits einen kleinen Beutel aus Seide heraus. »Ihr meint sicher das hier?«

Der jüdische Händler nahm den Beutel vorsichtig entgegen, befreite den Inhalt und legte ihn liebevoll auf den Tisch. »Ich habe fast Angst, ihn anzufassen. So schön ist er geworden. Ihr habt Euch selbst übertroffen.«

»Immerhin ist er für den Sohn eines wahren Freundes. Das ist so, als ob ich ihn für meinen eigenen Sohn gefertigt hätte.«

Täuschte sich Konrad oder hatte der Händler plötzlich feuchte Augen?

»Ich danke Euch von Herzen«, sagte Kalman von Wiehe.

Er nahm den Ring mit Hilfe des Seidenbeutels in die Hand, als wollte er das Gold nicht mit dem Schweiß seiner Haut beschmutzen. Er betrachtete das Schmuckstück von allen Seiten, nahm dabei auch immer wieder das Augenglas zu Hilfe. Hin und wieder ließ der Händler die kleine goldene Kugel im Inneren des Tempels kreisen, lauschte dem leisen Klang, die sie dabei machte. Ewigkeiten später, so jedenfalls empfand es Konrad, legte Kalman von Wiehe den Ring wortlos zurück in den Beutel. Er öffnete die große Truhe und legte den ganzen Gold- und Silberschmuck vorsichtig hinein. Den Beutel mit dem Ring aber versenkte er in einem einfachen Krug aus Ton, den er auf ein Regal stellte. »Sollten sich jemals Einbrecher hier hereintrauen, können sie mir alles stehlen, nur den Ring nicht! Und ich glaube kaum, dass sie in einem einfachen Krug so einen Schatz vermuten.«

»Ich glaube nicht, dass Euch von Dieben Gefahr droht«, erwiderte der Goldschmied und schüttelte den Kopf. »Eher von anderen Gesellen. Es geschieht nichts Gutes in der Stadt zurzeit.«

»Ich weiß, was Ihr meint. Ich merke es, wenn ich durch die Straßen gehe. Der Respekt, der mir früher oft entgegengebracht wurde, ist verschwunden, es gibt sogar welche, die vor mir ausspucken. Auch meine Diener werden angerempelt, als Judenpack beschimpft. Obwohl sie Christen sind. Meine Frau und meine Kinder lasse ich im Moment lieber gar nicht mehr vor das Tor. Bis sich alles wieder beruhigt hat.«

»Glaubt Ihr daran? Ich meine, dass sich alles wieder beruhigt?«

Kalman von Wiehe zögerte. »Glauben ist nicht wissen. Deshalb glaube ich. Und ich hoffe.«

»Ich hoffe auch, aber ich glaube es nicht mehr wirklich. Ich denke, es wäre sicherer, Ihr würdet die Stadt verlassen. Bis sich die Lage wirklich beruhigt hat.«

»Und die Hochzeit meines Sohnes absagen? Nie und nimmer«, entgegnete der Händler. »Außerdem laufe ich nicht vor Problemen weg. Es ist doch völliger Unfug, was die Leute über uns verbreiten.«

Konrad hatte sich mittlerweile still auf eine Bank in einer Ecke gesetzt und hörte mit einer Mischung aus Entsetzen und Neugier zu. Was meinten die beiden Männer? Warum sollte der Jude plötzlich fliehen und sein ganzes Hab und Gut zurücklassen? War die Lage schon so schlimm? Der Wein in seinem Bauch ließ ihn plötzlich bitter aufstoßen.

»Wisst Ihr, wir werden seit Urzeiten verfolgt«, sagte Kalman von Wiehe, ohne den Goldschmied anzusehen. »Wir werden verfolgt, seit uns die Römer aus unserem Land vertrieben haben und wir in alle Herren Länder fliehen mussten.« Er seufzte. »Wir dürfen in diesen Landen seit unzähligen Jahren keine in Euren Augen ehrbaren Berufe ausüben, wir sind ausgeschlossen aus den Zünften und man zwingt uns dazu, mit Geldverleih, Pfandleihe und Trödelhandel unser Leben zu finanzieren. Das macht uns nicht beliebt, im Gegenteil. Und weil wir euch Geld leihen, wir dafür aber auch enorme Steuern an die Landesfürsten zahlen müssen, haltet ihr uns für reich, habgierig, betrügerisch. Ihr beschimpft uns als Wucherer. Allerdings, das gebe ich zu: Wir beherrschen das Geschäft mit dem Geldverleihen vielleicht auch einfach besser als ihr.«

Der Goldschmied wollte etwas sagen, aber der Händler bat ihn mit einer Handbewegung höflich, zu schweigen. »Ich meine nicht Euch persönlich damit. Oder die anderen Freunde, die ich unter den Christen habe. Ich meine eure Kirche, eure weltlichen Fürsten, die, die die Hand gerne beißen würden, die sie füttert. Immer wieder verfassen eure Kirchenfürsten Schriften gegen uns, werfen uns vor, wir wären die Mörder Christi. Wir hielten uns für auserwählt. Ob das stimmt, kann nur Gott beantworten.«

Kalman von Wiehe machte eine Pause, schenkte sich und dem Goldschmied nach und versuchte ein Lächeln. Es gelang ihm nicht wirklich.

»Und als die Christen ihre Kreuzzüge begannen, wurde es für uns immer schlimmer. Wir seien die übelsten Feinde Gottes, so wurden wir damals genannt. Niemand konnte oder wollte uns helfen, weder der Kaiser noch der Papst. Im Gegenteil, wir mussten oft dafür zahlen, am Leben bleiben zu können – und wurden trotzdem immer wieder ermordet. Man hat uns die

Kinder genommen, unsere Söhne zu Sklaven gemacht, unsere Töchter mussten Christen heiraten.«

Kalman von Wiehe holte Luft. »Kreuzfahrer mordeten aber nicht nur im Heiligen Land, sondern auch auf dem Weg dorthin. Wisst Ihr, wie viele Juden von Kreuzfahrern in Frankreich geschlachtet wurden?«

Thomas von Weimar schüttelte den Kopf.

»Nachdem die Kreuzfahrer durchgezogen waren, gab es in Frankreich weite Flächen, in denen niemand von uns mehr lebte. Hunderte Jahre jüdischen Lebens waren einfach ausgelöscht. Und bevor Ihr nun Partei für die christliche Seite ergreifen müsst: Ich weiß, es gab auch Hilfe von einigen eurer Päpste. Einer verbot Zwangstaufen, Übergriffe ohne Rechtsverfahren, er erlaubte uns das Feiern unserer Feste, wollte unsere Friedhöfe schützen, drohte denen, die dagegen verstoßen würden, die Exkommunikation an. Nur geholfen hat es nicht. Und richtig schlimm wurde die Lage für uns, als ihr Christen uns unterstellt habt, wir würden christliche Kinder schlachten, um ihr Blut in unser Passahbrot einzubacken. Was für ein Unsinn!«

Jetzt brach es aus dem Goldschmied heraus: »Natürlich ist es Unsinn!«

»Aber er wird geglaubt. Überall wo wir leben. Wusstet Ihr, dass ein König von Frankreich nach solch einer Anklage sämtlichen Besitz aller Juden des Landes beschlagnahmen ließ? Und warum wohl? Seine Staatskasse war leer! Der Mann ließ unsere Synagogen reinigen, wie er sich ausdrückte, und widmete sie dann zu Kirchen um. Stellt Euch doch einmal vor, wenn das mit euren Gotteshäusern passieren würde.«

Thomas von Weimar dachte kurz darüber nach. »Es wäre eine unvorstellbare Katastrophe. Nur, alles, was Ihr mir eben gesagt habt, spricht doch dafür, dass Ihr Euch und Eure Familie vorübergehend in Sicherheit bringen solltet. Ich passe auf, dass weder Eurem Haus noch Eurem übrigen Besitz etwas passiert.

Wenn Ihr zurückkommt, nachdem sich alles beruhigt hat, wird alles so sein wie zuvor.«

»Nein, wird es nicht. Weil ich es mir nicht verzeihen könnte, einfach zu fliehen. Das würde ja so aussehen, als ob alle die recht haben, die sagen, wir wären feige. Und außerdem, wo sollten wir denn hin? Und nicht zuletzt möchte ich, dass mein Sohn Hochzeit feiert, wir alle freuen uns seit Monaten darauf. So eine gute Partie bekommt er nie wieder.« Der Jude stand plötzlich auf, ging zu einem Fenster und sah hinaus. »Übrigens, ich habe Euch noch etwas zu sagen. Es geht um Abigail.«

Konrad, den der Wein müde gemacht hatte, zuckte auf seiner Bank zusammen, und der Goldschmied blickte den Händler erstaunt an. »Was ist mir ihr, wisst Ihr, wer der Mörder ist?«

»Nein«, sagte Kalman von Wiehe. »Aber ich habe Euch nicht die Wahrheit gesagt, als ich damals sagte, wir hätten nichts mitbekommen. Das haben wir sehr wohl.«

»Ihr habt gelogen – warum?«

»Weil ich der Meinung war, dass es eigentlich niemanden etwas anging außer Abigail und uns, ihre Familie.«

»Und was ist es, könnt Ihr mir das heute sagen?«, fragte der Meister und ärgerte sich gleich über die Frage: Wenn Kalman von Wiehe es nicht hätte sagen wollen, hätte er das Thema ja wohl kaum angeschnitten.

»Sie war noch jung, aber trotzdem muss sie sich verliebt haben«, antwortete der Händler denn auch. »Das hatte mir meine Frau verraten. Abigail hat öfter einmal tagsüber unser Haus verlassen, wahrscheinlich, um jemanden zu treffen. Meine Frau, die es mal wieder zu gut meinte, wollte wohl nicht, dass ich etwas dagegen unternahm und verschwieg mir die Ausflüge der jungen Dame.«

»Wisst Ihr, wen sie bei ihren Ausflügen getroffen haben könnte?«

Kalman von Wiehe drehte sich um: »Nein, das weiß ich nicht mit Bestimmtheit. Das weiß auch meine Frau nicht – aber wir haben da so eine Ahnung.«

»Und?«

»Wir glauben, dass sie sich mit einem jungen Mann aus reichem Hause getroffen hat, einem Christen. Das jedenfalls hatte sie einer anderen Magd von uns erzählt.«

»Getroffen? Mit einem Mann? Ohne Eure Erlaubnis? Aber sie war doch noch so jung! Wieso hat das denn niemand mitbekommen?«, fragte der Meister entsetzt. Denn eine Magd, noch dazu eine Jüdin, und ein junger Mann aus reichem christlichem Hause – das wäre ein gewaltiger Skandal, über den die Stadt noch lange Zeit reden würde.

Als ob er die Gedanken seines Freundes lesen konnte, antwortete der Händler: »Deswegen habe ich lieber geschwiegen. Ich wollte erst einmal genau herausbekommen, was zwischen Abigail und dem jungen Mann vorgefallen ist. Wenn überhaupt irgendetwas passiert ist. «

Thomas von Weimar stand langsam auf, ging zum Fenster und stellte sich neben seinen Freund. »Nur, wenn es zwischen den beiden Liebe war, und wenn auch eine noch so unschuldige, wieso ist sie dann jetzt tot?«

»Ich weiß es nicht. Aber ich habe mir ihren Körper genau angesehen, sie wurde geschlagen und mit Gewalt genommen. Damit sie nicht schrie, hat man ihr ein Tuch in den Mund gestopft, ich habe noch Reste davon zwischen den Zähnen gefunden.«

»Ihr habt sie nochmal genauer untersucht?«, fragte der Meister ungläubig. »Ihr habt der Toten nochmal in den Mund geguckt? Und zwischen die Beine?«

»Ja, warum denn nicht? Ich weiß auch, dass das verboten ist. Aber wie soll ich denn sonst die Wahrheit erfahren? Sie war meine Dienstmagd und ich trug die Verantwortung für sie, auch gegenüber ihren Eltern. Wenn ich nicht weiß, was ihr widerfahren ist, kann ich auch nicht wissen, warum sie so schrecklich sterben musste.«

Der Goldschmied überlegte. Schließlich sagte er: »Ich weiß nicht, was ich dazu sagen soll. Ihr könnt doch nicht einfach eine

Leiche untersuchen! Noch dazu die einer Jungfrau.« Er stutzte. »Oder zumindest war sie ja mal eine.«

Kalman von Wiehe setzte sich. »Ihr wisst, was für eine Stimmung in der Stadt herrscht. Und Ihr wisst, dass es jeden Tag schlimmer wird. Wir Juden werden immer mehr gemieden, sogar die, die uns Geld schulden, und das sind nicht wenige, machen sich inzwischen über uns lustig und zeigen nicht die geringsten Anstalten, uns das geliehene Geld zurückzuzahlen. Von den Zinsen, von denen wir ja leben müssen, einmal ganz zu schweigen.«

Kalman von Wiehe holte tief Luft. »Ich habe Angst um unsere Gemeinde. Ich habe Angst um meine Familie, ich habe Angst um meine Freunde – ob es nun Juden sind oder Christen. Ich weiß, dass nicht weit von hier jeden Tag, den Gott werden lässt, Juden sterben müssen. Es ist eine Welle der Gewalt, die zu uns herüberschwappt. Wie die Welle eines Flusses, der Hochwasser führt, ist sie nicht aufzuhalten. Und dann stirbt ein junges Mädchen aus meinem Haus, wird ermordet. Da muss ich doch wissen, was geschah.«

Die letzten Worte hatte er so nachdrücklich ausgesprochen, dass ein paar Speicheltröpfchen vor Konrad auf dem Fußboden landeten.

»Gut, ich verstehe. Vielleicht hätte ich an Eurer Stelle ähnlich gehandelt, woher kann man das schon wissen«, lenkte Thomas von Weimar ein. »Also, was glaubt Ihr, was geschehen ist?«

»Wenn der, mit dem sie sich anscheinend getroffen hat, sie geliebt hat, dann kann er es nicht getan haben. Niemand tut seiner Liebe so etwas an. Ich denke, sie ist auf dem Nachhauseweg an Eurem Haus vorbeigekommen und dort auf ihren Mörder gestoßen. Ich glaube sogar *ihre* Mörder.«

»Mehrere Männer?«, fragte der Goldschmied, und auf seiner Stirn bildeten sich Falten.

»Ja, ein einzelner Mann hätte das Mädchen nicht gleichzeitig halten und knebeln können. Und ich kann mir nicht vorstellen, dass sie sich nicht gewehrt hat. Nach der Tat hat man sie dann einfach über Euer Tor geworfen, so hoch ist das ja nicht und Abigail war zierlich gebaut.«

»Ich glaube nicht, dass die Tat bei uns geschah. Hier leben zu viele Menschen. Aber es gibt genügend Plätze in der Umgebung, wo man sie ungehört hätte töten können, um sie dann über unser Tor zu werfen.« Thomas von Weimar stutzte plötzlich. »Nur eines verstehe ich nicht. Warum haben die Mörder das Mädchen ausgerechnet zu uns gebracht?«

»Vielleicht weil sie wissen, dass wir befreundet sind?«

»Ja und dann? Was sollte die Tote uns dann sagen? Ich denke eher, es war purer Zufall. Ich hoffe es. Aber irgendwie verwirrt mich das alles. Wenn ich ehrlich bin, habe ich nicht die geringste Ahnung, warum und wie das Mädchen sterben musste. «

Konrad, der inzwischen dank Abigail wieder munter war, hatte die ganze Zeit über angestrengt nachgedacht über das, was er da gehört hatte. Das machte alles keinen Sinn. Abigail traf sich mit einem Mann? So ein junges Ding? Gegen den Willen ihres Herrn? Er hatte ja schon viel von der Kraft der Liebe gehört, aber so etwas? Und warum wurde die Leiche des Mädchens auf den Hof des Goldschmieds geworfen? War das eine Drohung und wenn ja, wofür? Nur weil der Meister ein Freund des Juden war? Was war daran denn so schlimm?

Plötzlich knallte die Tür gegen die Wand und alle drei erschraken heftig. Ein Diener stürmte mit hochrotem Kopf ins Zimmer: »Herr! Vor unserem Tor, da, da, sind, da ...« Er musste nach Luft schnappen.

»Was ist denn da?«, sagte Kalman von Wiehe und Konrad merkte, wie der Mann sich zwingen musste, ruhig zu bleiben.

Der Diener brachte vor lauter Aufregung kein Wort heraus.

»Komm mit«, rief der Händler seinem Diener zu und rannte an ihm vorbei. Der Diener, der Goldschmied und Konrad folgten dem Juden, der jetzt schon auf dem Innenhof sein musste. Als sie dort ankamen, hörten sie außer ihren eigenen Schritten –

nichts. Oder fast nichts, nur ein dumpfes Gegrummel.

»Seht durch das kleine Guckloch«, sagte der Diener, der jetzt seine Sprache wiedergefunden hatte. Die Sonne hatte einen Weg durch die Wolkendecke gefunden und brachte einige Pflastersteine auf dem Hof zum Funkeln.

Der Händler löste einen kleinen Haken und öffnete die etwa zwei Hände große Klappe, die auf Augenhöhe in das schwere Eichentor eingelassen worden war. Er warf einen kurzen Blick nach draußen, zog ungläubig den Kopf zurück, blickte wieder nach draußen und schloss die Klappe wieder.

Konrad sah dem Mann an, dass vor dem Tor etwas Ungeheuerliches vor sich gehen musste. Und jetzt hörte er, dass das Gemurmel vor dem Tor anschwoll, dunkle Stimmen, die unverständliche Worte von sich gaben. Fröhlich oder freundlich klangen sie nicht, da war sich Konrad sicher.

»Sagt, was geht da vor?«, fragte der Meister leise, er traute sich nicht, die Stimme zu heben.

Jetzt erst bemerkte Konrad, dass das Tor mit zusätzlichen Balken verrammelt war und dass zwei weitere Diener des Händlers davor Stellung bezogen hatten. Sie hielten Schwerter in ihren Händen. In einer Ecke, unweit des Tors, hatten sie mehrere Lanzen an die Mauer gelehnt.

Konrad blickte sich um und entdeckte, dass alle Fenster des Haupthauses mit Holzläden verschlossen waren, obwohl es mitten am Tag war.

Kalman von Wiehe blickte Thomas von Weimar wortlos an. Er war blass geworden, seine Lippen zitterten leicht, und die Augen waren weit geöffnet. Er winkte die beiden Diener zu sich, flüsterte ihnen ein paar Befehle zu und ging zurück zum Haus. Er bedeutete dem Meister und Konrad, ihm zu folgen. Als sie im Haus waren, schloss er die Tür nicht, sondern ließ sie offen.

»Ich würde gerne wissen, was da vor sich geht«, sagte Thomas von Weimar. »Was habt Ihr gesehen? Was ist denn los?«

»Ich denke, Ihr werdet noch ein wenig bei uns bleiben müssen«, antwortete Kalman von Wiehe endlich. »Vor unserem Tor hat sich wieder eine Meute Männer zusammengerottet.«

»Was für Männer? Was wollen die?«, fragte Thomas von Weimar und seinem Gesichtsausdruck sah man an, dass er völlig überrascht war.

»Ich weiß es nicht, ich kann es mir aber denken. Ich werde jedenfalls nicht vor das Tor treten und sie fragen, was sie wollen.«.

»Wie viele sind es denn?«

»Vielleicht ein Dutzend. Handwerker wie die, die Euch heute Morgen vor unserem Haus abgefangen haben. Jetzt, so scheint es, sind sie wieder da.«

»Sind sie bewaffnet?«

»Ich weiß es nicht, ich habe nicht so lange hingeschaut. Aber ich glaube es nicht«, sagte der Händler. Waffen in der Stadt zu tragen, war bei Strafe verboten, und die Wachen verstanden da keinen Spaß.

»Noch gelten ja die Gesetze, Gott sei's gedankt«, sagte der Goldschmied, woraufhin Konrad sich bekreuzigte und sein Meister ihm verdutzt dabei zusah.

Der Sohn eines Dieners betrat das Zimmer. Er trug einen Mantel und um den Hals ein Amulett, das aus einer Koralle bestand und gegen den bösen Blick helfen sollte. Der Händler beugte sich zu dem Jungen herunter, flüsterte ihm etwas ins Ohr, rückte die Kappe auf seinem Kopf zurecht und gab ihm einen Klaps auf die Schulter. Fast lautlos verschwand der Junge aus dem Raum.

»Ich habe ihm gesagt, er soll die Stadtwache alarmieren«, sagte der Händler, als er den fragenden Blick des Goldschmieds sah.

»Er soll da raus, zu den Männern?«, fragte der daraufhin fassungslos.

Kalman von Wiehe lachte kurz und trocken auf. »Nein, Gott bewahre! Er soll hinten raus, durch den Fluss zum Stadttor. So weit ist es ja nicht, und der Fluss ist zwar gut gefüllt, aber dieses Kerlchen schafft das schon.«

Der Goldschmied war erleichtert. »Nun sagt, was wollen die Männer vor Eurem Tor? Sind die schon öfters hier gewesen?«

»Ja, Gott sei's geklagt. Einige Male in letzter Zeit. Mal waren es mehr, mal waren es weniger. Ich weiß nicht, was sie wollen. Ich kann es mir aber denken. Gebt ihnen eine Fackel und sie stecken mein Haus in Brand. Ich habe Euch doch gesagt, was zurzeit in der Stadt los ist. Nur gut, dass der Rat uns Schutz zugesagt hat.«

Plötzlich tauchte einer der Diener auf, die am Tor Wache standen. »Herr, das solltet Ihr sehen! Kommt, bitte!«

Kalman von Wiehe verdrehte die Augen und sagte sichtlich genervt: »Was ist denn nun schon wieder los? Stürmen sie jetzt das Tor?«

»Nein, Herr. Es ist etwas anderes. So etwas habe ich noch nie gesehen, die sind ja völlig verrückt!«, erwiderte der Diener, drehte sich um und verschwand wieder Richtung Tor.

Als sie wieder auf dem Hof standen, konnte Konrad etwas hören. Obwohl er im ersten Moment nicht wusste, was es war. Es war ein zischendes, fast schmatzendes Knallen, gefolgt von Stöhnen. Kein Zweifel, das waren Peitschenhiebe. Nur, wer oder was wurde da draußen vor dem Tor gepeitscht? Und, vor allem, warum? Und von wem?

Auch der Meister schien die Geräusche so zu deuten wie Konrad – sein Gesichtsausdruck war eindeutig. Der Händler ging zum Tor und öffnete wieder die kleine Klappe. Doch diesmal warf er einen längeren Blick hinaus.

Durch die Öffnung drangen die Geräusche jetzt deutlicher in den Innenhof. Es war eindeutig das Klatschen von Peitschenhieben, untermalt von kirchlichen Gesängen. Aber nicht auf Latein, sondern auf Deutsch oder einer Mischung aus beidem. Konrad konnte kaum etwas verstehen.

Der Händler winkte den Meister und Konrad zu sich und ließ sie beide abwechselnd durch die Klappe blicken. Was sie sahen, verschlug ihnen fast die Sprache: Es war eine Prozession, doch völlig anders als diejenigen, die Konrad kannte.

»Das müssen Geißler sein«, flüsterte Kalman von Wiehe. »Ich habe schon von ihnen gehört, die breiten sich aus, wie die Pest.«

»Ich habe auch davon gehört«, antwortete Thomas von Weimar. »Ich dachte nur bisher, unsere Stadttore wären für diese Narren geschlossen. Es sind wirklich merkwürdige Zeiten angebrochen.«

Vielleicht fünfzig, sechzig Männer standen in Zweierreihen auf der Michaelisstraße. Die Köpfe hatten sie mit Kapuzen verhüllt und darüber trugen sie spitze Hüte. Die waren, wie auch die Mäntel und Oberbekleidung, mit einem roten Kreuz versehen. Jeder der Männer, die, soweit Konrad es sehen konnte, unbewaffnet waren, trug in einer Hand eine Geißel, deren Riemen mit Knoten und eisernen Spitzen bestückt waren. Einige Männer hatten ihre Oberkörper entblößt und schlugen sich mit der Geißel auf den Rücken. Mal über die linke Schulter, mal über die rechte Schulter. Sie waren noch nicht lange zugange, weil sie erst wenige offene Wunden hatten und kaum bluteten.

»Ich denke, die machen das in der Kirche?«, flüsterte der Goldschmied.

»Jetzt machen sie es eben vor dem Haus eines Juden. Warum, könnt Ihr Euch wohl denken.«

Konrad war wieder an der Reihe, durch das kleine Guckloch zu spähen. Er hätte jetzt auch laut in die Hände klatschen können, die Menge vor dem Tor hätte das gar nicht bemerkt. Es waren vielleicht einhundert Männer und Frauen, die sich vor dem Haus versammelt hatten und die nur noch Augen und Ohren für das Schauspiel hatten, das sich gerade abspielte.

»Was soll das, was machen die?«, fragte einer der Diener leise, der sich ans Guckloch geschlichen hatte.

»Früher diente die Geißelung der Mönche der Erziehung«, sagte Kalman von Wiehe. »Es war eine Art Selbsterziehung. Wer sich geißelte, der wollte sich über seine Grenzen hinausheben.«

Der Diener sah ihn verständnislos an.

»Das da draußen sind aber keine Mönche. Das sind Metzger, Müller, Tagelöhner, die sich als Priester aufspielen, sogar predigen und die Beichte abnehmen. Manchmal sind sogar Frauen unter ihnen, die sich auf den entblößten Rücken schlagen.«

Konrad wunderte sich, was der Händler alles wusste, und er fragte sich, ob das alles auch so stimmte.

»Und wo wollen die hin?«, fragte der Diener.

»In eine der Kirchen der Stadt, nehme ich jedenfalls an«, antwortete jetzt Thomas von Weimar. »Dass sie hier Halt machen, hat wohl etwas mit der Meute vor dem Tor zu tun. Die haben denen bestimmt erzählt, wer hier wohnt.«

»Das denke ich auch«, sagte Kalman von Wiehe. »Ich meine, wo uns die Christen jetzt sogar in ihrem Chorgestühl in der Kirche verewigen – als Menschen mit spitzen Hüten, die auf Schweinen reiten …«

»Tun wir das?«, fragte Thomas von Weimar ungläubig.

»Um das zu sehen, müsst Ihr nur zum Dom«, antwortete der Händler, »wo das gerade fertiggestellte Gestühl für den neuen Chor steht. Schaut Euch einmal die Schnitzereien an, ich durfte sie durch Zufall betrachten. Nicht sehr schmeichelhaft für uns Juden.«

Konrad kannte das Chorgestühl – ein junger Holzschnitzer hatte es ihm bei der Ablieferung eines Abendmahlkelches stolz gezeigt, und Konrad hatte sich die Schnitzereien angesehen. Eine zeigt einen mehr als ungleichen Zweikampf – links ein christlicher Ritter, ausgerüstet mit einer Lanze und einem Schild, auf dem ein Fisch, Zeichen des Christentums, abgebildet war, rechts ein Jude mit spitzem Hut, der auf einer Sau seinem Tod entgegenritt und sich händeringend an einem Ast festhielt.

Mittlerweile waren die Peitschenhiebe vor dem Tor verstummt, der Gesang schwoll an. Die Prozession setzte sich wieder in Gang, langsam bewegte sich der rhythmisch vor sich hin singende Wurm aus blutenden Leibern aber glücklichen Gesichtern Richtung Krämerbrücke.

»Wo wollen die denn hin? Wirklich zu einer Kirche?«, fragte der Diener.

»Keine Ahnung, ich denke, die werden in einigen Kirchen anhalten, um sich von ihren Sünden zu befreien und um die Welt vor dem Zorn Gottes zu retten«, antwortete Thomas von Weimar.

»Da haben sie aber eine Menge zu tun«, sagte der Händler trocken. Jetzt blickte er noch einmal durch das Guckloch auf die Straße und drehte sich schließlich um. »Der Spuk ist vorbei, die Meute hat sich den Geißlern angeschlossen. Ist wahrscheinlich spannender, als vor unserem Haus rumzulungern. Du«, wandte er sich an einen der Diener am Tor, »bleibst noch hier und schaust nach dem Rechten. Sobald sich wieder etwas tut, gibst du mir Bescheid.« Der Diener nickte.

»Und du«, sagte der Händler an die Adresse des anderen Dieners, »wirst jetzt meiner Frau helfen, die Fensterläden wieder zu öffnen. Wir brauchen Licht nach diesen dunklen Momenten.« Auch dieser Diener nickte und ging schnell zum Haupthaus, anscheinend froh, dass alles so schnell vorüber war, wie es begonnen hatte.

Das war wohl auch Kalman von Wiehe, denn er drehte sich sichtlich erleichtert zu Thomas von Weimar um. »Ich würde mich freuen, Euch und Euren Schüler an meine Tafel bitten zu können.« Er deutete eine Verbeugung an. »Wir haben heute nicht nur ein gutes Geschäft abgewickelt, wir haben auch schon viel Aufregung gehabt. Wollt Ihr mein Gast sein? Wir sind nicht viele, mein ältester Sohn ist unterwegs, er ist jetzt wahrscheinlich in Mainz. Nur meine Frau, meine beiden Töchter und mein jüngster Sohn werden an der Tafel sitzen.«

Der Goldschmied musste nicht lange überlegen. Er war bereits öfter im Haus des Juden zu Gast gewesen, und es waren nicht nur die guten Speisen, die er schätzte. »Es ist mir nicht nur eine Ehre, es ist mir vor allem eine Freude.« Er drehte sich zu Konrad um: »Lauf schnell zu uns, sag meiner Frau, dass sie nicht mit dem Essen auf uns warten soll. Unsere Portionen sollen Karl und Wieland bekommen, die werden sich freuen.«

Konrad konnte es gar nicht fassen – er war von einem der reichsten und vielleicht auch mächtigsten Männer der Stadt zum Essen eingeladen worden! Mit stolzgeschwellter Brust schlüpfte er durch das Tor und lief zum Haus des Goldschmieds. Als er zurückkam, brachte ihn ein Diener in das Zimmer, in dem der Schmuck aufbewahrt war. Dort saß Thomas von Weimar alleine auf einem fast königlichen Stuhl mit hoher Rückenlehne und blätterte in einem kunstvoll gearbeiteten Buch.

Er blickte auf. »Da bist du ja wieder. Weißt du, was das hier ist? Es ist das Buch eines Rabbiners. Es schildert die Regeln, nach denen die Juden leben. Willst du etwas über unseren Freund und seinen Glauben erfahren, bis er kommt und uns zur Tafel bittet?«

Konrad nickte und das nicht nur, weil er sowieso keine andere Möglichkeit hatte. Er setzte sich auf einen kleinen Hocker neben seinen Meister. So konnte er auch noch die bunten Illustrationen bewundern, die irgendein unbekannter Meister vor langer Zeit auf das Pergament gezeichnet hatte.

»Du kennst den ältesten Sohn des Juden?«, fragte Thomas von Weimar.

Konrad nickte wieder.

»Er kann lesen. Genauso wie sein kleiner Bruder. Wusstest du, dass fast jeder Jude lesen kann? Nicht nur jeder Mann, auch die meisten Frauen?«

Konrad öffnete seinen Mund, nein, das wusste er nicht. Und das konnte er sich auch nicht vorstellen.

Thomas von Weimar blätterte vorsichtig in dem großen Buch, bis er eine bestimmte Zeichnung gefunden hatte. Sie zeigte einen Jungen, der auf einen Stuhl saß, vor ihm ein Buch auf einem Tisch. Von der Seite beugte sich ein Mann zu ihm hinunter, anscheinend ein Lehrer.

»Es ist so, dass schon Knaben im Alter von drei, vier Jahren bei einem Lehrer Lesen lernen, in der Cheder, der Gemeindeschule«, sagte der Meister. »In dem Buch hier wird beschrieben, wie die Einschulung, also der erste Tag des Lernens, abläuft: Der Vater trägt seinen kleinen Sohn zur Schule, dort bekommt er eine Schiefertafel, auf der die Buchstaben des hebräischen Alphabets eingeritzt sind. Die Tafel ist mit Honig bestrichen, den der Junge ablecken darf. So weiß er, dass Lernen eine süße Sache ist. Auf der anderen Seite der Tafel ist ein Fluss abgebildet, er stellt die Tora dar, das ist ein bisschen wie die Bibel der Juden. Und für die Juden ist sie die Quelle, aus der ihre Seele trinkt, und die Fische sind da, um daran zu erinnern, dass die Tora für das geistige Leben ebenso notwendig ist wie das Wasser für das Überleben der Fische.«

Thomas von Weimar fragte sich, ob Konrad das, was er gerade gesagt hatte, verstand. Fische, Wasser, Tora, Bibel – einfach war es nicht. Doch Konrad konnte ihm folgen, und er fand das, was ihm der Meister sagen wollte, wirklich schön. So friedlich.

Thomas von Weimar blätterte vorsichtig um. »Der Kleine bekommt an diesem Tag auch Geschenke – Obst, Eier und Kuchen, so steht es hier geschrieben. Täglich bringt der Vater seinen Sohn zur Schule, holt ihn auch wieder ab.« Der Goldschmied sah Konrad an. »Weißt du, ich glaube, die Juden sind uns wegen ihrer Fähigkeit, Lesen und Schreiben zu können, überlegen, und vielleicht werden sie gerade deswegen von so vielen Christen gehasst. Lesen und Schreiben zu können, ist aber wichtig, denn es stellt den Mensch über das Tier. Es schenkt ihm Wissen, mit dem er seine Umwelt formen kann. In Büchern kannst du lesen, was andere Menschen vor dir entdeckt haben. Du musst es dann nicht mehr selbst entdecken.«

Konrad nickte, auch er liebte Bücher – vor allem wegen der vielen bunten Bilder.

»Soll ich dir, wenn die Zeit es einmal zulässt, Lesen und Schreiben beibringen?«

Konrad nickte, obwohl er nicht so recht begriff, wozu ihm der Meister dieses Angebot machte. Das meiste, was er für den Beruf des Goldschmiedes brauchte, hatte er ihm doch schon beigebracht. Und das, was ihm noch fehlte, würde er ihn noch lehren. Dazu musste er aber nur hören, nicht lesen.

»Ich kann mir denken, was du jetzt denkst. Ich sehe es an deinem zweifelnden Gesicht. Aber glaube mir, ich weiß auch nicht alles. Was meinst du, warum ich ständig all die schweren Bücher wälze?«, fragte der Goldschied. »Und ich bin meinem Vater unendlich dankbar, dass er mir diese Kunst beigebracht hatte.«

Die Tür ging auf, ein Diener erschien. »Kommt bitte mit, es ist an der Zeit«, sagte er, machte kehrt und ging langsam voran, sorgsam darauf bedacht, die beiden Gäste in dem Gewirr von Räumen und Kammern nicht zu verlieren. Das Haus war erheblich größer als Konrad gedacht hatte, und schließlich kamen sie über eine Treppe in einen großen Raum. Kalman von Wiehe und seine Familie waren noch nicht anwesend.

Konrad sah sich um. An einem der vier großen Fenster, durch deren buntes Glas farbige Lichtstrahlen auf den dunklen, frisch gewienerten Holzfußboden fielen, standen zwei große Stühle. Beide hatten hohe, kunstvoll verzierte Lehnen aus Holz, die Schnitzereien zeigten verschiedene Ranken und Blüten. Dazwischen stand ein kleiner Tisch, bedeckt von einem hellblauen Tuch. Auch der große Tisch in der Mitte des Raumes war unter einem hellblau karierten Tuch verborgen. Konrad schätzte, dass der Tisch so lang wie drei Männer war, und mindestens zwei Armlängen breit. An den Längsseiten standen jeweils fünf Stühle mit dunkelroten Kissen und bestickten Rückenlehnen, außerdem jeweils ein Stuhl an den beiden Stirnseiten. Nur dass deren Lehnen noch etwas höher waren als die links und rechts.

Die Wände des Raumes waren mit hellerem Holz als der Fußboden verkleidet, ein gewaltiger, weißblauer Ofen stand am anderen Ende des Raumes. Die Wärme, die er ausstrahlte, konnte man förmlich greifen. Ein paar Schritte vom Ofen entfernt, stand ein schwerer Schrank mit einer einzigen Tür auf vier massiven Füßen.

Sechs mächtige, mit Schnitzereien versehene Eichenbalken trugen die Decke und wurden ihrerseits von quadratischen Pfeilern aus Holz gestützt. An der den Fenstern abgewandten Rückseite des Raumes gab es zwei Türen, links und rechts davon standen jeweils schwere Truhen mit Eisenbeschlägen. An den Wänden hingen mannshohe und sehr bunte Stickereien aus festem Garn, so etwas hatte Konrad noch nie zuvor gesehen. Eine zeigte eine Jagdszene, in der gewaltige Hunde noch größere Hirsche durch den Wald verfolgten. Auf einer anderen Stickerei erkannte Konrad eine Landschaft mit hohen, an ihrer Spitze kahlen Bergen. Zu ihren Füßen eine Stadt, geschützt von einer mächtigen Burg auf einem grünen Hügel. Was die dritte Stickerei zeigte, konnte Konrad nicht recht verstehen. Er zupfte seinen Meister am Ärmel und deutete mit der anderen Hand auf die merkwürdigen Darstellungen.

Der Meister, der gerade die Truhen betrachtet hatte, drehte seinen Kopf und musste lächeln. Leise, fast flüsternd sagte er zu Konrad: »Das ist das Meer! Und was du da siehst«, er zeigte auf lange Gebilde mit einer großen Stange in der Mitte und jeder Menge Stricken, die wie ein Spinnennetz die Stange umgaben, »das sind Schiffe!«

Konrad hatte davon schon einmal gehört. Viele Waren, die die Händler aus den fernen Ländern kommen ließen, waren per Schiff unterwegs gewesen. Nur was Schiffe wirklich waren, das sah Konrad heute zum ersten Mal. Er hatte sie sich wie Karren ohne Räder vorgestellt, nicht so schön geschwungen. Und vor allem nicht so groß.

»Es zeigt eine Landschaft in Italien, das liegt am Meer«, hörte er eine Stimme hinter sich und drehte sich um. Kalman von Wiehe hatte den Raum betreten, begleitet von seiner Frau, den beiden Töchtern und dem jüngsten Sohn. Die Frau verneigte sich, die Mädchen machten einen Knicks, der Junge lief ohne eine Begrüßung gleich zu einem Stuhl und setzte sich. Zwar erntete er dafür von seinem Vater einen verzweifelten Blick, aber mehr auch nicht.

Thomas von Weimar verneigte sich tief in Richtung der Hausherrin, und Konrad tat es ihm gleich, wobei sein Gesicht fast die Knie berührte.

»Es zeigt eine Landschaft in Genua«, nahm der Händler den Faden wieder auf. »Ich war selbst einmal da und ich kann dir versichern, es sieht da fast genauso aus wie auf dieser Stickerei. Das auf den Hügeln sind Terrassen, die die Bauern angelegt haben, um Weizen anzupflanzen. Was nicht einfach ist bei dem steinigen Boden und den heißen Sommern. Es ist unglaublich weit weg von hier.«

Konrad trat näher an den Teppich heran.

»Die Schiffe haben Segel aus Tuch, siehst du? Damit kann der Wind sie vor sich hertreiben«, sagte Kalman von Wiehe, und Konrad nickte, er hatte schon davon gehört. »Das Segel hängt an einem Mast, das ist der hier«, der Händler zeigte auf die hohe Stange in der Mitte des Schiffes, »obendrauf ist ein Ausguck, damit der Steuermann rechtzeitig vor Gefahren wie zum Beispiel Untiefen gewarnt werden kann.« Er klatschte in die Hände. »So, jetzt gehen wir zu Tisch!« Ein Diener erschien in der linken Tür und Kalman von Wiehe befahl ihm, aufzutischen. Er selbst stellte sich hinter einen Stuhl an der Stirnseite des Tisches und wies Konrad und dem Goldschmied die Plätze links und rechts von sich zu. Neben Konrad saßen die beiden Mädchen, vielleicht acht und zehn Jahre alt, neben dem Meister der kleine Junge, der vielleicht fünf sein mochte.

An der anderen Stirnseite, dem Händler gegenüber, nahm dessen Frau Platz. Sie hatte ein braunes Unterkleid an, darüber ein rotes Gewand, und ihre rötlich schimmernden, stark gelockten Haare hatte sie mit einem fast durchsichtigen, weißen Seidentuch gebändigt. Sie hatte eine helle Haut, hellblaue Augen, und zwei Falten rechts und links der Mundwinkel zeugten davon, dass sie gerne und oft lachte. Kleine Fältchen an den Augenrändern dagegen verrieten, dass sie älter sein musste als sie wirkte.

»Bitte entschuldigt, dass die Eltern meiner Frau heute nicht hier sind, aber sie sind in Sachen Hochzeit unterwegs, und wir erwarten sie erst heute Abend zurück«, sagte Kalman von Wiehe.

Die linke Tür ging auf, zwei Diener und eine Magd traten in den Raum. Der Erste ging zum Schrank, öffnete ihn mit einem Schlüssel, den er umständlich aus seinem Gewand zog, entnahm Schüsseln, Schalen und Becher und verteilte sie mit Messern und Löffeln aus Silber auf dem Tisch. Der zweite Diener trug gleich vier Kannen mit Wasser und Wein auf und goss jedem ein. Mit einem Wink befahl der Händler, dass der Goldschmied und sein Schüler zuerst bekamen, dann die Frau, die Kinder und zuletzt er selbst. Eine Reihenfolge, die Konrad wirklich außergewöhnlich fand. Normalerweise bekam doch immer der Hausherr zuerst?

Die Magd trug eine Kanne in der rechten Hand, eine Schale in der Linken und hatte ein Tuch über ihrem Unterarm. Sie trat zur Frau des Hauses und die streckte ihre beiden Hände über die Schale. Die Magd ließ Wasser aus der Silberkanne über die Hände laufen, das in die Schale abtropfte. Die Frau nahm das Handtuch und trocknete sich die Hände.

Konrad musste so verdutzt geguckt haben, dass der Händler ihm dieses Ritual erklärte: »Vor jedem Mahl ist bei uns eine Handwaschung Pflicht, das schreiben uns unsere Gesetze vor.«

»Erinnerst du dich an das Gebet, das unsere Priester vor der Handwaschung beten? ›Herr, wasche ab meine Schuld, von meinen Sünden mach mich rein‹, so heißt es. Das ist hier ähnlich gemeint«, fügte der Goldschmied hinzu und ließ jetzt ebenfalls Wasser über seine Hände rinnen.

Nachdem jeder am Tisch sich auf diese Art gesäubert hatte, sogar die Kinder, kamen die Speisen auf den Tisch. Verschiedene Sorten Brot, Fleisch vom Ochsen und vom Lamm, gebratene

Hühner. Es roch so gut nach den verschiedensten Gewürzen, dass Konrad plötzlich merkte, wie ihm der Speichel vom rechten Mundwinkel tropfte. Schnell wischte er ihn sich mit dem Ärmel weg.

Kalman von Wiehe erhob sich, hielt ein Brot hoch, sprach Worte in einer Sprache, die Konrad nicht verstand, brach ein Stück Brot ab, verzehrte es und gab jedem am Tisch ebenfalls ein Stück davon.

»Das ist unser Segen über das Brot«, sagte er, nachdem er sich wieder gesetzt hatte. Er nahm das große Messer, das einer der Diener vor ihn gelegt hatte, und zerteilte die verschiedenen Fleischsorten in mundgerechte Stücke, legte seinen Kindern davon in deren Schalen.

Konrad war verwirrt, eigentlich wollte er beten, so wie er es vor jedem Mahl tat. Doch irgendwie traute er sich nicht, und er fragte sich, ob Gott der Segen des Brotes reichen würde. Thomas von Weimar jedenfalls verzichtete auf das Gebet.

Kalman von Wiehe zeigte mit einer Handbewegung auf das Fleisch: »Nehmt Euch, es ist genug für alle da.«

Thomas von Weimar und Konrad füllten sich abwechselnd auf, obwohl normalerweise ja der Meister das Recht auf die schönsten Stücke hatte. Aber heute war anscheinend alles anders.

In die einsetzende Stille hinein beugte sich der Meister zu Konrad: »Das Fleisch muss in einem jüdischen Haus besonders behandelt werden. Du weiß vielleicht von der speziellen Art der Schlachtung, aber es muss auch von verbotenem Fett und bei Vierfüßern vom Hüftnerv befreit sein.«

Konrad fragte sich warum, ließ sich aber seine Skepsis nicht anmerken. Und er fragte sich zum wiederholten Male, woher sein Meister das wusste.

»Zu diesem Zweck wird es gesalzen, gewässert oder abgebrannt. Auch müssen Sachen, die aus Milch hergestellt werden, klar von Fleischgerichten getrennt werden. Und sie müssen in verschiedenen, gesondert gewaschenen und aufbewahrten

Behältnissen zubereitet und gegessen werden«, erklärte der Meister.

»Und du wirst bei uns nie Schwein vorgesetzt bekommen. Für uns Juden sind das unreine Tiere, deren Fleisch wir nicht essen«, sagte der Händler mit einem Lächeln, »aber das macht auch nichts, Ochse, Schaf, Ziege schmecken genauso.«

Das fand Konrad zwar nicht, vor allem Ziegen hatten einen penetranten Eigengeschmack, und ihr Fleisch roch wie Pisse, aber er nickte trotzdem. Langsam schweiften seine Gedanken ab, und während sich die Frau um die Tischmanieren der drei Kinder kümmerte und der Händler und der Goldschmied sich in ein Thema vertieften, von dem Konrad nichts mitbekam, ließ er sich von dem Lichtspiel verzaubern, das die Sonne hervorrief, indem sie ihre Strahlen durch das bunte Glas schickte.

Plötzlich erschrak Konrad, etwas Weiches war an seinem Bein vorbeigeschlichen. Die beiden Töchter lachten. »Du hast dich vor der Katze erschreckt!«, zog ihn die eine auf, griff etwas unsanft nach dem Tier und kraulte es hinter den Ohren. »Unser Vater sagt, wir sollen nett zu ihr sein, sie verjagt uns nämlich die Mäuse und Ratten.«

Konrad bemühte sich um eine souveräne Haltung und fischte sich mit dem Löffel ein anderes Stückchen Fleisch aus der Schale, von dem er nicht wusste, was es war. Er biss zu und war sofort begeistert. Er konnte sich nicht erinnern, jemals so zartes Fleisch gegessen zu haben, besser als Schwein schmeckte es allemal – vielleicht auch dank des ihm völlig unbekannten Zeugs, mit dem es gewürzt war.

»Das ist Lamm!«, sagte das andere Mädchen, das ihn beobachtet haben musste. »Wir haben immer Lämmchen im Stall auf unserem Hof. Ich habe mit dem hier gestern noch gespielt.«

Das sah die Kleine ja ganz praktisch, dachte Konrad. Und irgendwie tat ihm das Lamm leid.

»Sag mal, bist du der, von dem Vater sagte, dass er nicht sprechen kann? Vater sagte, wir dürfen dich das nicht fragen, aber ich will trotzdem wissen, warum du stumm bist.« Mitleid lag im Blick des Mädchens.

Gerade als Konrad mit den Achseln zucken wollte, um damit zu verstehen zu geben, dass er das selbst nicht so genau wusste, hob der Vater seine Stimme: »Rebecca, lass unseren Gast zufrieden. Er kann vieles, was andere Menschen, die eine Stimme haben, nicht können. Also zeig Respekt.«

Die Kleine nickte und kümmerte sich, nicht ohne hin und wieder einen verstohlenen Blick auf Konrad zu werfen, wieder um ihr Essen.

Die beiden Männer hatten sich wieder ihrem Gespräch gewidmet und inzwischen eine, wie Konrad fand, enorme Menge Fleisch vertilgt, als erneut die Tür aufging und ein Diener eine große silberne Schale auf den Tisch stellte. Dazu legte er vor jeden eine Art Löffel aus Silber, der aber Zinken hatte. Ein anderer Diener räumte die benutzten Schalen und Becher ab.

In der Schale entdeckte Konrad etwas, das er erst einmal in seinem Leben gegessen hatte, weil es so unglaublich teuer war: eingemachte und kandierte Früchte, Mandeln und Nüsse, die mit Ingwer, Anis, Zimt, Muskat und Zucker verfeinert worden waren. Diese Kostbarkeiten waren fast mit Gold aufzuwiegen! Und er durfte sich etwas davon nehmen!

Der Diener nahm einen Löffel, teilte die Delikatesse in mehrere gleich große Teile auf und gab Thomas von Weimar zuerst. Dann kam Konrad dran – der sich schämte, wieder vor der Frau des Hauses an der Reihe zu sein – es folgten die Kinder, die Mutter und zuletzt der Vater.

Und Konrad nahm sich fest vor, sollte er jemals eine Familie haben, dann würde er auch immer der Letzte sein, dem aufgetan wurde. Dann widmete er sich dem Nachtisch. Noch nie hatte Konrad etwas derart Leckeres gegessen – auch wenn es einen Backenzahn gab, dem das Süße gar nicht so recht bekam und der sich mit einem starken Pochen bemerkbar machte. Konrad nahm den Becher mit Wasser, spülte sich den Mund aus und schluckte es runter. Wie durch ein Wunder verschwanden die Schmerzen, und ab sofort kaute er lieber auf der anderen Seite seines Gebisses weiter.

Als sie alle bis auf den letzten Rest aufgegessen hatten, die Kinder durften sogar die Schalen ablecken, hob Kalman von Wiehe die Tafel auf. Während die Frau des Hauses ihren Gästen zunickte und mit den Kindern wortlos in einem anderen Teil des Hauses verschwand, begleitete der Händler den Goldschmied und seinen Schüler nach draußen. Die Verabschiedung war herzlich – selten hatte Konrad gesehen, dass sein Meister einen anderen Mann umarmte.

»Ich sehe Euch spätestens auf der Hochzeit meines Sohnes. Wenn Ihr die Karren mit den vielen Geschenken zu unserem Haus fahren seht, dann wisst Ihr, dass es nicht mehr lange dauern kann«, sagte Kalman von Wiehe. Und lächelte.

DER HILFLOSE HEILIGE

EIN VORMITTAG ANFANG MÄRZ 1349

Seit Generationen wachte der Heilige Martin auf seinem Pferd sitzend über den Fischmarkt zu Füßen des Rathauses der Stadt. Das Schwert seit Jahren halb gezückt, den halben Mantel aus Sandstein lässig über die Schulter gehängt, hatte der gute Mann ein leicht verzücktes Lächeln in das inzwischen dank der meist feuchten Witterung grünlich verfärbte Gesicht gemeißelt bekommen. Doch so unbeweglich, wie der Heilige Martin da auf dem Platz stand, so lebendig ging es zu seinen Füßen zu.

Hier, in einem der Zentren der Stadt, wo sich die beiden großen Handelsstraßen kreuzten, feilschten Händler mit ihren Kunden um Ware, wurde getratscht, geschubst, geklaut, betrogen, gegessen und getrunken, gepisst und hin und wieder – außer Sicht hinter einem Karren – geliebt.

Guntzel von Rockstett hatte weder Augen für das laute Treiben um ihn herum noch für den Heiligen Martin, der sich direkt hinter ihm erhob. Nun war Martin aus Sandstein, gehauen in einem Steinbruch bei Gotha, und konnte natürlich nicht wissen, was Rockstett vorhatte. Hätte er es gewusst, er hätte ihn wohl mit dem Schwert erschlagen.

Guntzel von Rockstett war der Sohn einer recht bedeutenden Erfurter Patrizierfamilie, die seit Generationen im Rat der Stadt saß und den Kurs der Gemeinde mitbestimmte. Die Familie war durch den Waidhandel reich geworden, Guntzels Urgroßvater hatte mit dem Färbstoff so viel Geld gescheffelt, dass er mitten in die Stadt ziehen konnte, einen Steinwurf vom Fischmarkt entfernt. Waid war so kostbar wie Gold, und von beiden Dingen besaß die Familie mehr als genug.

Was sie eher weniger besaß, war Ansehen, denn seit Generationen schien die Familie nicht nur durch den Handel mit Waid, sondern auch durch fehlerhaftes Abwiegen der Ware ihr Vermögen gemehrt zu haben. So jedenfalls lauteten die Gerüchte, die immer mal wieder die Runde machten. Beweisen konnte man der Familie ihre Mogeleien nicht – sie war einfach zu reich und zu mächtig, um gegen sie Anklage zu erheben, zumal nicht auf der Grundlage von Gerüchten. Aber das meist überhebliche Auftreten der Familie in der Öffentlichkeit trug nicht unbedingt dazu bei, dieses Gerücht zu zerstreuen.

Guntzel kannte natürlich das Gerede, es war ihm aber völlig egal. Er war jung und trotz diverser Versuche seines Vaters, ihn mit einer guten Partie zu verheiraten, noch ledig – was ihm sehr zupass kam. Natürlich musste er sich auch als verheirateter Mann nicht nur auf eine Frau für seine Vergnügungen festlegen, wozu gab es schließlich Bedienstete und Badehäuser, doch irgendwie wollte er lieber ungebunden sein, solange er so viel Kraft in sich verspürte. Guntzel wollte viel bewegen in dieser Stadt und er wollte vor allem die Rolle seiner Familie und die der Patrizier, die sich selber als »Geschlechter« bezeichneten, ein für alle Mal festigen.

Sein Vater erschien ihm zu schwach für diese Aufgabe, überhaupt hatte er nicht viel Zutrauen in den Rat der Stadt, der sich Guntzels Meinung nach viel zu sehr vom fernen Bischof in Mainz gängeln ließ.

Er hatte gerade die Messe in der Benediktinerkirche hinter sich gebracht und wieder einmal kein Wort verstanden, weil der Priester nur auf Latein genuschelt hatte. Trotzdem hatte Guntzel einen ordentlichen Haufen Geld als Spende zurückgelassen – denn für das, was er jetzt zusammen mit einer Handvoll Vertrauter vorhatte, konnte er Gottes Hilfe gut gebrauchen.

Guntzel von Rockstett hatte sein bestes Tuch angezogen. Er hatte sich von seinem Diener trotz der kühlen Temperaturen ein relativ kurzes, hellblaues Gewand mit nach unten weiter werdenden Hängeärmeln anlegen lassen. Darüber trug er ein weiteres, ebenfalls hellblaues Gewand, zusammengehalten von einem mächtigen Gürtel, und schließlich einen mit Hermelin gefütterten, purpurroten Mantel. Auf dem Kopf mit den dunkelblonden, halblangen Haaren thronte eine breitkrempige Kappe mit Fasanenfeder, die Füße steckten in halboffenen Stiefeln aus feinstem Ochsenleder. Guntzel hatte sich heute Morgen von einem Diener sogar seinen Bart stutzen lassen, war in den Badezuber gestiegen und hatte danach jede Menge Parfüm versprüht. Er roch seiner Meinung nach fantastisch, eine Einschätzung, die man in seiner Umgebung nicht uneingeschränkt teilte.

Trotz aller Vorbereitungen war Guntzel nervös. Dagegen half auch sein ausgeprägtes Selbstbewusstsein nicht. Er schwitzte unter den Armen und merkte, wie das Gewand dort langsam feucht wurde. Ihm war trotz der kalten Morgenluft ziemlich warm, und unter der Krempe der Kappe hatten sich kleine Schweißperlen gebildet.

Guntzel hatte sich kurz nach dem Mittagsgebet verabredet, doch von den Männern, die er hier zu Füßen des Heiligen Martin treffen wollte, war noch nichts zu sehen. Langsam füllte sich der Fischmarkt wieder, der Lärmpegel schwoll an. Guntzel war groß, überragte die meisten Menschen in der Stadt fast um einen halben Kopf, doch immer wieder stellte er sich auf die Zehenspitzen, um etwas zu sehen. Der Geruch des Stockfischs und des sauren Herings stieg ihm in die Nase, aber die Übelkeit, die sich in seinem Bauch breitmachte, rührte nicht nur daher. Zuviel hing von dem ab, was gleich geschehen sollte.

Dann endlich sah er Apel von Halle, der gemächlich in seine Richtung schlenderte. Auch er trug einen Hut mit Feder, diverse in Grün gehaltene Gewänder, die ihm bis zu den Füßen reichten und von einem bunten Seidengürtel gehalten wurden, sowie einen ebenfalls mit Pelz gefütterten Mantel. Apel war ebenso groß gewachsen wie Guntzel, er hatte dunkles Haar, hellblaue Augen, und die Frauen umschwärmten ihn wie die Motten das

Licht. Seine Familie war nicht so bedeutend wie die von Rockstetts, aber fast ebenso reich. Er war Kaufmann und profitierte vom Stapelrecht der Stadt, das Erfurt irgendwann einmal verliehen worden war. Sei es der Händler aus dem Norden, der sein Salz in den Süden bringen wollte, oder der Kaufmann, der seine Pelze aus dem Osten ins Land des Sonnenuntergangs fuhr – sie alle mussten ihre Ware in Erfurt in der Waagegasse ausstellen, und die Händler der Stadt hatten das Vorkaufsrecht. Apel von Halle hatte dank schöner und williger Gespielinnen so wunderbare Kontakte, dass er sich die besten Waren rechtzeitig sichern konnte.

Die Blicke der beiden jungen Männer begegneten sich genau in dem Moment, als irgendeine Glocke zu einer Messe einlud. Es war schon ein ganz schönes Durcheinander mit den vielen unterschiedlichen Messen in den vielen Kirchen der Stadt, dachte Guntzel und verbeugte sich leicht vor Apel. Die beiden umarmten sich und Apel rang dank der schweren Parfümschwaden rund um Guntzel kurzfristig nach Luft.

»Weißt du, wo die anderen sind?«, fragte Guntzel von Rockstett. Die Männer kannten sich seit frühester Kindheit und sie fühlten sich wie Brüder miteinander verbunden. Sie teilten nicht nur die gleichen Leidenschaften wie das Spiel und den Wein, sondern hin und wieder auch die Geliebten. Wobei Guntzel immer die abgelegten Frauen von Apel bekam.

»Nein. Aber die müssen gleich kommen, die haben mir fast alle hoch und heilig geschworen, uns nicht im Stich zu lassen. Sie haben am Erfolg unseres Plans ja das gleiche Interesse wie wir. Und sie können genauso gut davon profitieren.«

»Glaubst du, wir haben Erfolg?«

»Gott ist mit uns. Und auch Teile des Rates und die meisten Zünfte.« Apel sah sich um, und sein Blick fiel auf eine junge Dienstmagd, deren Ausschnitt große Teile ihrer beeindruckenden Brüste freilegte. Bevor er sie ansprechen konnte, zupfte ihn Guntzel am Ärmel.

»Kannst du nicht einmal deine Lust sein lassen und dich um unsere Sache kümmern? Danach hast du so viel Geld und Macht, dass du dir einen ganzen Harem von solchen Liebchen leisten kannst.«

»Das kann ich auch so«, entgegnete Apel und strahlte die junge Frau an. Die blickte ihm in die Augen, wurde knallrot, drehte sich um und verschwand im Gewühl des Platzes. »Schade. Die hast du mir vertrieben.«

»Da kommt Gisseler«, sagte Guntzel erleichtert und zeigte in die Richtung, aus der der etwas ältere Mann mit dem Beinamen Vierdeling kam. Auch er trug einen schweren Mantel, sein Gesicht schmückte ein mächtiger Bart, der schon von einigen grauen Strähnen durchzogen war. Er hatte kleine, lebhafte, blaugraue Augen und unter dem linken eine gewaltige Narbe, die vom Ohr bis zur Nasenspitze reichte – Folge eines Konfliktes während der Thüringer Grafenkriege vor wenigen Jahren.

Gisseler hatte sich auf die Seite der Grafen von Schwarzburg, Weimar-Orlamünde und Hohnstein geschlagen, weil diese vom Mainzer Erzbischof unterstützt worden waren. Letztendlich siegten aber die Wettiner unter Friedrich dem Ernsthaften und Gisseler hatte Mühe und Not, seinen Status in der Gilde und im Stadtrat halbwegs aufrecht zu halten. Aber gegen ein gewisses Entgelt verzieh auch ein Bischof seinen sündigen Schäfchen.

Gisseler Vierdeling war für die Pläne von Apel und Guntzel wie geschaffen: Zum einen war er kriegserfahren, und zum anderen brauchte er dringend frisches Geld, das er durch die Grafenkriege reichlich verloren hatte. Er steckte bis über beide Ohren in Schulden, alle ihm verbliebene Landgüter im Erfurter Umland waren an jüdische Geldhändler verpfändet worden. Gisseler wollte endlich wieder ohne Sorgen leben, und er wollte seine Pfandbriefe von den Juden zurück, koste es, was es wolle. Und so waren die Worte von Apel und Guntzel auf fruchtbaren

Boden gefallen: Sie wollten die Juden in Erfurt erschlagen und verbrennen, so einfach war das. Und damit konnten sie jede Menge Probleme auf einmal lösen.

»Wo habt Ihr denn die anderen gelassen?«, fragte Apel den Neuankömmling, der die beiden anderen dank seiner Narbe mit einem schiefen Lächeln begrüßte.

»Die kommen noch, da könnt Ihr Euch sicher sein«, antwortete Gisseler. »Habt Ihr schon gehört, was in den letzten Tagen in Gotha und Arnstadt passiert ist?«

Jetzt mussten Guntzel und Apel grinsen. »Das, was in vielen anderen Orten der Thüringer Lande geschah, nehme ich an?«, fragte Apel.

Gisseler nickte. »Ich weiß nicht wie viele, aber einige hundert Juden werden es schon gewesen sein, die verbrannt wurden. Der Rest ist geflohen.«

»Ich habe hier welche mit ein paar Karren ankommen sehen«, sagte Apel. »Die haben es tatsächlich noch geschafft, zu fliehen. Ich frage mich nur, warum sie ausgerechnet nach Erfurt kommen, die könnten doch ahnen, was ihnen hier blüht.«

»Na, wo sollen die denn sonst hin«, sagte Guntzel, kratzte sich unter der Kappe am Kopf, zog eine Laus hervor, betrachtete sie und zerquetschte das Insekt mit einem leisen Knacken zwischen Daumen und Mittelfinger.

Apel hatte angewidert zugesehen. »Du solltest öfter mal ins Badehaus gehen.«

»Da bin ich oft genug. Die Viecher werd' ich einfach nicht los, die sitzen überall.«

»Sind wir hier, um über Läuse zu reden?«, fragte Gisseler entnervt. »Es geht um unser Leben, wenn das hier rauskommt.«

»Was soll denn schon passieren?«, fragte Guntzel und kratzte sich demonstrativ am Kopf.

»Was wir hier planen, ist immerhin eine Verschwörung«, sagte Gisseler.

»Es muss sich eben gewaltig was ändern«, sagte Apel.

»Das sehe ich genauso«, sagte Guntzel entschlossen.

In diesem Moment trafen zwei weitere Männer am Heiligen Martin ein: die beiden Brüder Hartung und Johann von Treffardt. Letzter war immerhin ein Ratsmeister der Stadt, ein mächtiger Verbündeter also, wenn er sich dem Aufruhr anschließen würde.

»Hier sind wir, wie abgemacht«, sagte Hartung von Treffardt. Die Runde verbeugte sich.

»Haltet Ihr das wirklich für einen geeigneten Ort für das, was wir vorhaben?«, fragte Johann von Treffardt und blickte sich um.

»Warum sollten sich so ehrenwerte Männer wie wir nicht nach der Morgenandacht am Fuße des Schutzheiligen der Stadt treffen?«, entgegnete Guntzel von Rockstett.

Die anderen nickten.

Plötzlich stand auch Werner von Witzleben im Kreis der Verschwörer. Er war nicht nur ein stattlicher Mann mit mächtigem Bauch und Bart, er konnte auch Lesen und Schreiben. Fähigkeiten, deretwegen Apel von Halle ihn in den Kreis der Männer geholt hatte. Sein Sohn Kunz begleitete ihn. Wenig später kam noch Gotze von Stolbergk dazu, er entstammte ebenfalls einer einflussreichen Familie, die seit fünf Generationen im Rat der Stadt saß. Eine kleine Ewigkeit also. In seiner Begleitung war ein Ritter, den er als Martin von Mühlhausen vorstellte.

Apel von Halle räusperte sich. »Hört mir zu!«

Guntzel verscheuchte derweil ein paar kleine Jungs, die sich in den Kreis der Männer geschlichen hatten und unbedingt hören wollten, was die sich zu sagen hatten. Der Lärmpegel durch das Markttreiben war jetzt so hoch, dass die Verschwörer eng zusammenrücken mussten.

»Hört mir zu! Wir müssen endlich handeln, wir werden sonst noch alles verlieren, was wir haben«, hob Apel erneut an und versuchte, jedem in ihrem kleinen Kreis in die Augen zu blicken. »Ihr wisst, warum wir uns hier treffen, und da Ihr hier seid, gehe ich davon aus, dass Ihr für unsere Sache seid.«

»Nicht so hastig«, sagte Gotze von Stolbergk. »Ihr habt uns gebeten, uns anzuhören, was Ihr zu sagen habt. Das tun wir, deswegen sind wir hier. Aber das heißt noch nichts, gar nichts!«

»Ihr habt recht«, antwortete Apel beschwichtigend. »Wie Ihr wisst, geschehen zurzeit in unseren Landen Zeichen und Wunder! Endlich wird den Juden in vielen Städten der Garaus gemacht, endlich kommen wir zu unserem Recht! Lang genug haben sie uns geknechtet, unser Blut gesaugt.« Apel blickte sich um und hoffte auf zustimmendes Nicken. Die meisten Männer taten ihm den Gefallen.

»Ich sage Euch, diese Wucherer sind unser Untergang. Sie leben immer mehr in Saus und Braus und wir müssen immer öfter unseren Besitz verpfänden. Die Juden strecken ihre gierigen Hände nach allem aus, was uns wichtig ist. Unser Land, unser Haus, unsere Familie. Ich kann gerade noch die Zinsen zahlen, noch eine Missernte, und alles ist aus.« Das stimmte zwar so nicht ganz, aber Apel dachte, ein wenig Übertreibung könnte nicht schaden.

Jetzt nickten alle. Und einer der Treffardts sagte: »Das ist bei mir nicht anders. Die vielen Missernten der vergangenen Jahre sind nicht spurlos an meiner Familie vorbeigegangen. Ich weiß manchmal nicht mehr, wie ich meine Schulden bei den Blutsaugern tilgen soll.«

»Und dabei tun sie immer so freundlich, wenn sie uns die Zinsen abkassieren und lächeln noch dabei«, kam es von Guntzel von Rockstett.

»Dabei ist Zinsen zu nehmen eine Sünde, die Gott strafen wird«, nahm Apel das Heft wieder in die Hand. »Nur haben wir nicht mehr so viel Zeit, wir müssen nachhelfen, damit es schneller geht mit Gottes Gerechtigkeit, denke ich.«

»Wir sollen die Juden töten, um sie schneller Gottes Gerechtigkeit zuzuführen?«, fragte Gotze von Stolbergk und musste grinsen. »So habe ich das noch gar nicht gesehen.«

»Ich denke«, begann Guntzel vorsichtig und freute sich, dass das Treffen so gut lief, »ich denke, Gott hat uns ein schreckliches Zeichen geschickt, das uns helfen wird. Die Pest.«

»Wie meint Ihr das?«, fragte Johann von Treffardt.

»Passt auf. Ich denke, Guntzel hat völlig recht«, übernahm wieder Apel das Gespräch. »Wir hätten uns einen besseren Zeitpunkt, um uns vom Joch der Juden zu befreien, nicht wünschen können.«

Die Männer sahen ihn fragend an.

»Denkt doch einmal nach. Wie Ihr wisst, hat ein Jude gestanden, die Brunnen der Christen vergiftet zu haben. Und nicht nur er, unzählige Juden sollen ausgeschwärmt sein, um den gleichen Frevel zu tun. Und wer aus diesen Brunnen trinkt, stirbt elendig an der Pest.« Apel machte eine kurze Pause, und Guntzel vertrieb wieder ein paar neugierige Kinder. »Es ist unsere Pflicht, unsere heilige Pflicht, die zu vernichten, die uns, unsere Frauen und unsere Kinder vergiften.«

Die Anwesenden murmelten Zustimmung.

»Der jüdische Arzt hatte gestanden«, wiederholte Apel noch einmal. »Gestanden, hört Ihr? Was braucht Ihr noch mehr an Beweisen?«

»Uns braucht Ihr nicht zu überzeugen. Zumindest mich nicht. Es spielt für mich überhaupt keine Rolle, ob die Juden nun unsere Brunnen vergiftet haben oder nicht. Denn ich glaube nicht an diese Mär«, sagte Gisseler Vierdeling.

Alle sahen ihn fragend an, und er fuhr fort: »Dieses Geständnis ist unter der peinlichen Befragung zustande gekommen und ich denke, unter glühenden Zangen gesteht jeder von uns alles. Oder etwa nicht?«

»Und was wollt Ihr uns damit sagen?«, fragte Guntzel etwas ungehalten.

»Dass das mit der Brunnenvergiftung vielleicht taugt, um das gemeine Volk hinter unsere Sache zu bringen. Aber wir sollten uns klar machen, warum wir die Juden wirklich vernichten müssen.« Gisseler machte eine spannungsgeladene Pause. »Sie haben unseren Heiland ans Kreuz geschlagen, sie haben ihn verraten und verkauft. Für mich ist das Grund genug. Und wenn einige von Euch, so wie ich, dadurch ihre Schulden loswerden, umso besser. Ich will endlich wieder frei atmen können.«

Guntzel und Apel stießen hörbar Luft aus. Kurz hatten sie befürchtet, Gisseler wollte einen Rückzieher machen.

»Wird der Rat der Stadt auf unser Seite sein?«, fragte Gotze von Stolbergk.

Die Runde wandte sich ihm zu. Und alle erschraken plötzlich, als vier Männer der Stadtwache auftauchten und scheppernd an ihnen vorbeimarschierten.

»Vor denen brauchen wir keine Angst haben«, sagte Johann von Treffardt und deutete auf die Soldaten, »die stehen unter meinem Kommando, und Ihr könnt mir glauben, dass die schon mitmachen werden, wenn es losgeht.«

»Also, was ist mit dem Stadtrat?«, wiederholte Gotze seine Frage.

Apel entgegnete gelassen: »Was soll mit ihm sein? Wenn wir zuschlagen, hat der doch auch etwas davon, oder etwa nicht?«

»Wie meint Ihr das?«, fragte Gotze.

»Der Rat sollte eigentlich die Juden beschützen, immerhin kassiert er ja ihre Abgaben. Gibt es keine Juden mehr, gibt es auch keine Abgaben. Habe ich da recht?«

Alle nickten. Auch Gotze. Das war einfach zu verstehen.

»Nur wissen wir doch alle auch, wie viele Schätze die Erfurter Juden gehortet haben. Ich kenne niemanden, der so reich ist wie die Juden. Was ist, wenn diese Schätze der Stadt zufallen, weil es keine Juden mehr hier gibt? Ihr ganzes Gold, ihr Schmuck, die prachtvollen Stoffe, die prall gefüllten Lager. Das wäre mit Sicherheit erheblich mehr als die lächerliche Pacht«, sagte Apel.

»Die Stadt die Schätze, wir die Pfandbriefe?«, fragte Gotze.

»Das wäre doch eine anständige Lösung«, antwortete Apel.

»Ich kann mir nicht vorstellen, dass der Stadtrat etwas gegen diese gerechte Teilung haben kann«, pflichtete Guntzel seinem Freund bei. »Ich meine, für die Stadt ist es mit Sicherheit vorteilhafter, das Vermögen der Juden auf einen Schlag zu bekommen, als jährlich nur ein Stück davon.«

Wieder nickten alle. Auch das war jetzt einfach zu verstehen.

Nur Gotze war noch nicht ganz zufriedengestellt. »Wie kann ich denn verhindern, dass sich die Stadt meine Pfandbriefe nicht selbst einverleibt, und ich dann Schulden beim Rat habe?«

Apel grinste. »Das hängt doch davon ab, wer eher beim Juden zuschlägt und sich die Pfandbriefe besorgt. Oder etwa nicht?«

»Und wie können wir sicherstellen, dass sich das Blatt nicht wendet und wir plötzlich wegen Verrats verurteilt werden?«, fragte Hartung von Treffardt, der bisher sehr still geblieben war.

»Das ist eigentlich recht einfach, wir brauchen bloß einen mächtigen Verbündeten«, sagte Apel.

»An wen denkst du?«, fragte Guntzel seinen Freund, obwohl er die Antwort kannte. Lange genug hatten sich die beiden den Kopf zerbrochen, wie sie die anderen Männer von ihrem Plan überzeugen konnten.

Alle blickten jetzt gespannt auf Apel von Halle, und der genoss seine Rolle als Anführer sichtlich. Nach einer kurzen Pause sagte er: »Wir müssen den Thüringer Landgrafen für unsere Sache gewinnen.«

Während die einen grinsten, machten die andern verdutzte Gesichter. Der Thüringer Landgraf, ein Wettiner aus dem fernen Sachsen, als Verbündeter? Das wäre ja ganz große Politik.

»Ich will es Euch erklären«, sagte Apel. »Ludwig der Bayer schenkte einst Markgraf Friedrich dem Ernsthaften auf Lebzeiten alle Juden in Thüringen und Meißen. Eine herzlich willkommene Einnahmequelle, die dank der gierigen Geldgeschäfte der Juden nie versiegen würde. Nun wurde aber Ludwig der Bayer bekanntermaßen abgesetzt und Karl IV. gekrönt. Doch es gibt auch einen Gegenkönig wie Ihr wisst. Günther von Schwarzburg, ein Mann aus Thüringer Landen. Ihr kennt ihn, er ist meiner Meinung nach der rechtmäßige König. Doch er hat wohl, wie ich gehört habe, keine Chance, den Thron auf Dauer zu halten.«

Guntzel war froh, dass er das nicht erklären musste. Er war nicht für die große Politik geboren, hatte sie noch nie verstanden und hoffte jetzt, dass die Männer um ihn herum keine lästigen Fragen stellen würden.

»Es ist also so«, sprach Apel weiter, »dass Markgraf Friedrich mit König Karl ein Bündnis abgeschlossen hat.«

»Das wissen wir doch alle!«, unterbrach ihn Gisseler.

»Lasst mich ausreden! Auch unsere Stadt hat sich auf die Seite Karls geschlagen. Genauso wie Gerlach von Nassau, der neue Erzbischof in Mainz. Kleines Problem nur: Unser Rat hat diesen Mann noch nicht als rechtmäßigen Erzbischof anerkannt. Trotzdem versprach der Gegenkönig Günther von Schwarzburg dem Grafen Johann von Henneberg vor kurzem die Juden und ihre Steuern in Mühlhausen – obwohl die doch dem Wettiner gehören! Wisst Ihr, was das bedeutet?«

Alle blickten ihn gespannt an und hatten überhaupt kein Ohr mehr für das laute Markttreiben um sie herum.

»Denkt doch einmal nach, was muss denn der Wettiner jetzt tun, um dem Widersacher seines Königs die Suppe zu versalzen? Na?«

Niemand reagierte.

»Das ist doch ganz einfach. Er muss nur den Rat der Stadt bitten, die Juden vernichtend zu schlagen.«

»Warum sollte der das tun?«, fragte Hartung von Treffardt.

»Weil letztendlich Karl IV. und sein verbündeter Wettiner den Kampf um die Krone gewinnen werden. Und weil die Stadt mit einem Schlag ihre Schulden los wäre, ohne Konsequenzen fürchten zu müssen.«

»Wir sind aber nicht Mühlhausen«, gab Werner von Witzleben zu Bedenken.

»Gewiss nicht, und bei uns ist es auch ein wenig komplizierter, weil wir ja noch den Erzbischof als Herrscher haben. Aber glaubt mir, wir sollten den mächtigen Landgrafen bitten, Briefe an unseren Rat und unsere Zünfte zu schreiben, in denen er alle auffordert, die Juden zu erschlagen und zu verbrennen. Und mit ihnen die Pfandbriefe.«

»Und dann?«, fragte Gisseler.

»Ganz einfach: Macht der Rat mit, sind wir unsere Schulden los und haben ganz nebenbei auch noch das Leid unseres Heilands gerächt«, sagte Apel mit einem Seitenblick zu Gisseler Vierdeling. »Macht der Rat nicht mit, können wir immer noch die Juden erschlagen und ihn dann mit dem Reichtum der Juden besänftigen. Geld heilt alle Wunden, glaubt mir.«

Die meisten Männer hatten nicht so richtig verstanden, was Apel über die komplizierten Verhältnisse im Reich erklärte. Aber das mit dem Geld, das die Wunden heilt, das leuchtete ihnen ein. Und außerdem war die Vorstellung, endlich frei von Schulden zu sein, auch wirklich zu verlockend.

Apel holte tief Luft: »Egal was passiert, mit dem Brief aus Dresden kann uns nichts geschehen. Der Wettiner stellt die einzige Schutzmacht der Juden dar, die uns zur Verantwortung ziehen könnte. Das Eingreifen des Erzbischofs brauchen wir nicht zu fürchten, weil sich Gerlach von Nassau noch nicht endgültig gegen seinen abgesetzten Vorgänger Heinrich von Virneburg durchgesetzt hat. Der hat also ganz andere Sorgen. Und Sanktionen durch König Karl sind auch nicht zu erwarten, weil ja der königliche Judenschutz an den Wettiner abgegeben worden ist. Und, mal ganz ehrlich, Karl hat gerade genug mit seinem Gegenkönig zu tun.«

Gisseler schwirrten die ganzen Namen im Kopf herum, er hatte nicht wirklich begriffen, warum sie straffrei ausgehen sollten. Das war ihm eindeutig zu viel hohe Politik, ihm reichte schon die kleine Politik in Erfurt mit ihren Machenschaften und Ränkespielen. »Ihr meint also, nichts passiert, wenn wir die Juden erschlagen?«, fragte er.

»Nichts wird passieren. Außer, dass Ihr Eure Pfandbriefe auf die Scheiterhaufen der Juden werfen könnt. Und Euch gleichzeitig noch die reiche Beute teilen könnt. Denkt doch mal daran, wie viel Geld, Gold und Schmuck so ein Jude in seinem Haus angehäuft hat. Man muss ja nicht alles dem Rat geben, oder?«

»Es ist wirklich genug für alle da«, sagte Guntzel grinsend. »Ich denke da nur an den fetten Wiehe, ich hab' gehört, der hat mehr als dreitausend Geldstücke. Und hunderte Silberbarren. Und Gewürze.«

Alle sahen sich an. Guntzel konnte förmlich sehen, wie sie im Geiste ihren neuen Reichtum verwalteten.

Nur einer hatte noch Bedenken – Johann von Treffardt. »Ich bin Ratsmeister. Ich weiß nicht, ob ich den Rat verraten kann. Und soll.«

Apel sagte vorsichtig: »Ist es gerecht, wenn der Rat die schützt, die uns knechten? Die, die uns bluten lassen? Die, die mit ihrem protzigen Reichtum die wahren Herrscher sind? Und Ihr braucht vielleicht nicht an die Schuld der Juden an der Pest zu glauben, oder an den Hostienfrevel, die Schändung christlicher Kinder, das tue ich auch nicht – was Ihr aber definitiv wisst ist, dass die Juden unseren Herrn ans Kreuz geschlagen haben. Weil er mit seinen Lehren ihren Reichtum und damit ihre Macht zum Wanken gebracht hat. Den Juden geht es immer nur ums Geld. Aber nicht mehr lange, wir können sie von dieser Last befreien.« Apel von Halle grinste, und seine blauen Augen verengten sich. »Damit wir alle befreiter leben können.«

»Wann gedenkt Ihr zuzuschlagen?«, fragte Johann von Treffardt. Es schien so, als hätte Apel von Halle ihn überzeugt. Oder zumindest ein Stückchen mehr auf die Seite der

Verschwörer gezogen. »Habt Ihr Euch darüber schon Gedanken gemacht?«

Drei Hühner flatterten plötzlich aufgeregt durch die Beine der Männer, verfolgt von einer wild fluchenden, alten Küchenmagd, die die Tiere wohl erst gekauft und dann verloren hatte. Guntzel gab der Alten eine Tritt: »Verschwinde hier!«

Sie drehte sich um: »Verflucht bist du, Hurensohn!«

Guntzel packte die zahnlose Alte, legte ihr beide Hände um den Hals und drückte zu. Die Frau wurde erst rot im Gesicht, dann blass. Die Hände zuckten. Die Umstehenden sahen tatenlos dabei zu, einige grinsten.

»Was soll das, bist du verrückt geworden?«, sagte Apel ruhig und legte seinem Freund eine Hand auf die Schulter. »Lass die Alte, es lohnt nicht. Tötest du sie, sorgst du nur für unnötigen Aufruhr und gefährdest damit unsere Sache.«

Guntzel stieß die Alte von sich, trat noch einmal nach und grinste, als sie schreiend im Dreck landete: »Pass bloß auf, dass ich dich nicht in den Kerker sperren lasse!«

»Also, wann denkt Ihr ist der beste Zeitpunkt, um zuzuschlagen?«, fragte Johann von Treffardt noch einmal, während die Frau unter einem Schwall von Verwünschungen davonhumpelte.

»In ungefähr drei Wochen, vielleicht etwas mehr«, antwortete Apel. »Wir brauchen Zeit, um den Wettiner auf unsere Seite zu bringen, und wir müssen uns auch noch Waffen besorgen. Zu lange dürfen wir aber nicht warten, damit diese Judenschweine keinen Wind von dem Überfall bekommen und fliehen. Wir müssen gut gewappnet sein – immerhin leben nach meiner Kenntnis mehr als tausend dieser Verräter in unserer Stadt, darunter bestimmt zweihundert Männer. Die sind zwar feige, aber man weiß ja nie.«

»Habt Ihr schon einen Plan, wie wir vorgehen sollen?«

»Was denkt Ihr denn, natürlich!« Bei diesen Worten Apels rückten die Männer noch enger zusammen. Apel fuhr mit gesenkter Stimme fort: »Wir müssen sie am Sabbat vernichten, wenn sie alle in ihrer Synagoge hocken und ihre heidnischen Gottesdienste feiern. Dann sind sie fast alle zusammen, und wir brauchen nur noch den Rest der Bande zusammenzutreiben und ebenfalls in die Synagoge zu sperren. Gott wird es uns danken, wenn wir dieses verfluchte Haus einfach anstecken und die Seelen der Verdammten im Feuer reinigen.«

Apel staunte – bekreuzigten sich doch tatsächlich einige der Männer.

»Und was machen wir dann?«, fragte Gotze von Stolbergk.

»Na was wohl. Das Feuer schön brennen lassen und ein paar Wachen abstellen, falls doch der eine oder andere den Flammen entkommen sollte. Und aufpassen, dass nicht unsere Häuser plötzlich in Flammen aufgehen. Während die Juden in der Hölle schmoren, werden wir uns ihre Paläste vornehmen und durchsuchen. Haus für Haus, Raum für Raum. Was meint Ihr wohl, wie viele Schätze wir da finden werden?« Noch einmal machte Apel eine kleine Pause, um die Spannung auf den Gesichtern der anderen zu genießen. »Es wird mehr sein, als Ihr Euch erträumt. Es wird Eure kühnsten Träume und Vorstellungen sprengen, das kann ich Euch versprechen. Aber Ihr braucht keine Skrupel haben, das Geld, das Gold, der Schmuck – es gehört sowieso uns, vergesst nicht, dass sie es uns mit ihren Wucherzinsen gestohlen haben!«

Guntzel hatte erst gedacht, dass sein Freund etwas zu viel über den Reichtum der Juden reden würde, doch als er die gierigen Gesichter der Umstehenden betrachtete, wusste er, dass Apel diesen Aspekt gar nicht oft genug erwähnen konnte.

Eine Glocke der nahen Martinskirche dröhnte über den Fischmarkt. Die neun Männer schraken zusammen, sie hatten gerade im Geiste die Schätze der Juden unter sich aufgeteilt. Und dem Rat dabei nicht viel übrig gelassen.

Ein Mann mit einem gewaltigen Bauch, der bislang geschwiegen hatte, trat nun einen Schritt nach vorne. Es war Martin von Mühlhausen: »Ich bin dabei. Und ich werde die Zünfte organisieren, ich kenne viele Handwerker, die ebenfalls unter der Knute der Juden stehen. Es wird ihnen eine Freude sein, sich vom Joch der Ungläubigen zu befreien.«

Apel nickte und versuchte, seine Freude nicht allzu deutlich zu zeigen. Er hatte es geschafft, er hatte wichtige Familien der Stadt hinter sich geschart. Und das einfache Volk, das die Reichen hasste, würde ganz bestimmt ebenfalls mitziehen.

Als ob Martin von Mühlhausen seine Gedanken erraten hätte, sagte er: »Ich hoffe nur, dass der Pöbel seine Wut nicht auch an uns auslässt.«

»Wie meint Ihr das?«, fragte Guntzel von Rockstett nervös.

»Na, das ist doch ganz einfach. Wenn das einfache Volk, die Bauernlümmel und Rumtreiber, die Nichtsnutze und Bettler, wenn die merken, wie einfach es ist, an Geld zu kommen, warum sollten sie denn nach den Juden Halt machen, wenn sie bei uns weitermachen können?«

Apel griff ein. »Dann müssen wir eben dafür sorgen, dass nur ausgesuchte Leute aus dem Pöbel uns helfen. Ich denke aber, mit der Stadtwache, die Johann von Treffardt kommandiert, mit den Ratsdienern und mit einigen Zünften sind wir genug für die Juden. Zweihundert Leute dürften wir auf jeden Fall zusammenbekommen. Und vergesst nicht, wir haben den Augenblick der Überraschung auf unserer Seite. Die Juden hocken wie die Beute im Netz, sie sind träge geworden. Ich bin mir sicher, dass sie nicht mit einem Angriff rechnen. Und sie werden sich auch nicht wehren, dafür sind sie viel zu feige.«

»Nur, wie kommen wir an Waffen?«, fragte Gotze von Stolbergk.

»Darum kümmere ich mich«, sagte Gisseler. »Ich kenne genügend Waffenschmiede. Lanzen, Schwerter und lange Messer sollten kein Problem sein.«

»Und ich besorge Waffen aus der Rüstkammer der Stadt«, sagte Johann von Treffardt. »Wir müssen sie nur rechtzeitig verteilen, bevor es losgeht.«

»Ich werde außerdem den Markgrafen bitten, dass er an den Stadtrat und die Zünfte Briefe schreibt und sie zur lang überfälligen Judenhatz auffordert«, sagte Gisseler Vierdeling, und seine Narbe unter dem Auge zitterte leicht vor Aufregung. »Ich werde morgen früh losreiten und die Antwort des Markgrafen gleich wieder mitbringen.«

Apel war begeistert, besser hätte es gar nicht laufen können. Sicher, ihr Unterfangen war immer noch riskant, aber mittlerweile war er überzeugt davon, dass eigentlich gar nichts schiefgehen konnte. Und man würde letztendlich sogar den Juden einen Gefallen tun und sie von ihrem sündigen Leben erlösen. Wie ihn von seinen Schulden und elenden Pfandbriefen.

»Und Ihr, Martin von Mühlhausen«, wandte sich Apel an den dicken Ritter, »Ihr geht bitte so schnell wie möglich zu den Zünften, von denen wir glauben, dass sie dabei sein werden. Nehmt Kontakt zu Schalla auf, den kennt Ihr ja. Er soll der Anführer der Männer aus der Gemeinde sein.«

Mühlhausen nickte.

»Aber welche Zünfte sind das denn?«, fragte Gotze von Stolbergk.

Apel antwortete mit einigem Zögern – ein Windhauch hatte eine übel riechende Duftnote von faulem Fisch zu ihm herübergetragen. »Die Goldschmiede werden wir nicht fragen können. Auch nicht die Tuchhändler oder die, die mit dem stinkenden Waid ihr Geld scheffeln, und auch nicht all die Männer, die mit den Juden Geschäfte machen und für sie buckeln, um abzukassieren. Nein, wir müssen die ehrlichen Handwerker auf unsere Seite ziehen. Gerber, Weber, Kürschner, Fleischer und Weißgerber, das sind unsere Männer. Ehrliche Handwerker, die jeden Tag mit ihrer Hände Arbeit etwas schaffen.«

Die Männer nickten.

»Und jeder, der weitere zuverlässige Verbündete unter den Handwerkern oder unter Unseresgleichen kennt, soll sie unter dem Siegel der Vertraulichkeit ansprechen«, fügte Apel hinzu.

Gisseler wiegte nachdenklich seinen Kopf. »Ich denke, wir sollten nicht jeden nehmen. Denn je mehr von unserem Vorhaben erfahren, desto mehr können etwas ausplaudern und unsere Sache verraten.«

»Wir sollten auch daran denken, die Schätze der Juden unter so wenigen wie möglich aufzuteilen und nicht noch mit irgendwelchen Dahergelaufenen«, sagte Johann von Treffardt.

Das war Apel auch schon in den Sinn gekommen. Er grinste: »Denkt nicht zuerst an die Schätze, denkt daran, dass Ihr Gottes Willen erfüllen werdet. Und dass Ihr Euch ganz nebenbei Eurer Schulden entledigen werdet. Was an Schätzen da ist, werden wir schon aufgeteilt bekommen. Und wir dürfen den Rat dabei nicht zu kurz kommen lassen, es bleibt genug für uns. So, ich denke, wir haben genug geredet. Wir sollten uns wieder treffen, wenn Gisseler mit den Briefen des Markgrafen aus Dresden zurückgekehrt sein wird.«

Ein Gaukler tauchte auf, machte seine Kunststückchen, begleitet von einem kleinen Mädchen, das den staunenden Menschen eine speckige Kappe für die fälligen Münzen entgegenhielt. Apel sah nur wenige Schritte entfernt einen jungen, recht kräftigen Mann, der vollgepackt wie ein Esel einem ebenfalls jungen, hübschen Ding folgte.

Den jungen Mann hatte Apel schon einmal gesehen und er wusste auch wo: Der Kerl war Schüler von Thomas von Weimar, dem Goldschmied, von dem jeder wusste, dass er ein Judenfreund war. »Du und dein Meister, ihr werdet noch sehen, was es heißt, Geschäfte mit diesem Pack zu machen.« Aber das sagte er lieber nicht laut.

DER TAG DER GERECHTIGKEIT

MÄRZ 1349

Konrad wachte plötzlich auf, als er spürte, wie sich seine Decke anhob und ein warmer nackter Mensch zu ihm ins Bett schlüpfte. Er war viel zu überrascht und hatte noch die Traumbilder im Kopf, als dass er reagieren konnte. Im ersten Moment dachte er an die Frau seines Meisters, doch den Gedanken verwarf er schnell wieder. Was sollte sie in seinem Bett?

Es war noch sehr dunkel in seiner Kammer, so dass er nicht erkennen konnte, wer sich da in sein Bett schlich. Nur ein feiner Lichtstrahl, der sich durch die Fensterlade verirrte, kündigte den frühen Morgen an.

Konrad fühlte die nackte Haut einer Frau neben sich. Eine Frau musste es sein, die Haut war viel weicher als seine, und er spürte kleine Brüste an seiner Brust.

Maria, schoss es ihm jetzt durch den Kopf, das war Maria! Warum war er da nicht eher drauf gekommen.

Eine Hand legte sich sanft auf seinen Mund, gefolgt von einem »Pssst«. Was ihm ein wenig unpassend vorkam, er konnte ja sowieso nichts sagen. Stocksteif lag er im Bett, die langen Haare des Küchenmädchens strichen über sein Gesicht, als sie ihn sanft küsste. Obwohl – es war mehr ein Streicheln der Lippen auf seiner Haut als ein Kuss.

Konrad hatte einen völlig ausgetrockneten Mund, hilflos wie ein Käfer lag er auf dem Rücken, atmete schwer und wusste überhaupt nicht, was jetzt von ihm erwartet wurde. Maria schob ein Bein über seine Hüfte, und Konrad merkte, dass sie auch untenrum nackt war. Sie musste sich ihres Nachthemdes entledigt haben, als sie vor seinem Bett stand.

Jetzt schämte er sich. Und er wusste gar nicht, warum.

Ihre Küsse waren sanft, nicht so fordernd, wie es Konrad bei seinem Meister gesehen hatte. Oder wenn Karl seine Gattin küsste. Konrad bekam eine Gänsehaut, alle Härchen auf seinen Armen richteten sich auf. Auch etwas anderes richtete sich auf, Marias Bein war eindeutig daran schuld.

Jetzt küsste sie seinen Hals, den Nacken und Konrad konnte nicht mehr einfach nur so daliegen und nichts tun. Ganz vorsichtig richtete er sich auf, stützte sich auf den rechten Ellenbogen, legte den linken Arm um ihren Oberkörper und zog sie sanft an sich.

Und nun? Was jetzt?

Maria entschied für ihn. Sie drehte sich um, kuschelte ihren Hintern an seine Hüfte und rollte sich ein. Konrad verstand und umarmte sie jetzt mit seinem Körper wie eine lebende, warme Decke. Er legte seinen Kopf neben ihren, vergrub dabei seine Nase in ihre Haare und atmete ihren Duft ein.

Nichts in seinem Leben hatte je schöner gerochen, kein Gewürz der Welt konnte es mit diesem Duft des jungen Mädchens aufnehmen. Er schnupperte an ihrem Nacken und merkte, wie sie zusammenzuckte. Ihr schien es zu gefallen, denn sie atmete nach jedem Naseneinsatz von ihm hörbar ein und aus.

Mit der linken Hand strich er ihr erst über die Seite, dann über die Lende und merkte, wie sie erneut zuckte. Danach kämpfte sich seine Hand unter dem Betttuch wieder nach oben Richtung Brüste. Doch kurz vor dem Ziel legte Maria eine Hand auf seine und stoppte ihn. Konrad zog die Hand zurück, ließ sie wieder nach unten gleiten, aber kaum war er bei ihrem Becken gelandet, tauchte wieder ihre Hand auf und schob seine sanft zurück. »Nicht jetzt«, sagte sie leise.

Konrad hatte begriffen und beschloss, ihren Körper lieber in Ruhe zu lassen – jede zusätzliche Berührung der weichen Haut würde ihn da unten nur weiter in Unruhe versetzen. Ihm war sein Zustand ihr gegenüber jetzt schon verdammt peinlich.

Stattdessen genoss er ihre Wärme und ihren Duft, so sehr, dass er langsam dahindämmerte und die Augen schloss. Er merkte noch, wie sich erste Träume anschlichen, dann schlief er ein.

Maria konnte nicht schlafen, sie wollte es auch nicht. Sie hatte lange auf diesen Moment gewartet und sich über ihren Mut gewundert, tatsächlich zu Konrad ins Bett zu steigen. Dass er ihre Hand nicht losgelassen hatte, als sie gemeinsam durch die Stadt gegangen waren, war für sie ein gutes Zeichen gewesen. Und sie hatte es nicht falsch gedeutet.

Jetzt lag sie in seinen Armen, lauschte seinem leicht rasselnden Atem, und es erfüllte sie mit einem wunderschönen Gefühl im Bauch, dass er nicht zu weit gegangen war. Sie wusste von anderen Dienstmägden, was die meisten Männer machten, wenn sie mit einer Frau im Bett lagen, und Maria hatte wissen wollen, wie Konrad reagieren würde: Er hatte bestanden.

Als die Glocken der Benediktskirche zum Gottesdienst riefen, befreite sich Maria vorsichtig aus Konrads Umklammerung, stand leise auf, zog sich ihr klammes Nachthemd an, öffnete die Fensterlade, gab ihm einen Kuss und verschwand auf Zehenspitzen aus seiner Kammer. Es war der schönste Morgen, den sie je erlebt hatte: Konrad hatte mit seiner Reaktion in der Hüftgegend bewiesen, dass er sie begehrte und mit seinem Verzicht, dass er den Charakter besaß, den sie bei ihm zu finden gehofft hatte. Auch wenn er ihr ein klein wenig leid tat.

Heute war ein besonderer Tag, ein Feiertag, nur welcher, das hatte Maria vergessen. Es gab aber auch wirklich zu viele davon. Und zur Feier des Tages hatte die Familie des Goldschmiedes vor, mit den beiden Gesellen, mit Maria und Konrad zu einer Hinrichtung vor den Toren der Stadt zu gehen. Die beiden Mädchen der Familie und der kleine Raphael mussten zu Hause bleiben und wurden vom anderen Küchenmädchen betreut, sie waren noch zu klein für dieses Schauspiel, das meinte jedenfalls der Meister. Eine solche Rücksicht auf die kindlichen Gemüter nahmen nur wenige, warum auch.

Die Küchenmädchen fegten die Asche aus den Feuerstellen, schichteten neue Holzscheite auf, verteilten Reisig dazwischen und entfachten das Feuer mit einem noch brennenden Öllämpchen. Wie jeden Morgen kochten sie Brei, dazu gab's heute auch mal wieder Brot, kalten Braten und Bier, das eine von ihnen frisch vom Nachbarn besorgte – der hatte gerade gebraut, was man auch riechen konnte, und als Zeichen dafür über dem Tor ein Strohbündel in ein Loch im Mauerwerk gesteckt.

Inzwischen erwachte im Haus des Goldschmieds das Leben, die drei kleinen Kinder tobten die Treppe hinauf und hinunter, der Meister war mit Bauchgrimmen Richtung Innenhof unterwegs, wo er auf seine Frau traf, die sich gerade Hände und Füße mit dem kalten Brunnenwasser wusch. Karl und Wieland kamen an, viel zu früh fand Maria, und verzogen sich mit ihren beiden Frauen und den vier Kindern in eine Kammer neben der Küche – denn obwohl der Tisch in der Küche außergewöhnlich groß war, bot er doch nicht ausreichend Platz für so viele Menschen.

Als Konrad in der Küche erschien und Maria ihm aus Versehen etwas zu lange in die Augen sah, wurde beiden flau im Magen. Hätte er gekonnt, hätte er seine Freude über ihren morgendlichen Besuch in seinem Bett laut herausgeschrien, und sie hätte sich am liebsten noch einmal so wie heute Morgen umarmen lassen. Jetzt aber mussten sie so tun, als ob nichts geschehen war. Dabei konnte vermutlich auch der letzte Idiot von ihren Gesichtern ablesen, was sich zwischen ihnen abgespielt hatte.

Konrad setzte sich auf die schwere Bank an den inzwischen gedeckten Tisch, lächelte Maria selig an, schenkte auch der jüngeren Maria ein schnelles Lächeln und versuchte, möglichst unbeteiligt zu wirken. Zu seiner Rechten setzten sich die drei Kinder des Goldschmieds, ihm gegenüber der Meister selbst und seine Gattin. Auch die beiden Küchenmädchen, die inzwischen die Familien von Karl und Wieland versorgt hatten, nahmen schließlich Platz.

»Na, wie war deine Nacht?«, fragt der Goldschmied seinen Schüler, und der wurde prompt rot.

Konrad schaffte es, mit seinen Händen eine Geste zu machen, die »ganz gut« ausdrücken sollte. Danach starrte er lieber auf den Tisch.

»Und deine?«, fragte der Meister als nächstes Maria, und natürlich wurde auch sie rot.

Der Meister weiß es, dachte sich Konrad, und unruhig rutschte er auf der Bank hin und her.

»Gut, ich bin nur zu früh aufgewacht«, sagte Maria, und ihre Stimme klang wie immer. Auch ihr Gesichtsausdruck verriet nichts, nur dass ihre Sommersprossen vielleicht ein wenig mehr blühten als sonst.

»Ich habe schlecht geschlafen«, sagte der Meister. »Die Kleinen bekommen neue Zähne, und ratet mal, wer sie heute Nacht trösten musste. Manchmal wünschte ich mir, dass ich mein Bett nur für mich und meine Frau hätte«, sagte er und grinste Konrad verschwörerisch an. Der betete, dass dieser Augenblick endlich vorbeigehen möge.

»Aber egal, es ist nun mal so wie es ist«, sagte Thomas von Weimar. »Macht euch fertig, wir müssen rechtzeitig los. Ich bin sicher, dass heute wieder die ganze Stadt am Richtplatz sein wird. Einmal Rädern und einmal Handabschlagen an einem Tag, das kommt nicht so oft vor.«

»Wer wird denn heute gerichtet?«, fragte die Frau des Meisters.

»Ich weiß es auch nicht so genau. Aber ich habe gehört, ein kleines Mädchen, das den Menschen auf Märkten ihre Geldbeutel gestohlen hat, soll seinen rechten Daumen verlieren.«

Konrad verschluckte sich und musste heftig husten – war das etwa das kleine Mädchen vom Fischmarkt?

Der Meister warf einen sorgenvollen Blick auf Konrad, sprach aber weiter: »Der, den sie heute aufs Rad flechten, das soll ein Fremder sein. Was er genau verbrochen hatte, das weiß ich nicht. Aber ich habe gehört, er hätte eine Frau gegen ihren Willen genommen und erschlagen, als sie anfing zu schreien. Und das in einem Frauenhaus.« Die beiden Küchenmädchen erröteten.

Thomas von Weimar nahm jetzt einen kräftigen Schluck Bier und schenkte danach auch seinen Kindern ein. »Eigentlich mag ich solche Hinrichtungen nicht, mich widert es an, wenn ich sehe, wie sich die Menschen daran ergötzen. Aber es war wohl Gottes Wille, dass ein Mensch durch Menschenhand sterben musste, und so ist es nun auch Gottes Wille, dass dem Opfer Gerechtigkeit widerfährt. Und dabei Zeuge zu sein, das finde ich wichtig.«

Konrad ahnte, dass Karl und Wieland das ganz anders sahen, für sie war das alles nur eine besonders aufregende Form der Unterhaltung. Auch die Frau des Meisters und die beiden Küchenmädchen hatten sich noch nie abfällig über Hinrichtungen geäußert und jedes Mal genau hingesehen, wenn die Knochen krachten oder der Kopf vom Hals getrennt wurde.

Konrad selbst hatte zwiespältige Gefühle: Zum einen fand er es richtig, dass ein Verbrechen öffentlich gesühnt wurde, nur fand er einige Hinrichtungsarten wie Rädern, Ersäufen, lebendig begraben oder Pfählen unwürdig. Derart gequält, taten ihm sogar manche Mörder leid. Quälen konnte eigentlich nicht in Gottes Sinne sein, dachte Konrad.

»So steht es ja schon in der Bibel«, riss ihn der Meister aus seinen Gedanken, »Leben für Leben, Auge für Auge, Zahn für Zahn, Hand für Hand, Fuß für Fuß, Brandmal für Brandmal, Wunde für Wunde, Strieme für Strieme.«

Ganz schön brutal, das Leben, fand Konrad.

»Der, den sie heute aufs Rad flechten, ist als Mörder verurteilt worden«, fuhr der Meister fort. »Er muss also etwas wirklich Schreckliches mit der Frau angerichtet haben, dass sie ihn nicht einfach nur köpfen.« Der Hausherr rülpste, stand auf und das war das Zeichen für alle, dass die Tafel aufgehoben war.

Jetzt ging das Durcheinander im Haus erst richtig los. Jeder suchte seinen Mantel und seine Kappe, die Frauen legten Parfüm auf, Konrad musste nochmal in den Hinterhof, und die Kleinsten rannten aus dem Haus, obwohl sie eigentlich zu Hause bleiben sollten. Karl und Wieland fingen ihre Kinder ein, die zur Gera gelaufen waren und nun nasse Gewänder hatten. Und Maria, die Angst hatte, vergessen zu werden, was tatsächlich schon einmal vorgekommen war, musste mit der jüngeren Maria Küche und Gästekammer in aller Eile zumindest soweit wieder herrichten, dass sie nach der Hinrichtung nicht zu viel zu tun hatten. Denn dann wartete ja schon das nächste Essen auf die Familie.

Als der Tross das Haus verließ und sich über die Krämerbrücke Richtung Richtplatz vor dem Krämpfertor aufmachte, war die Straße schon voller Menschen. Konrad sah in der Menge auch Gaukler, Kartenleser und Glücksspieler, die sich ein wenig Geld hinzuverdienen wollten. Einen besseren Anlass als eine Hinrichtung gab es dafür nicht.

Maria hatte sich an Konrads Seite gesellt, ohne natürlich seine Hand zu nehmen, was ihn sehr erleichterte und auch wieder betrübte. Auch vermied sie es, ihn direkt anzusehen – dennoch genossen beide die Nähe des anderen, und Konrad war trotz des bevorstehenden Dramas am Richtplatz glücklich.

Thomas von Weimar ging mit seiner Frau voraus, gefolgt von den Familien der beiden Gesellen, die sich angeregt mit ihren Frauen unterhielten und anscheinend eine Menge zu erzählen hatten. Allgemein herrschte auf der Straße eine heitere Stimmung, viele Menschen lachten, machten Scherze, einige hatten sich sogar einen Krug Bier mitgenommen oder knabberten an einem Stück Fleisch. Alle hatten ihre beste Kleidung angelegt und achteten sorgsam darauf, dass die Gewänder und die langen Mäntel nicht mit dem Dreck der Straße in Berührung kamen. Immer wieder wurden Kinder ausgeschimpft, die sich schmutzig gemacht hatten oder kurzzeitig aus dem Blickfeld der Eltern verschwunden waren. Hin und wieder drängelten sich Reiter auf Pferden oder Eseln durch die Menge, begleitet von ziemlich unschönen Worten, und so mancher Knochen, der zuvor sorgsam abgenagt worden war, flog ihnen hinterher.

Kaum hatte der Anhang des Goldschmieds die Krämerbrücke passiert, riss die Wolkendecke auf und wärmende Sonnenstrahlen trafen die Menschen. Während der Meister unter seinem dicken Mantel anfing zu schwitzen, freuten sich Konrad und Maria über die Sonne. Die Strahlen erinnerten sie an den Moment, als sie sich umarmt und gegenseitig Wärme geschenkt hatten.

Es gab nur eine Richtung, in die die Menschen an diesem Tag strömten – nach Osten zum Stadttor, durch das die Straße nach Leipzig führte. Immer mehr schlossen sich dem Zug an, darunter inzwischen auch einige, die zu viel von dem frisch gebrauten Bier intus hatten. Auch von den Dörfern außerhalb waren viele Menschen gekommen, manche waren die Nacht durch gelaufen, nur um dieses Schauspiel nicht zu verpassen.

Immer wieder machten Gerüchte die Runde, der Verurteilte wäre im letzten Augenblick entkommen. Oder der Mann hätte die Wache im kleinen Gefängnis am Rathaus erstochen und wäre auf einem weißen Pferd geflohen. Andere berichteten, dass der Mörder nicht nur gehenkt, sondern auch noch eine Hand verlieren und anschließend gerädert werden würde. Denn er hätte die Hure ja nicht nur mit Gewalt und gegen ihren Willen genommen, er hätte sie auch vorher ausgeraubt und anschließend mit einem Kreuz erschlagen. Ach ja, an der Leiche hätte er sich wie im Rausch auch noch befriedigt.

Konrad hörte gar nicht hin. Er genoss die Nähe von Maria. Zum ersten Mal in seinem Leben war er verliebt, obwohl er gar nicht wusste, warum das so war. Und wie ihn dieser Zauber überfallen konnte, ohne dass er es gemerkt hatte.

Auch Maria war glücklich. Sie fühlte sich schon immer von Konrad angezogen, er war aber auch groß gewachsen und sah, so fand sie, mit den blauen Augen und den recht dunklen, glatten Haaren sehr gut aus. Mit Konrad konnte man durchaus angeben und dass er nicht sprach, störte sie keineswegs, ganz im Gegenteil, es weckte den Mutterinstinkt in ihr. Außerdem verstand sie sich mit Konrad ohne Worte besser als mit den meisten anderen Menschen, die sie kannte, mit Worten.

Je näher sie dem Richtplatz kamen, desto lauter wurde es um sie herum. Einige Schritte vor dem Krämpfertor blieb Thomas von Weimar stehen und gebot den anderen, ebenfalls anzuhalten. »Wie ihr wisst, werden meine Frau und ich ganz vorne einen Platz bekommen. Karl und Wieland, ich denke, ihr habt genug damit zu tun, eure Familien zusammenzuhalten, geht am besten auf die nördliche Seite des Richtplatzes – in der Nähe der Stadtmauer werden sich wieder alle drängeln. Konrad, du passt mir auf Maria auf, hast du gehört?« Konrad nickte. »Und gebt auf eure Geldbörsen acht, es ist viel Gesindel unterwegs. Da wir uns in dem Durcheinander mit Sicherheit verlieren werden, treffen wir uns danach am besten in unserem Haus. Karl und Wieland, ich möchte, dass ihr und eure Familien heute meine Gäste seid.«

Während die beiden Gesellen stolz zu ihren Frauen blickten, sah der Goldschmied Konrad und Maria an, grinste und sagte: »Und ihr beiden seht zu, dass euer Rückweg nicht viel länger dauert als der Hinweg. Maria, du hast noch viel zu tun.« Das Küchenmädchen blickte auf den Boden und nickte.

Konrad konnte an ihren roten Ohren sehen, dass sie zu Recht den Blick gesenkt hatte. Der hätte sonst alles verraten, was der Meister sowieso schon ahnte.

Thomas von Weimar nahm seine Frau bei der Hand, ging durch das Tor und war schnell im Gewühl verschwunden. Auch die Familien der beiden Gesellen hatten sich an den Händen genommen und sich wie ein kleiner Wurm durch das Tor geschlängelt.

Konrad und Maria warteten noch eine Weile, dann sahen sie sich endlich in die Augen. Konrad beugte sich zu ihr und gab ihr einen Kuss auf die linke Schläfe, dort, wo sich ihr Haar so niedlich kräuselte. Beide lächelten und waren völlig entrückt, als sie von einem Reiter, dem sie im Weg standen, wild fluchend zur Seite geschubst wurden.

Konrad griff nach Marias Hand, er merkte, dass ihre Handfläche genauso feucht war wie seine. Sie gingen durch das Tor, das von Bettlern, die nicht alle aus der Stadt stammen konnten, und Krüppeln belagert war. Hier sah Konrad in Gesichter voller Leid, Armut und Hoffnungslosigkeit, und in diesem Moment dankte er Gott, dass er es so gut getroffen hatte. Manche Menschen hatten keine Hände mehr, entweder waren sie ihnen abgefallen oder abgeschlagen worden. Einem fehlten beide Beine und er musste sich mühsam auf seinen schwieligen Händen bewegen. Manchen fehlten Ohren, Nase, Zunge oder sie hatten nur noch ein Auge. Einer war offensichtlich blind. Dazu roch es bestialisch nach Urin, Mist und Schweiß. Das allerdings schien wieder einmal nur Konrad zu stören, jedem anderen hier war das anscheinend egal.

»Macht Platz, macht den Weg frei!«, hörte er plötzlich eine laute Stimme und drehte sich um. Er sah Männer der Stadtwache, die mit ihren Lanzen einen Weg bahnten.

»Ich glaube, der Verurteilte ist auf dem Weg hierher«, sagte Maria und drückte sich mit Konrad an den Rand der Durchfahrt. Nur unter Einsatz ihrer Ellenbogen kamen sie endlich durch das Tor und hatten den Richtplatz vor sich.

Er lag an der Straße, auf einem künstlich aufgeschütteten Hügel, eingegrenzt mit einer flachen Mauer. Am Himmel kreisten Raben, es roch nach verwesendem Fleisch. Konrad sah den Galgen und das Rad, auf dem noch die Reste des letzten geräderten Mannes lagen oder besser hingen. Hin und wieder stießen die Raben hinab, holten sich ein Stückchen stinkendes Fleisch, ließen sich vom Trubel nicht stören und flatterten davon.

Konrad wurde übel, und er griff fest nach Marias Hand. Die packte ebenfalls zu, aber ihr schienen der Anblick und der Geruch nichts auszumachen. »Denk doch einfach daran, dass das, was gleich geschehen wird, Teil der Schuld ist, die der Mann abzutragen hat. Ist alles vorbei, ist er erlöst von der Schuld.«

Das sah Konrad im Grunde genauso. Ihm grauste auch nicht so sehr vor der Hinrichtung, im Gegenteil, die fand er eher spannend, sondern ihm machten die menschlichen Überreste und ihr Geruch zu schaffen. Aber wie sollte er das Maria erklären?

Die beiden drängelten sich durch die Massen nach Osten, sie wollten zur dem Stadttor abgewandten Seite des Richtplatzes – wenn es noch Plätze zum Gaffen gab, dann dort. Und sie schafften es tatsächlich, sich recht weit vorne etwas Platz zu erobern.

Jetzt begann das Warten auf den Delinquenten, und die Menge, die immer stärker anwuchs, vertrieb sich die Zeit mit Quatschen, Lachen und Gaffen. Einige aßen, andere tranken aus mitgebrachten Weinschläuchen. Einige Huren versuchten, sich an einzelne Männer ranzumachen, um dann mit ihnen hinter einer der nächsten Hausecken zu verschwinden, Bettler humpelten durch die Menge auf der Suche nach milden Gaben.

Plötzlich wurde es still.

Maria hakte sich bei Konrad ein und kuschelte ihren Kopf an seine Seite. Der reckte den Hals, um zu sehen, aus welcher Richtung sich der Verurteilte nähern würde. Und dann hörte er es.

Gejohle. Lauter Spott. Schmähgesänge, die immer stärker anschwollen.

Zuerst sah Konrad die Männer der Stadtwache mit ihren Hellebarden, gefolgt von zwei kräftigen Pferden, die einen Wagen mit einem Käfig obendrauf zogen. Maria wollte auch etwas sehen, doch die Umstehenden versperrten ihr die Sicht. Konrad nahm sie, fasste sie an den Hüften und hob sie hoch. Wie leicht sie war, wie schmal ihre Taille. Er umschlang jetzt den unteren Teil ihres Hinterns, damit er sie noch höher stemmen konnte. So entstanden also sündige Gedanken, dachte Konrad und versuchte, sich auf andere Dinge zu konzentrieren.

»Da kommen sie«, rief Maria aufgeregt.

Wie – sie? Gleich mehrere Verurteilte?

»Es sind zwei Wagen. Und zwei Pferde, die noch etwas ziehen.«

Zwei Wagen und noch zwei Pferde?

»Wachen begleiten die Wagen. Und ich sehe einen Priester und den Henker zu Pferde. Dahinter die Henkersknechte«, berichtete Maria.

Konrad ließ Maria wieder hinunter, sie wurde doch langsam zu schwer, und außerdem war durch die ständige Bewegung in der Menge der Schaulustigen eine kleine Lücke entstanden, die jetzt die Sicht freigab.

Konrad klopfte Maria auf die Schulter. Sie drehte sich um, und er machte ein fragendes Gesicht und hob die Hände. Was passiert hier?, sollte es heißen und Maria begriff sofort.

»Vielleicht sind es mehrere Verurteilte, die heute gerichtet werden«, sagte sie und blickte wieder gespannt auf den Richtplatz.

Der Scharfrichter, der zwischen den Hinrichtungen die Huren der Stadt kontrollierte, die Kloaken reinigen musste und hin und wieder auch als Chirurg praktizierte, ließ sich Zeit, als er den ersten Verurteilten zum Richtplatz führte. Es war eindeutig ein Kind, aber es war zu weit weg, als dass Konrad Einzelheiten erkennen konnte. War es das Mädchen vom Fischmarkt? Er konnte es nicht sehen. Was er allerdings sah, war, dass der oder die Kleine gefesselt war und jetzt, als das Kind vor einem mächtigen Holzklotz stand, die Fesseln abgenommen bekam.

Der Henker sprach mit dem kleinen Wesen, legte seine eigene Hand auf den Klotz und forderte es anscheinend auf, es ihm nach zu machen.

Tat das Kind nicht. Ganz im Gegenteil. So schnell, dass die Menge es kaum mitbekam, machte es plötzlich einen Satz nach vorne, lief mit gesenktem Kopf auf die Wachen zu, die natürlich versuchten, es zu greifen. Doch der oder die Kleine war einfach zu flink, flutschte zwischen zwei schwerfälligen Wachen hindurch und verschwand in der verdutzten Menge.

Konrad sah, wie sich durch die Masse der Leiber eine kleine, kaum wahrnehmbare Gasse in seine Richtung öffnete, und wenig später drängelte sich das Kind an ihm und Maria vorbei Richtung Osten. Alle guckten ihm nach, aber niemand machte Anstalten, das Kind festzuhalten. Einige lachten, andere machten sich über den Henker lustig, der wie angewurzelt auf dem Richtplatz stehen geblieben war. Auch die sechs Männer der Stadtwache, die sich mit ihren Rüstungen schwerfällig einen Weg durch die Menge bahnen mussten, bekamen Hohn und Spott zu spüren. Es war fast so, als ob die Menge es dem Kind wünschen würde, zu entkommen.

Aus einem Grund, den Konrad nicht erkennen konnte, machten plötzlich vier Männer der Stadtwache kehrt und eilten zurück zum Richtplatz, während die beiden anderen Waffenknechte weiter dem Kind nachliefen, das wie vom Erdboden verschluckt schien. Kaum beim Galgen angekommen, stellten sich die Wachen wieder auf und bildeten mit den Soldaten, die am Richtplatz geblieben waren, einen Ring, durch den diesmal niemand mehr schlüpfen konnte.

Zwei Henkersknechte gingen auf ein Zeichen ihres Meisters hin zum ersten Fuhrwerk, einer kletterte auf die Ladefläche, öffnete den Käfig und führte einen gefesselten Mann heraus. Er stieß ihn vom Wagen, doch der Delinquent fiel nicht hin, sondern stolperte an Füßen und Händen gefesselt zum Podest, begleitet von einem Priester.

»Was machen die jetzt mit ihm?«, fragte Maria.

Ein Fremder drehte sich um und blickte sie an. »Hast du nicht gehört, wer heute gerichtet wird?«

Maria schüttelte den Kopf.

»Das Kind ist ja verschwunden, schade eigentlich«, sagte der Unbekannte. »Dem kleinen Dreckspatz sollte nämlich der rechte Daumen abgehackt werden.«

»Und warum?«, fragte Maria.

»Na warum wohl? Weil er geklaut hat, natürlich.«

»Ein Junge?«

»Ein Junge. Den haben sie erwischt, wie er auf dem Wenigemarkt ein Brot klaute. Armer Wicht, hat keine Eltern und muss seinen kleinen Bruder versorgen. Ich kenne den, so klein und schon ein ausgekochtes Schlitzohr.«

»Und die anderen Verurteilten?«

»Einer ist ein Jude, ein Geldverleiher und Wucherer, der einem Christenmenschen die Geldbörse geklaut hat.«

»Und der andere?«

»Der hat eine Hure erst gegen ihren Willen genommen und dann erschlagen. Das Geld, das er ihr vorher gegeben hat, hat er sich wieder eingesteckt.«

»Woher weißt du das denn alles?«

»Der da vorne, der neben dem Henker. Das ist mein Schwager.«

Maria schluckte und Konrad bekam eine Gänsehaut: Der Mann hatte einen Henkersknecht zum Schwager. Was für eine Familie!

Der, über den sie hier sprachen, hatte mittlerweile ein kräftiges Pferd zum Galgen geführt, ein anderer Henkersknecht stieß den Delinquenten unter das Hochgericht. Der Henker nahm ein Seil, zwang den Verurteilten, sich hinzulegen, knüpfte die Schlinge um die beiden Füße, zog sie fest und warf das Seil über den Querbalken des Galgens. Einer seiner Knechte machte das Seilende am Pferd fest. Auf ein Zeichen hin zog der Büttel am Zaumzeug des Pferdes, das sich langsam in Bewegung setzte.

Der Verurteile zappelte, als sich seine Beine nach oben bewegten. Seine Gewänder hingen ihm jetzt über Schulter und Gesicht, gaben den Blick auf sein mit einem Leinentuch nur knapp verhülltes Geschlecht und den nackten Bauch frei. Das Pferd zog weiter und als der Mann kopfüber in der Luft hing, wurde das Seil vom Pferd abgemacht und an den Galgen geknüpft.

»Das war's? Das ist alles?«, fragte Maria. »Der ist doch noch gar nicht tot, das ist doch Quälerei!«

Der Henkersknecht-Schwager sah sie fassungslos an. »Du hast Mitleid mit diesem Dreckskerl? Der hängt da jetzt, bis das Fleisch von ihm abfällt. Oder das, was die Raben von ihm übrig lassen.«

»Ist der Mann bald tot?«, fragte Maria.

»Och, manche haben da tagelang gehangen und weitergelebt. Andere brauchten nur Stunden, um in der Hölle zu schmoren. Kann aber auch sein, dass einer der Knechte später nachhilft, wenn das Geld stimmt.«

Konrad blickte ihn fragend an.

»Na, die Verwandten des Juden. Kann doch sein, dass sie ihn nicht so lange leiden lassen wollen und stecken den Knechten deshalb was zu. Ist's genug, helfen die nach. Dann kommt der Wucherer ein klein wenig schneller in die Hölle. Eigentlich sollte der Jude ja noch mit einem Hund gemeinsam aufgeknüpft werden, aber ich denke, das hat eine kleine Spende der Familie verhindert.«

Der Mann drehte sich wieder nach vorne und beobachtete interessiert, wie der Verurteilte mit den Beinen zuckte und verzweifelt versuchte, sich aufzurichten – was ihm aber nicht gelang. Sein Stöhnen drang bis zu Maria und Konrad, und beide mussten schlucken. Der Mann tat ihnen leid. Konrad schoss der Gedanke durch den Kopf, dass kein Mensch solch einen Tod verdient hatte. Denn jeder Mensch war ein Geschöpf Gottes, oder etwa nicht? Egal ob gut oder böse.

Inzwischen hatten der Henker und seine Büttel den zappelnden Gehängten seinem Schicksal überlassen und wandten sich dem nächsten Verurteilten zu – dem Mörder der Hure, der auf einer Kuhhaut zum Richtplatz geschleift worden war. Eine besonders schändliche Art, den letzten Weg zurückzulegen.

»Wird der jetzt aufs Rad geknüpft?«, fragte Maria.

Der Fremde nickte: »Ich bin nur gespannt, ob sie ihn richtig leiden lassen, verdient hätte er es ja. Aber da sie schon das Zwacken mit Zangen ausgelassen haben …«

»Das Zwacken?«

»Ach Mädchen, ist das etwa deine erste Hinrichtung?«

Maria schüttelte den Kopf. Sie hatte schon drei gesehen, aber Zwacken kannte sie nicht.

»Wenn ein Mörder es zu toll getrieben hat, dann reißen ihm die Henkersknechte vor dem Rädern doch immer mal wieder Fleisch aus Armen und Beinen!«, erklärte ihr der Mann.

Maria schüttelte sich.

Konrad konnte jetzt sehen, wie dem Mörder erst das Gewand zerschnitten und ausgezogen und dann ein Strick um den Hals gelegt wurde. Der Mann hatte einen gewaltigen Bauch und einen extrem breiten Brustkorb, das hatte man unter seiner Kleidung gar nicht so richtig sehen können.

»Da wird der Henker noch eine Menge Freude haben«, sagte der Fremde. Die Menge um sie herum johlte inzwischen, und Konrad wusste nicht, ob aus Vorfreude auf das Kommende oder wegen des massigen Körpers des Delinquenten.

Während der Priester laut Bibelverse rezitierte, zerrten die beiden Henkersknechte den Mann, der sich trotz der gefesselten Hände kräftig wehrte, zu vier Holzpflöcken. Der eine Knecht, der ebenfalls äußerst kräftig gebaut war, zog den laut schreienden Verurteilten am Strick auf den Boden und hielt ihn fest – der andere band erst die Füße, dann die Hände an den Pflöcken fest.

Dann legten sie Holzstücke unter Arme, Beine, Rücken und Hals des Verurteilten. Der Hurenmörder zappelte wie ein Fisch an Land, als er sah, dass der Henker von seinen Schergen ein Rad gereicht bekam.

»Jetzt bin ich mal gespannt«, flüsterte der Fremde, denn das Gejohle der Menge war einer gespenstischen Stille gewichen. Man könnte jetzt jeden Furz hören, dachte Konrad.

»Worauf?«, fragte Maria, ebenfalls flüsternd.

»Ob er ihn leiden lässt oder ihm gnädig das Genick bricht. Ich hab' gehört, der Mörder hat Schwein gehabt, er soll schnell sterben. Irgendwer hat dafür bezahlt.«

Der Henker trat an den Kopf des Verurteilten, fasste das Rad an den Speichen, hob es hoch – und ließ es auf die Stirn des Mannes fallen. Das Krachen von Knochen war auf dem ganzen Platz zu hören. Doch der Verurteilte war noch nicht tot, seine Schreie klangen wie die eines Schweins im Todeskampf beim Metzger. Die Menschen erschauderten, doch nur die wenigsten aus Mitleid.

Der Henker wollte dem Gebrüll ein Ende bereiten, hob wieder das Rad und schleuderte es mit voller Wucht auf das Gesicht. Dann erneut ein grauenvolles Knacken und Krachen – das Schreien erstarb im vermatschten Gesicht.

Konrad konnte nicht erkennen, ob der Mörder noch mitbekam, was der Henker mit seinem Körper veranstaltete. Begleitet vom Gemurmel des Priesters, hob er immer wieder das schwere Rad und arbeitete sich von unten nach oben vor. Erst zertrümmerte er beide Schienbeine, dann die Knie, dann die Oberschenkel. An beiden Armen traf er Hände, Ellenbogen und zertrümmerte die Oberarme.

Der Fremde vor Maria und Konrad stöhnte vor Wonne auf. »So ist's recht!«, sagte er nur und rieb sich die Hände.

Dreimal schleuderte der Henker das Rad auf die mächtige Brust des Mannes, der mittlerweile keinen Laut mehr von sich gab und auch nicht mehr nach jedem Stoß zuckte.

Auf ein Zeichen des Scharfrichters hin lösten die beiden Knechte die Stricke von den Pflöcken und drehten den zerschundenen Körper auf den Bauch. Ein neuerliches Festbinden der grotesk verrenkten Gliedmaßen war jetzt sinnlos. Der Henker stellte sich an den Kopf des Mörders, hob ein letztes Mal das Rad, schleuderte es nach unten und traf laut krachend den Hinterkopf. Das Bersten der Knochen sorgte dafür, dass einzelne Zuschauer applaudierten.

»Der ist mausetot«, sagte der Fremde.

Der Henker ruhte sich kurz aus, dann schleppten seine Knechte den Toten, der merkwürdigerweise nur am Kopf blutete, zu einem anderen Rad, das auf dem Boden bereitlag. Zu dritt wuchteten Henker und Büttel den Körper, der jede feste Form eingebüßt hatte, auf die Speichen. Wie Haare flochten die Männer die gebrochenen Gliedmaßen des Mörders um die Speichen, banden sie fest, steckten einen Pfahl in die Mitte des Rades und zogen es hinauf. Ächzend bugsierten sie den Pfahl in ein vorher ausgehobenes Loch, das einer der Knechte dann mit Erde und Steinen auffüllte, damit das Rad stehen blieb.

Die Menge johlte und applaudierte. Nur Konrad wurde nachdenklich, als er eine Frau mit drei Kindern sah, die zum Rad gelaufen waren und nach oben blickten. Hoffentlich war das nicht die Familie des Hurenmörders, dachte er.

DIE VERSCHWÖRUNG

EIN ABEND MITTE MÄRZ 1349

Berthold Vitzthum war eigentlich ein glücklicher Mann, wenn nur die Geldverleiher nicht wären. Und die vielen Pfandbriefe. Er besaß eine Burg in Scheidungen und ein Haus komplett aus Stein am Petersberg, zu Füßen der Benediktinerabtei, die ihr Kloster auf dem Hügel am Rande der Stadt errichtet hatten. Zu seinem Besitz gehörten nicht nur das Haus, das drei Etagen besaß, sondern auch ein paar Weinberge in der Umgebung.

Er war stolz auf seine Familie, vor allem auf die vier Söhne, die alle eine gute Partie gemacht hatten. Er war stolz, wenn auch etwas weniger, auf seine vier Töchter, die zwar sehr gut aussahen, deren Aussteuer jedoch einen Großteil seines Vermögens verschlungen hatte.

Berthold Vitzthum liebte seine Frau und die beiden Mätressen, die er regelmäßig begatten durfte, und mit denen er weitere vier Kinder hatte. Er hatte zwei Diener, zwei Mägde – die ihm auch im Bett zu Diensten waren, manchmal sogar beide zusammen, was ihn dann besonders entzückte –, und er hatte dank der großzügigen Spenden ans Kloster ein entspanntes Verhältnis zu Gott. Der verzieh ihm sicherlich auch die Nächte, in denen er regelmäßig ein kleines Vermögen beim Spiel verlor. Vitzthum war sechzig Jahre alt und immer noch außerordentlich kräftig. Er hatte zwar aufgrund des fetten Essens einen gewaltigen Bauch, aber er war unerhört flink, wenn es darauf ankam. Er konnte Hunde mit der Faust erschlagen, Enten ohne Köder fangen. Seine Familie stammte eigentlich aus Apolda, hatte es aber durch Gründe, die er nicht kannte, vor langer Zeit zum Amt des Vitzthums in Erfurt gebracht. Das war eigentlich eine wahre Goldgrube, war der Vitzthum doch der Vertreter des Erzbischofs in der Stadt. Er hatte dessen Finanzen in seiner Obhut und damit die ganz große Macht in Händen. Nebenbei waren seine Vorfahren auch die Mundschenke des Erzbischofs gewesen, eine Vertrauensstellung, die der Familie immer noch Vorteile bescherte.

Trotzdem – die ganz große Zeit seiner Familie, die seit zwei Generationen das ehemalige Amt als Namen führte, war vorbei. Sicher, ihm gehörten noch etwas Schmuck und eben das Haus, und er hatte noch viele Kontakte, doch das Land, das er rund um Erfurt besaß, war mittlerweile großteils mit Pfandbriefen der Juden versehen. Wenn er nicht pünktlich seine Zinsen zahlte, würde ihm nicht eine Ackerkrume mehr bleiben, die nicht den Juden gehörte. Und diese Zinsen waren für ihn der reinste Wucher, sie widersprachen allem, was ihm heilig war. Geld zu verleihen, das war einfach nur gottlos. Es anzunehmen allerdings weniger.

Und Berthold Vitzthum konnte es kaum ertragen, wenn er die Juden über die hohen Abgaben stöhnen hörte, das ach so viele Geld, das sie für ihren Schutz an den Rat der Stadt zu zahlen hatten. Die Juden stöhnten doch nur, um Mitleid zu erheischen und die Abgaben zu senken, da war sich Vitzthum sicher. Denn wenn die Steuern und Abgaben für sie viel zu hoch waren, warum ging es vielen von ihnen trotzdem so verdammt gut?

Er war unverschuldet in die missliche finanzielle Lage gekommen, das Wetter war seit Jahren im Sommer viel zu nass gewesen und hatte für eine Missernte nach der anderen gesorgt. Wer Land besaß, hatte enorme Probleme, es so zu bestellen, dass es genügend zum Leben abwarf. Einen Teil des Schmucks seiner Frau, aber auch ein paar seiner eigenen Ringe hatte Vitzthum bereits verkaufen müssen. Das hatte er aber bei einer seiner Reisen ins ferne Nürnberg getan, es brauchte ja niemand mitzubekommen, wie knapp er bei Kasse war.

Doch seine finanzielle Situation würde sich schon bald radikal ändern, davon war Berthold Vitzthum überzeugt. Er war Teil des Komplotts gegen die Juden und hatte an diesem Tag zu einem weiteren Treffen der Verschwörer in sein Haus geladen.

Die Mägde hatten frei, seine Frau hatte er zum Spinnen in ihrer Kammer verdonnert – nicht der winzigste Laut über die Zusammenkunft durfte sein Haus verlassen, dann würde alles scheitern. Die beiden Diener waren ihm treu ergeben, davon war Vitzthum überzeugt.

Der Ofen in der Bohlenstube im ersten Stock des Hauses bollerte, fast war es zu warm. Vitzthum hatte seine Diener angewiesen, während des Treffens mit dem Nachschenken des Bieres vorsichtig zu sein, nicht, dass einer der Männer im Suff alles verriet. Das heutige Treffen war zu wichtig, um es scheitern zu lassen. Gisseler Vierdeling war mit leeren Händen aus Dresden wiedergekommen – sie konnten also nicht mit der Hilfe und dem Beistand des Thüringer Landgrafen rechnen. Und dennoch könnte ihr Plan klappen, wusste Vitzthum, zu viele mächtige Menschen hatten schon ihre Unterstützung zugesagt, und auch die Stimmung in der Bevölkerung entwickelte sich zu ihren Gunsten. Die fast schon hysterische Angst vor der Pest und die vielfältigen Gerüchte über Brunnenvergiftungen, Morde an christlichen Kindern und Hostienfrevel im ganzen Reich sorgten dafür, dass nur ein Funke fehlen würde, um die Judenhatz zu beginnen.

Und genau diesen Funken wollte Berthold Vitzthum zünden.

Als Erstes begleitete ein Diener Apel von Halle in die Bohlenstube, es folgten Guntzel von Rockstett, Gisseler Vierdeling, die Brüder Hartung und Johann von Treffardt, Gotze von Stolbergk, Werner von Witzleben und sein Sohn Kunz, Martin von Mühlhausen und schließlich Berthold der Jüngere, ein recht wohlhabender Steinmetz.

Das Erste, was sie taten, nachdem sie die Bohlenstube betreten hatten, war, die Mäntel auszuziehen und dem Diener zu geben, die Hitze trieb ihnen kleine Schweißtropfen auf die Stirn. Sie setzten sich auf die beiden Bänke an den mindestens drei Männer langen Tisch, ließen sich Bier einschenken und redeten wild durcheinander.

»Hört mich an!«, rief Berthold Vitzthum vielleicht etwas zu laut, denn einige Männer schraken zusammen und verschütteten Bier auf ihre Gewänder. »Wie Ihr wisst, hat Gisseler Vierdeling keine guten Nachrichten vom Landgrafen mitgebracht.«

Die Mienen der Anwesenden verdüsterten sich.

Vitzthum machte ein Zeichen, und Vierdeling erhob sich. »Ich soll vom Landgrafen die besten Grüße übermitteln. Er sendet seine besten Wünsche für Euch und Eure Familien, aber er will oder kann uns nicht helfen, bei dem, was wir vorhaben.«

»Und wieso nicht? Warum kneift der Mann?«, fragte Gotze von Stolbergk.

Vitzthum ergriff wieder das Wort. »Ich denke, er hat gar keine andere Wahl. Das hätten wir uns eigentlich denken können, und Vierdeling hätte nicht die Mühen der langen Reise gehabt.«

Die Männer blickten ihn verständnislos an.

»Seht mal, Erfurt ist nicht Mühlhausen. Oder Nordhausen. Alles Städte, über die der Landgraf herrscht. Doch steckt der Wettiner, wie so viele in dieser Zeit, in Machtkämpfen, und ist darin so tief verstrickt, dass er für nichts anderes mehr Gedanken hat. Im Moment jedenfalls.«

»Das wissen wir schon, erzählt uns lieber etwas, was wir noch nicht wissen«, unterbrach ihn Witzleben, und drei, vier Männer murmelten zustimmend.

Vitzthum lächelte. »Ich sage Euch das, damit Ihr versteht, wie es weitergeht, wie es weitergehen muss! Angenommen, der Landgraf würde auf unsere Bitten hin Rat und Handwerk der Stadt auffordern, die Juden zu erschlagen, und hätte er dafür auch noch so gute Gründe – er hätte sofort den Bischof in Mainz zum Feind. Der ist zwar noch jung im Amt und deswegen noch schwach, aber er wird erstarken, da könnt Ihr sicher sein. Wie Ihr wisst, hatte der Erzbischof die Judensteuer zeitweise an unseren Rat verkauft, doch irgendwann läuft diese Zeit ab und dann?«

Die Männer runzelten die Stirn, der Diener schenkte eine neue Runde Bier ein.

»Dann hat die Stadt ein Problem. Ein großes Problem. Denn wer zahlt die Abgaben der Juden an den Bischof, wenn es gar keine Juden mehr gibt? Und wenn es der Landgraf gewesen ist, der zum Töten aufgefordert hat, könnt Ihr Euch sicher vorstellen, an wen sich der Erzbischof hält, um sein Geld einzufordern. Und vergesst nicht, da ist auch noch der Kaiser, dem Mainz zu dem verholfen hatte, was er heute ist. Ich glaube kaum, dass der Thüringer Landgraf es sich mit Bischof und Kaiser verscherzen will. Vor allem, weil er genügend eigene Probleme hat.«

»Ich verstehe«, sagte Werner von Witzleben. »Doch was wird jetzt aus unserer gerechten Sache?«

»Was soll damit sein?«, fragte Apel von Halle.

»Na, ohne die Unterstützung des Landgrafen bin ich jedenfalls nicht dabei«, sagte Witzleben, und Mühlhausen und Stolbergk nickten beifällig.

»Natürlich seid Ihr dabei«, widersprach Hartung von Treffardt.

Von Witzleben zog die Augenbraue hoch. »Und warum sollte ich?«

»Weil wir viel mehr Verbündete haben, als Ihr vielleicht wisst«, antwortete er, und sein Bruder Johann von Treffardt sprang ihm bei: »Ich kann Euch allen versichern, dass die meisten Mitglieder im Rat der Stadt für unseren Plan sind. Auch sie haben, wie wir alle, jede Menge Schulden bei den Juden und wären heilfroh, sie endlich los zu sein.«

»Außerdem, denkt doch mal an den ganzen Besitz der Juden«, sagte Apel von Halle. »Was meint Ihr denn, wem das alles gehört, wenn die heutigen Besitzer der Schätze vor ihrem Schöpfer stehen und Rechenschaft über ihr sündhaftes Treiben ablegen müssen? Der Stadt und natürlich denen, die sie finden.«

»Aber es geht nicht nur um Reichtum und Macht, oder?«, sagte Johann von Treffardt. »Die Juden haben es einfach zu bunt getrieben, sie sind wie ein Geschwür in unserer Stadt, und sie werden immer reicher und frecher. Sie sollten lieber ganz klein und ehrfürchtig sein – bei den vielen Sünden, die sie mit ihren

Geldgeschäften täglich machen. Mir wird ganz schlecht, wenn ich daran denke, wie groß der Jude Wiehe die Hochzeit seines Sohnes feiern will. Statt bescheiden zu sein, protzen sie mit ihrem Reichtum.«

»Wer wird denn mit uns sein?«, fragte jetzt Berthold der Jüngere, trank einen kräftigen Schluck Bier, wischte sich den Schaum vom Bart und rülpste so laut, dass die Männer grinsen mussten.

»Also wir wissen, dass große Teile des Rats dabei sein werden. Zumindest werden sie die Füße still halten. Und ich weiß von einigen Handwerkern, dass ihre Zünfte ebenfalls mitmachen. Vielleicht nicht alle, aber die meisten und vor allem die, deren Männer durch ihren Beruf gestählt wurden. Also Steinmetze, Fleischer, Gerber. Die haben vor nichts Angst, außer vor Gott«, sagte Vitzthum. »Und mit Sicherheit sind auch große Teile der Stadtwache auf unserer Seite, ich weiß von vielen Hauptleuten, dass sie die Juden genauso hassen wie wir.«

»Ich denke, auch das gemeine Volk ist mit uns bei der guten Sache«, sagte Apel von Halle. »Während sie hungern und darben, laden sich die Juden die Taschen voll, wer hat das schon gerne?«

»Und außerdem haben die Juden Schuld an der Pest«, sagte Guntzel von Rockstett. »Das ist so sicher wie das Amen in der Kirche.«

»Und das ist auch der Grund, warum wir nicht mehr lange warten dürfen, wir müssen bald zuschlagen«, bekräftigte Apel von Halle.

»Warum denn die Eile?«, fragte Witzleben.

»Weil, je mehr Männer von den Plänen wissen, desto mehr können sie auch ausplaudern«, antwortete Berthold Vitzthum. »Und wenn die Juden erst einmal von den Plänen Wind bekommen haben, verschwinden sie entweder mit ihren Reichtümern und den Pfandbriefen aus der Stadt, oder sie kaufen sich Hilfe. Die könnten sich ein ganzes Heer von willigen Söldnern zu ihrer Verteidigung zusammenkaufen.«

»Also ist es beschlossen, Ihr seid alle dabei?«, fragte Apel von Halle und hob seinen Krug. Die anderen Männer hoben ebenfalls ihre Humpen und tranken sie leer: Wir sind dabei, sollte das wohl heißen.

Als sich alle den Schaum vom Mund gewischt hatten, fragte Martin von Mühlhausen: »Wie sieht denn der Plan aus? Wann sollen wir wo und wie zuschlagen?«

Vitzthum und Halle sahen sich an. Schließlich sagte der Ältere: »Wir dürfen den Juden keine Zeit zum Überlegen lassen. Und wir müssen an einem Samstag zuschlagen, am besten, wenn sich alle in der Synagoge befinden.«

Und Apel ergänzte: »Die Juden tun an ihrem Sabbat nichts, absolut nichts. So wie wir an unserem heiligen Sonntag. Selbst wenn sie nicht in der Synagoge sind, hocken sie nur in ihren Häusern.«

»Und wer nicht erschlagen wird, den werfen wir auf den Scheiterhaufen«, sagte Gisseler Vierdeling.

»Ich habe bereits die Waffen besorgt«, sagte Johann von Treffardt. »Lanzen, Schwerter, Eisenhüte – das dürfte reichen.«

»Und wo verstecken wir das alles?«, fragte Kunz von Witzleben.

»Ich denke, wir sollten die Waffen aufteilen und in den Häusern in der Nähe der Juden verstecken. Wenn es dann losgeht, kommt jeder, der mitmacht, schnell an die Schwerter und Lanzen heran«, schlug Apel von Halle vor.

»Es ist nämlich schon auffällig genug, wenn wir uns alle treffen. Wir sind bestimmt mehrere hundert Mann, vielleicht sogar tausend«, sagte Berthold Vitzthum, »und natürlich könnten die Juden dann Verdacht schöpfen. Nun stellt Euch noch dazu vor, wir hätten alle Waffen dabei. Deutlicher könnten wir unsere Absichten nicht zeigen.«

»Also abgemacht«, sagte Apel von Halle. »Wir werden die Waffen in den Häusern verstecken. Guntzel, du sorgst dafür, dass das klappt.«

Guntzel nickte: »Ich habe schon eine Vorstellung, welche Häuser dafür geeignet sind, und ich werde morgen mit den Besitzern reden. Viele sind ja sowieso schon auf unserer Seite.«

»Und wo wollen wir uns treffen?«, fragte Gotze von Stolbergk.

»Vor den Kirchen«, bestimmte Apel von Halle. »Nach dem Morgengebet bleiben wir einfach vor den Portalen stehen und sammeln uns.«

»Und ich werde dafür sorgen, dass sich die Hauptleute der Stadtwache mit ihren Männern zu uns gesellen«, sagte Johann von Treffardt.

»Was machen wir mit den Frauen und Kindern der Juden?«, fragte Gisseler Vierdeling und erntete bei allen Beteiligten nur ein Kopfschütteln.

»Was soll mit denen sein? Jude ist Jude. Verschont wird niemand«, antwortete Apel von Halle.

Plötzlich meldete sich noch einmal Kunz von Witzleben zu Wort. »Ich weiß übrigens genau, wo einer der größten Pfeffersäcke der Stadt seine Schätze versteckt hat.«

Alle sahen ihn fragend an.

»Ein kleines Vögelchen hatte es mir gezwitschert. Leider kann das Vögelchen jetzt nicht mehr singen, schade eigentlich.« Kunz hob seinen Bierkrug und trank ihn mit einem Zug leer.

DER HOCHZEITSTAG

ENDE MÄRZ 1349

Die Nacht war für Konrad eine Qual gewesen. Immer wieder hatte er von Maria geträumt und, auch wenn er das nicht wahrhaben wollte, von der Frau des Meisters. Es waren sündige Träume gewesen, und er schämte sich dafür. Er hatte aber auch von den Männern geträumt, die ihn und den Meister vor dem Haus von Kalman von Wiehe abgefangen hatten, von dem vielen Schmuck für die Hochzeit und, das durfte nicht fehlen, von den beiden Hinrichtungen.

Beide Male war er das Opfer gewesen, hatte auf dem Richtplatz gekniet und den gaffenden Menschen um sich herum in die Gesichter gestarrt. Er hatte geträumt, dass er immer wieder um Hilfe gefleht hatte, doch die Menge lachte ihn nur aus. Was für eine Nacht.

Und das machte Konrad schlechte Laune. Dabei war heute endlich wieder einmal ein freier Tag, der Sohn des jüdischen Händlers feierte seine Hochzeit mit einem Mädchen, das aus der jüdischen Gemeinde in Coburg stammte. Die war eine wirklich gute Partie, hatte der Meister gesagt, und da er eingeladen worden war, hatte Thomas von Weimar die Gesellen und Konrad von der Arbeit befreit.

Konrad durfte zwar nicht bei der Hochzeit dabei sein – und erst recht nicht bei den Feierlichkeiten danach –, aber der Meister hatte nichts dagegen, wenn er die Zeremonie in der Synagoge als Zaungast mitverfolgte. Er kannte ein Fenster, durch das man das Geschehen im Inneren des Gotteshauses halbwegs sehen konnte. In der Hoffnung, dass das niemandem auffiel.

Maria hatte nicht frei, sie musste irgendeine Arbeit verrichten, die Konrad vergessen hatte. Ihm war das gar nicht so unrecht, er wollte die Hochzeit ohnehin lieber alleine verfolgen

den die Motten als Mahlzeit auserkoren hatten. Deswegen hatte der Meister ihm das gute Stück ja auch so großzügig vermacht …

Konrad verabschiedete sich mit einem Nicken vom Meister und seiner Frau, lächelte so unauffällig wie möglich Maria zu und trat auf die Straße. Die Sonne schien an diesem Tag Ende März des Jahres 1349, und Konrad reckte sein Gesicht für einen kurzen Augenblick den Strahlen entgegen.

Vater die dunklen Locken geerbt. Seine Kleidung war farblich eher schlicht gehalten, trotzdem konnte Konrad sogar aus der Entfernung erkennen, dass die Materialien zum allerfeinsten gehörten, was die Schneider zu bieten hatten.

und nicht ständig von Gedanken an das Küchenmädchen abgelenkt werden. Konrad stand auf, reckte sich, ging die Holztreppe hinunter und setzte sich in die Küche. Hier war schon ordentlich Betrieb, die beiden Dienstmägde kümmerten sich ums Essen, während die Kinder des Goldschmieds durch die Räume rannten und Fangen spielten. Die Herrin gab irgendwelche Anweisungen zur Kleidung, die ihr Mann und sie zum Fest anlegen wollten.

Thomas von Weimar polierte ein letztes Mal den Schmuck,

Er holte tief Luft, dankte Gott für diesen schönen Augenblick voller Frieden und Wärme und ging nach rechts in die Michaelisstraße. Hier kamen ihm vier Männer der Stadtwache entgegen und noch mehr Soldaten nur wenige Schritte weiter, als er in die enge, von hohen Mauern eingepferchte Waagegasse einbog.

aufmerksam die Ohren spitzte. Kein Wunder, dachte Konrad, hatte er doch so viel in seine Tochter investiert, um sie jetzt für immer zu verlieren.

Kaum war der Rabbiner mit dem Verlesen des Vertrages fertig, sprach er eine Art Gebet und gab den Brautleuten einen gewaltigen Pokal aus Glas. Beide tranken einen Schluck daraus, dann blickte der Bräutigam den Rabbiner schon wieder fragend an. Der musste lächeln, deutete mit dem Kopf eine Richtung an, und der junge Mann schleuderte den Pokal zur Abwehr gegen die bösen Geister mit aller Kraft gegen die Nordwand der Synagoge. Jetzt klatschte die Gemeinde begeistert, und auch die Frauen im Nebenraum schienen entzückt.

Die Zeremonie war vorbei. Die Menge im Saal teilte sich und machte dem frisch vermählten Paar Platz. Wer weiter hinten stand, ging schon einmal hinaus. Konrad sah, wie der junge Ehemann seiner frisch gebackenen Angetrauten die Hand hinhielt und sie diese zaghaft ergriff. Zusammen schritten sie durch die Menge, er den Kopf stolz erhoben, sie den Blick sittsam auf den Boden geheftet. Kaum traten die beiden durch das Tor der Synagoge, wurden sie mit einem Hagel von Weizenkörnern überschüttet, die die Diener vorher an alle Gäste verteilt hatten. Die riefen laut und durcheinander immer wieder »Seid fruchtbar und mehret euch«, was Konrad nicht so recht verstand. Die drei Lautenspieler legten los, und Konrad bekam eine Gänsehaut, so eine merkwürdige Musik hatte er noch nie gehört.

Die Musiker stellten sich jetzt an das Hoftor, das die beiden Diener kurz zuvor geöffnet hatten, und wie auf ein unsichtbares Kommando hin setzte sich die Hochzeitsgesellschaft unter fröhlichen Klängen in Bewegung. Viele Gäste lachten, einige unterhielten sich, und alle ignorierten die Spannung, die in der Luft lag. Zwar bemerkten sie die vielen misstrauischen, ängstlichen, neidischen, aber auch fragenden Blicke der anderen Menschen auf der Straße, die der Hochzeitsgesellschaft Platz machen mussten. Doch sie wollten sich an so einem schönen Tag einfach nicht den Frieden zerstören lassen.

Plötzlich tauchten sechs Männer der Stadtwache auf und bauten sich vor dem Tross auf. Ein Hauptmann drängelte sich zu Kalman von Wiehe durch: »Wir sind hier, um Euch sicher zu Eurem Haus zu bringen«, sagte er etwas lauter als eigentlich notwendig. »Der Rat der Stadt hat uns den Auftrag erteilt, Euch gegen Übergriffe zu schützen.«

»Übergriffe? Was denn für Übergriffe?«, fragte Kalman von Wiehe, und seiner Mine nach zu urteilen wusste er mit der überraschenden Eskorte nichts anzufangen.

»Spürt Ihr das denn nicht?«, entgegnete der Hauptmann, der unter seinem Helm sichtlich schwitzte.

»Was um Himmels willen soll ich denn spüren?«

Während die Musiker weiterspielten, wenn auch ein wenig leiser und etwas abseits, wurde die Hochzeitsgesellschaft langsam unruhig. »Was ist denn los da vorne?«, fragte ein Neffe Kalmans aus dem Fränkischen, wie sein Akzent verriet.

»Nichts ist los, wir werden nur dankeswerterweise von den Herren hier eskortiert«, antwortete Kalman von Wiehe und wandte sich wieder an den Hauptmann: »Nun, was bezweckt Ihr mit Eurer Anwesenheit?«

»Also, wenn Ihr schon nichts merkt … Herrgott, die Stimmung in der Stadt ist Euch allen nicht freundlich gesinnt. Merkt Ihr denn nicht, wie Ihr angeguckt werdet?«

»Dass man uns nicht freundlich gesonnen ist, das sind wir gewohnt. Habt Ihr vielleicht irgendwelche Informationen, die über das übliche Maß hinausgehen?«

»Ich kann Euch nur sagen, dass es im Moment besser ist, wenn wir Euch begleiten.« Der Hauptmann gab sich plötzlich einen Ruck. »Also, wenn Ihr es schon genau wissen wollt: In der Stadt versammeln sich an verschiedenen Orten Männer, und wir wissen nicht genau, warum. Teile des Rates befürchten, dass das was mit dem Töten der Juden in den anderen thüringischen

Orten zu tun hat. Und deshalb sollen wir Euch schützen, damit Euch so etwas nicht auch widerfährt.«

Kalman von Wiehe wurde auf einmal ganz heiß und er nickte. »Gehen wir. Heute ist der große Tag meines Sohnes und den wollen wir uns nicht durch dunkle Gedanken verderben lassen. Ihr und Eure Männer seid Gast in meinem Haus, wenn Ihr wollt.«

»Danke Herr, aber Ihr wisst, dass wir das nicht annehmen können. Wir dürfen nicht auf das Wohl eines Juden trinken«, antwortete der Hauptmann und senkte die Augen. Offensichtlich war ihm nicht ganz wohl bei seiner Antwort.

»Dann kommt eben, wenn sich alles wieder beruhigt hat«, sagte Kalman von Wiehe leise. Der Hauptmann verstand ihn und nickte.

Langsam und jetzt ohne Musik setzte sich die Hochzeitsgesellschaft wieder in Bewegung. Die wenigen Dutzend Schritte bis zum Haus des jüdischen Händlers kamen Konrad wie eine Ewigkeit vor. Niemand im Zug mochte etwas sagen, und je stiller es wurde, desto mehr gafften die Menschen die Juden an.

Kalman von Wiehe wollte es sich nicht anmerken lassen, aber seine Haltung verriet ihn: Er hatte Angst und versuchte, den Blicken der Menschen auszuweichen. Auch Braut und Bräutigam schauten starr geradeaus. Als sie das Haus des Händlers erreicht hatten, ließ Kalman von Wiehe die Tore schnell schließen und befahl zwei Diener als Wache davor. Die hatten wie ihre Herrschaft Angst vor dem offensichtlich drohenden Unheil und bewaffneten sich mit kurzen Schwertern, die sie unter ihren langen Gewändern versteckten.

Der Händler bat seine Gäste ins Haus, dabei entdeckte er Thomas von Weimar im Innenhof: »Ihr seid hier? Das freut mich sehr. Ich hatte Euch zwar eingeladen, aber ich habe nicht damit gerechnet, dass Ihr kommt. Ich wäre Euch auch nicht böse gewesen, die Zeiten scheinen nicht gerade friedlich zu sein.«

Der Goldschmied lachte: »Ach was, da plustern sich welche auf, die sonst nie etwas zu sagen haben. Auch dieser Sturm wird vorübergehen, seid Euch sicher. Wir haben so viele Feste gemeinsam gefeiert, da dürfen meine Frau und ich das schönste Fest der Familie doch nicht verpassen.«

Kalman von Wiehe umarmte den Goldschmied, und Arm in Arm gingen sie ins Haus zur größten gedeckten Tafel, die je in der Stadt aufgebaut worden war. Zumindest konnte sich Thomas von Weimar nicht daran erinnern.

Konrad war nach der Zeremonie in der Synagoge nach Hause gegangen. Auch er hatte sich gewundert, warum die Stadtwache die Hochzeitsgesellschaft eskortierte, aber als er die bösen Blicke der Menschen sah, die am Rand der Straße standen und den Zug begafften, begriff Konrad warum. Und er bekam Angst, dass etwas Schlimmes passieren würde.

Zuhause angekommen, wartete schon Maria in der Küche auf ihn. Sie hatte ihre Küchenkleidung abgelegt und ein hellblaues Gewand angezogen, das Konrad einen winzigen Blick auf ihre kleinen Brüste erlaubte.

»Ich muss dir etwas sagen«, sagte sie. »Es geht um Abigail.«

Konrad legte den Kopf schief, was so viel heißen sollte wie: Na und, was?

»Ich denke seit Tagen darüber nach, ich weiß nicht, wie ich mich verhalten soll«, sagte Maria und schloss die beiden Türen zur Küche, nicht ohne vorher nachgesehen zu haben, ob sich dahinter ungebetene Ohren vergnügten.

Konrads Kopf neigte sich noch ein kleines bisschen mehr.

»Na, ob ich es dem Meister sagen soll.«

Konrad fuchtelte mit den Händen, um ihr zu bedeuten, dass er gespannt auf die Auflösung ihres Rätsels wartete.

»Ich habe sie gesehen.«

Konrad zog eine Augenbraue hoch.

»Ich habe Abigail gesehen, und sie war nicht alleine.«

In solchen Momenten wünschte sich Konrad, er könnte sprechen. Wenigstens einen Laut von sich geben. Nun blieb ihm nichts anderes übrig, als die Hände wie zum Gebet zu erheben und seinen Mund zu öffnen. Was so viel heißen sollte wie: Na los, erzähl schon!

»Es war ein Mann bei ihr, ein junger Mann«, sagte Maria weiter. »Er war groß, blond und nicht viel älter als wir. Abigail musste ihn gut gekannt haben, so wie sie ihn angehimmelt hat.«

Konrad neigte wieder seinen Kopf und versuchte, Maria mit seinen Händen zu fragen, wo und wann sie Abigail mit dem Fremden gesehen hatte.

»Was meinst du? Was willst du wissen – wer dieser Mann war?«

Konrad nickte.

»Ich habe ihn schon mal gesehen, ich bin mir aber nicht ganz sicher. Ich glaube, es ist der älteste Sohn Werner von Witzlebens. Du kennst sie, sie haben hier schon mehrfach Schmuck gekauft.«

Konrad erinnerte sich an Witzleben und auch an seinen Sohn.

»Ich glaube, der heißt Kunz oder so. Ein hübscher Kerl mit langen, blonden Haaren.«

Bei diesen Worten zog sich Konrads Magen zusammen, und er spürte einen Stich ins Herz. Maria merkte das sofort: »Nicht so hübsch wie du«, beruhigte sie ihn. »Und vor allem hat er nicht so aufgeweckte und fröhliche Augen wie du.«

Konrad lächelte. Ihm wurde plötzlich ganz heiß, und am liebsten hätte er Maria umarmt.

»Nicht jetzt«, sagte sie, als könnte sie Gedanken lesen. »Es ist noch nicht lange her, dass ich Abigail mit dem Jüngling getroffen habe. Es war am Fluss, sie standen in einer kleinen Gasse. In einer Ecke, ganz vertraut.«

Konrad legte wieder seinen Kopf schräg.

»Nein, sie haben nichts Verbotenes gemacht. Sie lag auch nicht in seinen Armen, aber da war was zwischen ihnen. So wie zwischen uns, verstehst du?«

Konrad nickte und spürte wieder das Kribbeln in der Brust.

»Ich habe Abigail dann mal allein getroffen, auf dem Fischmarkt. Als ich einkaufen war. Sie lief zu mir und umarmte mich, das hat sie noch nie getan, und so gut kannten wir uns ja auch gar nicht.«

Maria machte eine lange Pause und Konrad hob wieder seine Hände, eine Aufforderung weiterzusprechen.

»Und dann hat sie mich gefragt, ob ich jemandem davon erzählt habe«, sagte Maria, und Konrad war jetzt überzeugt davon, dass sie seine Gedanken lesen konnte. Hoffentlich nicht alle …

»Ich habe nein gesagt, ich hätte nichts erzählt, was ja auch stimmte. Da kamen Abigail fast die Tränen, also ich meine, ihre Augen wurden auf einmal feucht, und ich wusste nicht, was ich machen sollte.«

Konrad nickte.

»Ich hab' sie gefragt, was denn los sei, und da hat sie mir gesagt, dass der junge Witzleben ihr den Hof machen würde. Sie hätten sich schon einige Male auf Marktplätzen getroffen, immer wenn sie zum Einkaufen geschickt worden ist. Sie haben sich zum ersten Mal gesehen, als Kunz mit seinem Vater bei Abigails Herrn gewesen ist. Die beiden haben sich einen großen Batzen Geld von ihm geliehen, um irgendein Geschäft zu machen, und sie musste bedienen. Das mit dem Geschäft hat wohl geklappt, denn dann tauchten Vater und Sohn regelmäßig beim Geldhändler auf, um einen Aufschub zu bekommen.«

Maria hielt inne und Konrad forderte sie mit einer Kopfbewegung auf, weiterzumachen.

»Sie war so verliebt! Sie hat mir erzählt, dass er ihr nach einem Besuch zugeflüstert hat, wie gerne er sie treffen wollte, obwohl er wüsste, dass so etwas verboten wäre. Aber sie hat ihm wohl gesagt, dass sie ihn auch gerne sehen würde, ohne dabei arbeiten zu müssen. Und außerdem wären ihr Verbote egal. Und dann haben sie sich mal am Fluss getroffen, mal in Seitengassen, mal in den Weinbergen am Petersberg. Es ist nie etwas passiert, sagte sie mir. Nur Händehalten und tiefe Blicke in seine blauen

Augen. Er hätte Augen wie der Himmel an einem klaren Frühlingstag.«

Maria seufzte.

»Sie war eigentlich keine Freundin für mich. Dafür haben wir uns zu selten gesehen, außerdem war sie Jüdin. Aber irgendwie habe ich sie gemocht und sie mich wohl auch. Ich meine, warum hat sie mir das alles sonst anvertraut?«

Konrad zuckte mit den Schultern.

»Sie war so verliebt, er war wohl ihre erste große Liebe. Und niemand im Haus des Juden hatte etwas davon mitbekommen. Sie hat so große Angst gehabt, dass es rauskommt, dass ihr Herr sie aus dem Haus werfen würde, wenn er es erfahren würde. Aber sie musste ja mit irgendeinem darüber reden, sonst würde sie verrückt werden, hat sie mir gesagt. Ich kann das verstehen, geht mir ja genauso.«

Konrad wurde wieder heiß, sein Magen krampfte sich zusammen, sein Herz machte erst einen Sprung, um sich dann schmerzvoll zu verkrampfen. Liebe konnte wehtun, das hatte ihm bis jetzt noch niemand gesagt.

Maria lächelte, als ob sie den Aufruhr in Konrads Innerem sehen konnte. »Aber keine Sorge, ich habe mit niemandem über uns beide gesprochen, und ich werde es auch nicht tun. Ich denke, das geht nur dich und mich etwas an.« Sie trat einen kleinen Schritt vor, legte ihre Hände auf seine Schultern und gab ihm einen Kuss auf die Stirn. Und dann einen, leider etwas flüchtigen, Kuss auf den Mund.

»Ich habe mit Abigail ein paar Mal über Kunz gesprochen, ich wusste nicht, was ich ihr raten sollte. Außerdem, wenn man verliebt ist, nimmt man ja sowieso keine Ratschläge an. Oder?«

Konrad nickte dankbar.

»Sie war irgendwann völlig verzweifelt, weil sie nicht mehr weiter wusste. Das alles hätte keine Zukunft, er ist der Sohn eines Mannes von hohem Stand, sie das Dienstmädchen eines Juden. Aber sie hat ihn geliebt und nicht nur, weil er so gut aussah, sondern auch, weil er so gute Manieren hatte, sagte sie. Er hätte sie nie gedrängelt zu Dingen, die sie nicht tun wollte, und so ist es beim Händehalten geblieben.«

Maria schwieg, und es war, als verfinsterte sich ihr Gesicht, weil jetzt anscheinend der Teil ihrer Erzählung kam, der ihr am schwersten fiel. Dann sagte sie langsam und eine ganze Spur leiser: »Ein Tag, bevor sie getötet wurde, habe ich nochmal mit ihr auf dem Markt gesprochen.«

Konrad zog die linke Augenbraue hoch.

»Sie hatte ganz verweinte Augen, als ob sie kurz zuvor etwas Schlimmes erlebt hätte. Ich habe sie gefragt, was denn passiert ist, und sie sagte mir, dass sie sich noch nie so in einem Menschen getäuscht hätte und ihn nie wiedersehen will. Und dass sie sich so schämen würde.«

Konrad legte seinen Kopf schräg.

»Ich habe sie gefragt, was denn genau passiert ist, aber sie wollte es mir nicht sagen. Sie meinte nur, dass sie sich so schämen würde und dass sie ihren Herrn verraten hätte. Aber sie hätte es nicht mit Absicht getan, denn sie hätte gar nicht begriffen, was da geschehen ist.«

Konrad schwirrten die Gedanken im Kopf. Wie konnte ein Dienstmädchen seinen Herrn verraten? Was konnte sie tun, um ihn zu schädigen, um sein Vertrauen zu missbrauchen? Er hatte keine Ahnung. Vor allem, weil Abigail so ein freundliches, gutmütiges Wesen gehabt hatte. Angeblich.

»Ich weiß nicht, was genau passiert ist. Warum sie plötzlich so schlecht von dem jungen Witzleben gesprochen hat. Warum sie wegen ihm so weinte. Warum sie ihn nie wiedersehen wollte«, sagte Maria. »Und jetzt weiß ich nicht, was ich machen soll. Ich habe jede Nacht Albträume, unter anderem auch deshalb bin ich an dem einen Morgen zu dir ins Bett gekrochen. Du bist der Einzige, bei dem ich mich geborgen fühle, der Einzige, der mir Halt gibt.«

Konrad musste lächeln. Er hoffte, dass Maria ihm das Mitgefühl, das er für sie empfand, ansah.

»Ich weiß nicht, wie ich mich verhalten soll. Die Albträume geben mir keine Ruhe, jede Nacht sehe ich Abigail tot im Schnee liegen.« Eine Träne lief aus ihrem rechten Auge den Nasenflügel entlang, berührte drei Sommersprossen und tropfte dann von der Oberlippe auf den Boden. Konrad hätte die Träne zu gerne aufgefangen.

Maria stand auf und kontrollierte noch einmal, dass sie auch wirklich keine Zuhörer bekommen hatten. Über sich hörten sie das Getrampel der Kinder des Goldschmieds, die vom zweiten Küchenmädchen den Tag über versorgt wurden.

»Ich weiß nicht, warum Abigail sterben musste, ich kann mir auch nicht vorstellen, dass ein Mensch so grausam sein kann. Aber es muss ja etwas Schlimmes passiert sein, bei den Verletzungen. Hast du die Wunde am Hals gesehen?«

Konrad nickte.

»Sie wurde gegen ihren Willen geschändet. Sie wurde mit einem Seil erdrosselt. Und dann wie ein Stück Vieh auf unseren Hof geworfen. Das hat der Meister zu seiner Frau gesagt. Und ich werde das Gefühl nicht los, dass der junge Witzleben etwas damit zu tun hat. Nur, was kann ich tun? Ich muss etwas tun, aber was?«

Konrad hob erst die Hände, dann legte er seinen rechten Zeigefinger an den Mund und bedeutete Maria nicht weiterzusprechen. Er wollte nachdenken.

Schließlich zeigte er erst auf ihr Herz, dann auf ihren Mund und schließlich in Richtung der Kammer des Meisters.

»Soll das heißen, dass ich mit dem Herrn reden soll?«, fragte Maria.

Konrad nickte.

»Du meinst, er kann dann beurteilen, was zu tun ist?«

Konrad nickte.

»Aber wenn gar nichts dran ist an meinen Gedanken? Wenn der junge Witzleben unschuldig ist?«

Konrad hatte genau die gleichen Gedanken. Aber nach allem, was Abigail Maria erzählt hatte, musste Kunz von Witzleben eine

Rolle bei dem Mord an der Dienstmagd spielen. Nur welche, das war Konrad nicht klar.

»Was denkst du?«, fragte Maria.

Konrad sah sie an und wünschte, er könne es ihr sagen. Ihr sagen, dass sie mit dem Meister reden musste, damit der entscheiden konnte, was zu tun sei. Dann würde die Bürde des Wissens nicht mehr bei ihr liegen.

»Du hast recht, gleich morgen früh werde ich mit dem Herrn reden und ihm alles sagen. Ich hoffe, er ist mir nicht böse, dass ich das alles so lange verheimlicht habe.«

Konrad schüttelte lächelnd den Kopf. Er glaubte, den Meister zu kennen, und der wurde eigentlich nie böse, wenn ein Mensch seine Sünden bereute, und seien sie noch so groß.

»Was meinst du, hat er sie umgebracht? Der junge Witzleben, meine ich«, fragte Maria.

Konrad wiegte erst seinen Kopf, dann nickte er entschieden. Er hob die rechte Hand und tat so, als würde er Geld zählen.

»Du meinst es ging ums Geld? Aber sie hatte doch gar keins«, sagte Maria.

Konrad machte mit seinen Händen eine ausladende Geste, die ausdrücken sollte, dass es um etwas Größeres gehen würde. Etwas viel Größeres.

»Du meinst es ging um den Juden? Um sein Geld? Seine Schätze?«

Konrad nickte. Und ihm war plötzlich klar, dass er ins Schwarze getroffen hatte. Der junge Witzleben war auf das Geld von Kalman von Wiehe aus, dafür hatte er das Dienstmädchen gebraucht. Abigail sollte ihm verraten, wo die Schätze im Haus versteckt waren. Und dabei musste es Witzleben wohl etwas überhastet angegangen sein, dass sie ihn sofort verließ. Nur warum missbrauchte er sie dann und tötete sie?

Um eine Zeugin mundtot zu machen. Auch wenn es nur ein Dienstmädchen war. Und eine junge Jüdin. Nur war das alles so einfach? So etwas geschah doch nur in den Erzählungen, die abends in den Stuben aufgetischt wurden, um die Kinder zu erschrecken, oder?

Konrad dachte nach. War es wirklich alles nur ein Märchen? Oder stimmten seine ersten Gedanken, war der junge Witzleben auf das Geld des Juden aus? Aus der Bibel wusste er, dass es solche Niedertracht durchaus gab. Konrad fasste einen Entschluss. Er musste dem Meister seine Gedanken schildern, aber wie? Bisher war immer er derjenige gewesen, der zugehört hatte, um dann zu reagieren. Jetzt war es zum ersten Mal in seinem Leben in einer wichtigen Sache genau anders herum. Er sah Maria an, versuchte ein Lächeln, streichelte ihr mit der Rückseite seiner rechten Hand über die Wange und zeigte erst auf sich, danach auf sie. Dann taten seine Finger so, als würden sie laufen und zwar hoch zur Kammer des Meisters. Wir reden gemeinsam mit ihm, sollte das heißen.

DER TAG NACH DER HOCHZEIT

ENDE MÄRZ 1349

»Konrad, wach auf!« Eine Hand tatschte erst seine rechte, dann die linke Wange. »Wach auf!«

Die Träume verabschiedeten sich so schnell aus Konrads Kopf, als hätte ihnen jemand mitten im Flug die Flügel weggenommen. Abrupt versuchte er, sich aufzusetzen, schaffte es aber nicht, weil ihm schwindelig wurde.

»Langsam, Junge, langsam«, sagte die Stimme, die Konrad erst jetzt als die des Meisters erkannte. Er öffnete langsam die Augen, es war stockfinster in seiner Kammer. Nur das Gesicht des Goldschmieds wurde von einer kleinen Öllampe erhellt. Der Meister hatte sich auf den Rand des Bettes gesetzt. Seine Miene verhieß nichts Gutes.

»Komm Konrad, steh jetzt auf«, sagte er drängend.

Konrad sah sich um, konnte aber nichts erkennen.

»Es ist sehr früh am Morgen, und wir haben etwas ganz Wichtiges zu tun. Wir beide sollen Zeugen sein«, erklärte der Goldschmied.

Zeugen? Was für Zeugen? Wofür? Konrad spürte bleierne Müdigkeit in seinen Gliedern, auch sein Hirn war noch vom Schlaf vernebelt.

»Zieh dich an, ich lasse dir die Lampe hier, damit du was sehen kannst«, sagte der Meister. »Dann kommst du bitte so leise wie möglich runter, weck die Familie nicht auf. Ich erwarte dich in der Kochstube.«

Thomas von Weimar stand auf und verschwand mit leise knarrenden Schritten aus Konrads Kammer. Der war mittlerweile hellwach und zitterte stark, über Nacht musste wohl die Kälte zurückgekommen sein. Konrad lauschte nach den Glocken für das Morgengebet, aber er hörte noch nicht einmal die Schritte des Nachtwächters.

Mit dem Öllämpchen, das ihm der Meister dagelassen hatte, leuchtete er den Boden vor seinen Füßen ab, fand zwei Gewänder aus festem, dunklem Stoff, einen ebenfalls dunklen Mantel und seine Stiefel. Der Meister hatte alles fein säuberlich aufgestapelt. Konrad zog sich an und fror dabei erbärmlich. Erst als er aufstand, sich die Gewänder über seinem Nachthemd glattstrich und sich den ärmellosen Mantel überstreifte, wurde ihm etwas wärmer.

Vorsichtig das Öllämpchen vor sich herhaltend, öffnete er die Tür zum Gang, ging mit kleinen, tastenden Schritten geradeaus, suchte mit dem rechten Fuß nach der obersten Stufe und schlich dann auf Zehenspitzen die Treppe hinab. Er hatte Glück, konnte die knarrenden Stellen vermeiden und hörte aus der Kammer des Meisters die ruhigen Atemzüge der Ehefrau und der Kinder. Als sich eins der Kinder im Bett bewegte, deckte Konrad schnell das Licht des Lämpchens mit der rechten Hand ab und ging weiter die Treppe runter.

Unten öffnete er die Tür zur Küche, wo Maria im Licht einer anderen Lampe Stücke aus einem Braten schnitt. In der Küche war es kalt, noch brannte kein Feuer, und Konrad konnte sehen, wie kleine Wölkchen den Mund von Maria verließen, wenn sie ausatmete. Links von ihr saß im Halbdunkel der Goldschmied und kaute an einem Stück Fleisch. »Setz dich und sei leise«, wies er Konrad an. »Wir dürfen so wenig wie möglich auffallen.«

Konrad war übel. Er wollte wissen, was los war, aber er traute sich nicht, den Meister zu fragen.

»Maria hat mir eben erzählt, worüber ihr euch gestern Abend unterhalten habt, wenn man das so nennen kann«, sagte der Goldschmied und Konrad konnte ein Lächeln auf seinem Gesicht erkennen. »Ich freue mich über das Vertrauen, das ihr mir schenkt.« Er stockte. »Nur weiß ich noch nicht, was ich damit anfangen kann.«

Konrad sah ihn fragend an.

»Nein, so wie du das jetzt vielleicht verstehst, meine ich das nicht. Das, was Abigail Maria erzählt hatte, ist wichtig, es kann ihren Tod erklären. Es muss aber nicht. Ich glaube nur, dass mein Freund Kalman im Moment ganz andere Sorgen hat, noch viel größere, als den Tod seines Dienstmädchens.« Der Meister machte eine Pause. »Wir glauben, dass er selbst und seine ganze Familie in Lebensgefahr schweben.«

Konrad sah ihn mit großen Augen an und hörte, wie Maria Luft zwischen den Zähnen einsog – sie hatte sich vor Schreck in den Finger geschnitten.

»Vielleicht hängt das auch alles zusammen, das getötete Mädchen und die Gefahr, in der der Händler schwebt. Ich weiß es nicht«, sagt Thomas von Weimar. »Aber wir haben anscheinend keine Zeit mehr, das genau zu erfahren, wir müssen jetzt handeln.«

Konrad blickte seinen Meister fassungslos an. So aufgeregt hatte er ihn noch nie gesehen, und es war, als könne er die Angst des großen Mannes riechen. Maria hatte ihren blutenden Finger in den Mund gesteckt und stand regungslos am Tisch.

»Gib ihm vom Fleisch, er braucht heute viel Kraft«, sagte der Meister zu ihr, und Maria reagierte sofort. Als sie ihm ein Holzbrett reichte, das sie mit Fleischstücken beladen hatte, berührten sich, einen Moment zu lange, als dass es Zufall gewesen sein konnte, ihre Hände. Der Meister lächelte.

»Also Konrad, das, was ich dir jetzt sage, das bleibt unter uns.« Der Goldschmied stutzte. »Entschuldige, ich hatte tatsächlich für einen Moment vergessen, dass du ja stumm bist. Aber ich will, dass es auch nicht in Form von Zeichen oder Andeutungen diesen Raum hier verlässt. Maria, ich vertraue auch dir, ich verlange, dass du mir einen Eid schwörst, dass du nichts von dem verrätst, was du gerade erfahren hast. Und sei mir bitte nicht böse, aber verlass jetzt diesen Raum. Sorge dafür, dass uns niemand stört, ja?«

Maria nickte, hob zwei Finger in die Luft und ging dann hinaus.

Thomas von Weimar beugte sich vor und sprach flüsternd weiter, das kleine Öllämpchen ließ wilde Schatten auf seinem Gesicht tanzen. »Ich will es kurz machen. Ich hatte gestern auf der Hochzeit ein längeres Gespräch mit Kalman, er vertraut mir, das weißt du ja. Und er hat mir Dinge gesagt, die er über seine Quellen im Stadtrat vernommen hat.« Der Goldschmied holte Luft. »Es sieht so aus, als würden sich verschieden Bürger der Stadt zusammenrotten, um die Juden Erfurts zu erschlagen.«

Konrad zuckte zusammen.

»Es scheint so, als steckten einige reiche Familien dahinter, darunter auch welche, die im Rat vertreten sind. Kalman sagte mir nicht, aus welcher Quelle er diese Ungeheuerlichkeit geschöpft hat, aber ich halte die Möglichkeit, dass so etwas geschehen kann, für groß. Denke daran, was uns vor dem Haus von Kalman widerfahren ist.«

Konrad nickte.

»Und mein Freund hat Angst um seine Familie, seine Freunde. Um seine Gemeinde. Er weiß von den Anschlägen überall im Thüringer Land, aber er hofft immer noch, dass der Rat der Stadt die Juden schützt. Immerhin zahlen sie ja eine Menge Steuern und Abgaben, wenn sie tot wären, würde dem Rat sehr viel Geld entgehen. Aber ich schweife ab.« Thomas von Weimar holte wieder tief Luft. »Wenn es also so ist, dass sich einige Menschen dieser Stadt zusammengeschlossen haben, um die Juden aus welchen Gründen auch immer zu vernichten, zu erschlagen und zu verbrennen, dann muss etwas passieren. Ich habe meinen Freund gefragt, warum er nicht sofort die Stadt verlässt, um dann später, wenn sich alles beruhigt hat, wiederzukommen, aber er sagte mir nur, fliehen würde er nicht.«

Thomas von Weimar lehnte sich zurück und das Lämpchen warf plötzlich große Schatten an die Wand, vor denen Konrad erschrak.

»Er will also bleiben und hofft, dass seine Informanten sich geirrt haben. Aber er will nicht gänzlich unvorbereitet sein und bat mich und auch dich um Hilfe.«

Konrad legte fragend seinen Kopf schief.

»Er will einen Teil seines Vermögens vergraben. Falls es zu Plünderungen kommt, die Gott verhüten möge.«

Konrad neigte seinen Kopf.

»Und er möchte, dass wir als Zeugen dabei sind, wenn er seinen Schatz versteckt. Kalman möchte nicht seine Frau, seinen ältesten Sohn oder die Schwiegertochter mit dem Wissen darüber belasten, wo er sein Vermögen versteckt hat. Unter Druck wären sie womöglich gezwungen, es zu verraten. Er vertraut zwar seinen Dienern, aber auch die wären im Falle eines Übergriffs die Ersten, die mit Nachdruck befragt werden, wo Kalman Gold und Schmuck vergraben hat. Also will er lieber nur uns dabei haben.«

Konrad fragte sich, wozu überhaupt Zeugen notwendig waren. Rechnete der jüdische Händler damit, erschlagen zu werden? Nur, was nützte ihm dann der Schatz?

»Kalman möchte, dass wir für den Fall seines Todes, der hoffentlich nicht eintreten wird, dafür sorgen, dass sein Vermögen ausgegraben und an die Familie zurückgegeben wird. Falls die überlebt.« Der Goldschmied seufzte. »Wie gesagt, Kalman glaubt nicht, dass es soweit kommt, aber er möchte vorgesorgt haben. Und er hält mich und auch dich für vertrauenswürdig, sein Geheimnis zu wahren. Er weiß, dass ich für dich meine Hände ins Feuer legen würde.«

Konrad wurde heiß vor Aufregung und Stolz, so etwas hatte er noch nie vom Meister gehört.

»Mein Freund glaubt auch, dass im Falle eines Überfalls der Pöbel alle möglichen überlebenden Familienangehörigen und die Dienerschaft verhören wird, um an das Vermögen zu kommen. An uns würde sich keiner heran trauen. Wir sind ja Christen.«

Der Goldschmied machte eine kurze Pause und tupfte sich mit einem Taschentuch, das er aus seinem Mantel fischte, die Schweißtropfen auf seiner Stirn ab. Erst jetzt fiel Konrad auf, dass der Meister, genau wie er, nur dunkle Gewänder übergezogen hatte.

Thomas von Weimar bemerkte die Blicke von Konrad. »Du hast recht geraten, wir wollen möglichste unerkannt zu Kalman kommen. Deshalb werden wir uns auch noch lange Kapuzen überziehen. Und wir müssen auf dem Weg zu seinem Haus schweigen, was dir ja nicht schwerfällt.« Er stockte. »Entschuldige bitte.« Er stockte noch einmal. »Und wir werden nicht zuletzt einen langen Umweg nehmen müssen, damit uns niemand folgt. Das, was wir in den nächsten Stunden erfahren, kann uns das Leben kosten.«

Konrad nickte und der Meister stand auf. »Dann wollen wir mal los. Wenn wir unterwegs auf die Stadtwache treffen, wollen wir ihr lieber ausweichen. Und wenn das nicht geht, dann wird mir hoffentlich etwas einfallen, warum wir uns nachts in der Stadt rumtreiben. Noch dazu in diesen Sachen ...«

Thomas von Weimar trat durch die Tür auf den Innenhof, hielt sie für Konrad auf und öffnete so vorsichtig wie möglich das Eichentor zum Platz. Es quietschte überhaupt nicht. Wahrscheinlich frisch geschmiert, dachte Konrad. Die Luft war über Nacht noch einmal eiskalt geworden, und er fröstelte unter den Gewändern – Konrad bemerkte, wie einige Pfützen mit einem Hauch von Eis überzogen waren und widerstand dem Versuch, so eine zarte Eisschicht mit dem Stiefel einzudrücken.

Der Meister war mittlerweile durch das Tor auf den Platz verschwunden, und Konrad, der den schweren Holzflügel leise hinter sich verschloss, hatte Mühe, ihn in der Dunkelheit auszumachen. Er zog sich die Kapuze über den Kopf. »Komm jetzt«, hörte er die Stimme des Goldschmieds vor sich. Er folgte ihr, bog links in die Gasse Richtung Rathaus ein und hatte seinen Meister schnell eingeholt.

Die beiden gingen so leise wie möglich an den Wänden der Häuser entlang. Hier lag zwar am ehesten der Mist, den die Bewohner nachts einfach aus dem Fenster kippten, aber sie fielen nicht so auf, als wenn sie mitten auf der Straße gehen würden. Es war fast völlig still um sie herum, nur hin und wieder hörte Konrad das Knarren einer Fensterlade, das schnarchende Räuspern eines Schlafenden, das Flattern aufgescheuchter Tauben oder die gedämpften Geräusche der Tiere in den Hinterhöfen. Mittlerweile hatten sich seine Augen an die Dunkelheit gewöhnt, und als sie zum Fischmarkt kamen, erleuchtete der Halbmond plötzlich den Platz. Mit einem Schlag wurde es fast hell, und Konrad blickte sich um: Niemand war auf dem Fischmarkt unterwegs, sie waren alleine. Nur in der Ferne war das Scheppern von schwerem Blech zu hören, vielleicht die Rüstung einer Stadtwache, dachte Konrad.

Vom Fischmarkt ging es Richtung Domplatz, dann schlug der Meister mit Konrad im Schlepptau ein paar Haken durch das Andreasviertel. Beide schwiegen, und mittlerweile hatte Konrad eiskalte Füße. Sie schlichen sich weiter an den Hauswänden entlang zurück Richtung Krämerbrücke, bis sie schließlich vor dem Tor des jüdischen Händlers standen. Der Meister ließ vorsichtig den schweren Ring des Türklopfers auf das Gesicht aus Metall fallen. Es folgte ein lautes Dong, und Konrad erschrak. Er sah sich um, blickte von Fenster zu Fenster, doch es blieb dunkel dahinter.

Langsam öffnete sich das Tor. »Ihr kommt genau richtig«, sagte eine dunkle Gestalt, und Konrad erkannte unter der großen Kapuze das Gesicht von Kalman von Wiehe. »Schnell, bitte«, sagte er. »Im Moment schlafen noch alle, und das ist auch gut so. Weiß der Junge Bescheid?«

Der Meister nickte.

»Dann lasst uns ins Haus gehen, ich konnte leider noch nichts vorbereiten.« Er öffnete mit einem gewaltigen Schlüssel die Tür zum Haus, ließ Konrad und den Goldschmied vorbei, schloss die

Tür wieder, sperrte das Schloss zu und betrat die Treppe. Er stieg hoch bis zum ersten Stock, öffnete die Tür zur guten Stube und bat Konrad und seinen Meister hinein. Es war fast völlig dunkel im Raum, durch die mit Holzplatten geschlossenen Fenster drangen nur winzige Lichtstrahlen des Halbmonds.

»Ich mache Licht, ich glaube, daran kommen wir nicht vorbei«, sagte der Händler.

»Wollen wir es nicht zuerst ohne versuchen?«, fragte der Goldschmied. »Auf dem Weg hierher schien der Mond ganz schön hell, die paar Wolken am Himmel sollten uns nicht stören. Wenn wir mitten in der Nacht Licht machen, kann das schnell auffallen.«

»Einverstanden, ich öffne am besten zwei oder drei Fenster, das Licht sollte ausreichen, oder? Nur müssen wir dann besonders leise und vorsichtig bei der Arbeit sein, nicht, dass uns irgendwelche Geräusche verraten.«

Während der Jude ganz vorsichtig die Fenster vom Holz befreite, öffnete der Goldschmied auf einen Wink seines Freundes hin schon einmal die zwei Truhen, die an der Wand standen. Er entnahm ihnen verschiedene mit Tüchern umhüllte Gegenstände und legte sie sorgsam auf den großen dunklen Tisch. Gemeinsam befreiten die beiden Männer die Dinge von den Tüchern.

Es war ein wahrer Schatz, der da sanft im Licht des Mondes schimmerte. Konrad blieb der Mund offen stehen.

»Es ist ein Teil des Vermögen meiner Familie«, sagte Kalman von Wiehe und blickte zu Konrad. »Einiges davon hat dein Meister gefertigt, das meiste aber war schon vor Urzeiten im Besitz meiner Vorväter.«

»Hilf mir«, bat der Goldschmied Konrad, »trag die restlichen Dinge aus der Truhe zum Tisch, wickle alles aus und stell es sortiert hin.«

Konrad ging zur Truhe an der Tür und griff vorsichtig zu. Als er den kostbaren Stoff zurückschlug, sah er, dass er den

Doppelkopf erwischt hatte, den er so bewunderte. Er stellte das Stück vorsichtig auf den Tisch und ging wieder zur Truhe, um das nächste Teil zu holen.

Selbst zu dritt brauchten sie mehr Zeit, als Konrad gedacht hatte, bis die Truhen geleert und die einzelnen Schmuckstücke, Becher, Kannen und Schalen aus feinstem Silber von ihrem Tuch befreit waren. Der Händler hatte die Tücher säuberlich zusammengefaltet und auf eine Ecke des Tisches gelegt. Jetzt wuchtete er eine zwei Ellen lange und eine Elle breite Kiste auf die Bank vor dem Tisch und klappte den Deckel hoch. Zum zweiten Mal in dieser Nacht blieb Konrad der Mund offen stehen. So viele Silberbarren auf einem Haufen hatte er noch nie zuvor gesehen.

Sein Meister nahm einen in die Hand, betrachtete ihn mit Hilfe des Mondlichts genauer. Er war rund, die Oberflächen waren uneben, Stempel hatten sie mit dem Erfurter Rad versehen und den Namenszug »Johannis Nase« eingraviert. Konrad kannte den Mann, er war wie sein Meister ein Goldschmied, der mit seinem Zeichen die Herkunft von Silber dokumentieren durfte.

»Es müssten vierzehn Stück sein«, sagte Kalman von Wiehe und der Meister bestätigte das mit einem Nicken. »In der Kiste sind außerdem dreitausend französische Münzen, ein großer Teil meines Barvermögens. Wir sollten dies alles in einen großen Kochtopf tun und das Ganze vorher mit Stoff umwickeln. Konrad, kannst du das machen? Den Stoff findest du in der Truhe da«, sagte der Händler und deutete hinter sich neben die Tür, wo auch der Kochtopf stand.

Während Konrad die Barren einzeln einwickelte und die Münzen dazulegte, widmeten sich sein Meister und der Händler den Broschen und Ringen, die vor ihnen auf dem Tisch lagen. Kalman von Wiehe griff nach dem Doppelkopf, nahm ihn auseinander und wickelte verschiedene Broschen darin ein. Konrad fragte sich, warum der Händler den Schmuck vorher überhaupt ausgepackt hatte, aber die Antwort war wohl, dass Konrad und sein Meister kontrollieren sollten, was es zu verstecken galt. Es handelte sich um acht Broschen, darunter auch die, die Karl für die Hochzeit gefertigt hatte und die der Händler in einen Teil des Doppelkopfes legte. Dazu kamen noch sieben Ringe, darunter die mit blauem Saphir und rotem Almandin, und ein Gefäß für Parfüm, bestehend aus einem zierlichen Flakon, Pinzetten und Kettchen.

»Riech mal«, sagte Kalman von Wiehe und hielt Konrad den flachen Flakon aus Silber hin. Der schnupperte und roch ein Parfüm, das ihm fast die Sinne raubte. »So duftet meine Frau. Wunderschön, nicht?«

Der Händler drehte sich zum Goldschmied um: »Ich denke, wir werden den Schmuck in ein großes, dickes Tuch packen und ihn dann in den Hof tragen. Ich habe die Stelle, wo ich alles verstecken will, schon freigelegt.«

Neben dem mit dem Schmuck gefüllten Doppelkopf packte Kalman von Wiehe noch einen Satz Silberbecher und anderes Silbergeschirr auf das ausgebreitete Tuch, dazu eine mit Broschen, Ringen und diversem Gewandschmuck gefüllte Kanne aus Silber.

»Fast hätte ich das wichtigste Stück vergessen!« Der Händler schlug sich mit der flachen Hand gegen die Stirn. Mit der anderen Hand zog er etwas aus einer Falte seines Mantels – es war der Hochzeitsring! Ganz vorsichtig wickelte er das wertvolle Stück aus purem Gold in Stoff, öffnete ein letztes Mal den Doppelkopf und legte den Ring, an dem der Goldschmied so lange gesessen hatte, vorsichtig hinein. »Er soll doch noch bei vielen Hochzeiten in meiner Familie dabei sein.«

Konrad fragte sich, ob die Situation jetzt schon so brenzlig war, dass der Händler sogar den Hochzeitsring seines Sohnes verstecken musste.

Zum Schluss umwickelte Thomas von Weimar die Gefäße mit Gürteln aus roter und blauer Seide und Goldbesatz, die im Mondlicht bunt erstrahlten. Dann packte der jüdische Händler mit beiden Händen das Tuch an, hob es hoch und hielt es zusammen. »Hier sind noch drei Gürtel, kannst du alles oben zusammenbinden?«, bat er Konrad. Der hatte einige Schwierigkeiten, den kostbaren Sack zu schnüren, schaffte es aber schließlich mit Hilfe seines Meisters.

»Wir müssen das Tuch gut verschließen«, sagte der, »wer weiß, wie lange das alles in seinem Versteck bleiben muss.«

»Ich hoffe nur einige Tage, bis sich die Aufregung in der Stadt gelegt hat«, sagte Kalman von Wiehe. »Übrigens, in der Truhe da liegt ein weiterer Teil meines Vermögens: noch mehr Silberbarren, Münzen, Schmuck meiner Frau und Silberbecher. Wenn uns etwas passieren sollte, so möchte ich, dass Ihr es nehmt und es unter den Armen meiner Gemeinde verteilt.«

Der Goldschmied nickte. »Euch wird nichts passieren, Ihr werdet sehen. Sollte aber das Schlimmste eintreffen, so könnt Ihr Euch auf mich verlassen. Und natürlich auch auf Konrad.«

Kalman von Wiehe lächelte. »Deshalb habe ich Euch beide gebeten, mir zu helfen. Ihr seid meine Zeugen und meine Vollstrecker, wenn mir etwas passieren sollte.«

»Wir werden Euch nicht enttäuschen. Doch eine Frage habe ich noch: Warum versteckt Ihr Euer Vermögen nicht komplett an einem Ort? Warum teilt Ihr es auf?«

»Wenn ich es aufteile, ist die Wahrscheinlichkeit höher, dass die Plünderer nur einen Teil finden und den anderen übersehen. Und wenn ich es denen leicht mache und einen Teil in meinem Haus aufbewahre, so suchen sie vielleicht nicht woanders weiter. Das Versteck im Hof ist seit Generationen da und nicht als solches zu erkennen. Ihr werdet sehen.«

Kalman von Wiehe nahm den kostbaren Beutel und stand auf. Der Meister nickte Konrad zu und deutete auf den Kochtopf mit den Silberbarren und den Münzen, damit er ihn trug. Zu dritt gingen sie hinunter auf den Innenhof und hielten auf das Haus zu, das mittig auf dem Grundstück stand. Langsam fing es an zu dämmern.

»Das war einmal das Haupthaus meiner Familie«, erklärte der Jude Konrad. »Jedes Stockwerk hatte nur ein großes Zimmer, das über ein außen angebrachtes Treppenhaus aus Fachwerk erreichbar war. Es wurde uns zu klein, deshalb bauten wir ein neues Haus an der Straße – das, das du kennst. Dieses hier dient mir jetzt als Lager.«

Vor einer schrägen Tür des Hauses blieb Kalman von Wiehe stehen. Er stellte den Beutel mit dem Schatz ganz vorsichtig ab und fingerte in seinem Mantel nach einem Schlüssel. Er öffnete die schwere Tür, hob sie mit einem Ruck an und blickte sich um. Alle drei waren mucksmäuschenstill, lauschten auf die Geräusche. Doch Konrad hörte bis auf das Scharren und Schnaufen der Tiere im Stall nur das Rauschen des nahen Breitstroms und das Geflatter aufgeregter Tauben, die über ihre Köpfe hinweg von Haus zu Haus flogen.

»Wir gehen da jetzt ein kleines Stück weit runter, hast du alles?«, fragte Kalman von Wiehe Konrad. Der nickte.

»Vorsicht, der Boden ist uneben und ich möchte kein Licht machen.«

Langsam betraten die drei eine schiefe Ebene, doch schon nach drei Schritten blieben sie stehen. Weiter hinten begann der eigentliche Keller, und Konrad konnte sich nicht vorstellen, warum sie hier anhielten. Bis er ein erstaunlich großes Loch entdeckte, das sich links neben ihnen auf Bodenhöhe befand. Der Händler hatte recht, das Versteck war genial – hier würde wirklich niemand nach einem Schatz suchen.

Das Loch, säuberlich von Kalman von Wiehe aus der Wand gestemmt, war vielleicht zwei Ellen hoch und breit sowie drei Ellen tief. Vorsichtig nahm Kalman von Wiehe den Kochtopf mit den Silberbarren und den Münzen und schob ihn ganz hinein. Dann griff er sich den Beutel mit dem Schmuck und den Silberbechern und stellte ihn davor. Erst jetzt sah Konrad dickere Steinplatten, die neben dem Loch lagen. Der Händler nahm sie, steckte sie in die Öffnung und ruckelte solange an ihnen herum, bis sie schließlich feststeckten. Dann kratzte er noch ein wenig Lehm vom Boden auf, verschmierte ihn mit etwas Spucke in den Fugen. Der Goldschmied half ihm dabei.

»Das dürfte wohl reichen«, sagte Kalman von Wiehe, und Konrad war erstaunt, wie gut sich die Steine in das Mauerwerk der Wand einfügten. Wer nicht wusste, dass hier etwas versteckt war, würde achtlos daran vorbeigehen.

»Jetzt wisst Ihr, wo ein großer Teil meines Vermögens steckt. Sollte mir etwas passieren, so grabt alles aus und helft meiner Familie. Sollte es sie nicht mehr geben, so helft meiner Gemeinde«, sagte der Händler und blinzelte. Der erste Lichtstrahl des Morgens hatte ihn mitten ins Gesicht getroffen.

DAS POGROM

ENDE MÄRZ 1349

Tage vergingen, ohne dass etwas geschah. Thomas von Weimar hatte sich nach dem frühmorgendlichen Einsatz im Hof des jüdischen Händlers bei Konrad bedankt, ihn sogar umarmt. Eine Geste, die der Goldschmied ihm gegenüber noch nie gezeigt hatte.

In der Werkstatt musste Konrad dem Meister und den beiden Gesellen bei der Fertigung von zwei besonders aufwendigen Broschen für eine reiche Erfurter Familie helfen. Er war für die richtige Temperatur im Ofen zuständig, eine schweißtreibende Angelegenheit. Niemand redete in diesen Stunden viel, der Goldschmied hing seinen Gedanken nach. Sogar die Kinder von Thomas von Weimar waren für ihre Verhältnisse eher still.

Zweimal musste Konrad Maria beim Einkaufen behilflich sein, und auch sie gab sich wortkarg. In der Stadt herrschte eine Stimmung, wie Konrad sie noch nie zuvor erlebt hatte. Eine Spannung lag in der Luft, die ihm mitunter die Haare zu Berge stehen ließ. Sogar die Glocken, die die Menschen in die Kirchen riefen, klangen eher wie eine Warnung als ein Zeichen der Hoffnung.

Zwischen Maria und Konrad hatte sich nichts geändert, ganz im Gegenteil. Wie selbstverständlich nahmen sie sich beim Gang durch die Stadt an den Händen, hin und wieder lehnte Maria ihren Kopf an seine Schulter, umarmte ihn. Er küsste sie auf die Schläfe, dort, wo ihre Haare voller kleiner zarter Löckchen waren. Oder ihren Nacken, wo sie irgendwie nach Honig duftete. Wäre die Stimmung im Haus des Meisters und in der Stadt nicht so merkwürdig angespannt gewesen, die beiden wären das wohl glücklichste Paar in Erfurt.

Die jüdischen Einwohner der Stadt waren von den Straßen verschwunden, sie hielten sich soweit es möglich war in ihren

Häusern auf. Konrad hatte immer mal wieder gesehen, wie Menschen vor den Häusern der Juden anfingen zu tuscheln, auf Fenster zeigten oder sich ängstlich vorbeischlichen.

Auch von der Stadtwache, die in den letzten Tagen verstärkt auf Streife war, war plötzlich nichts mehr zu sehen, und Konrad fragte sich, warum. Glaubte der Rat, dass ihre Präsenz nicht mehr vonnöten war? Wohl kaum.

Die letzten Nächte hatte Konrad im Halbschlaf verbracht, ihn quälten Albträume, in denen er durch die Straßen der Stadt irrte, auf der Suche nach etwas, das er nicht kannte, und mit einem Ziel, das er nicht erreichen konnte, weil sich der Weg ständig änderte. Er träumt vom Juden und seinem Versteck, er fragte sich in einem Traum, was wohl passieren würde, sollten die Juden der Stadt wirklich ermordet werden. Was geschah mit den Frauen, was mit den Kindern? Mal sah er sie auf brennenden Scheiterhaufen um Hilfe schreien, mal trieben ihre Leichen mit aufgeblähten Bäuchen auf dem Fluss durch die Stadt. Oder sie liefen lachend durch die Straßen, verfolgt von einer Meute wild gewordener Hunde, die sie aber nicht einholen konnte.

Einmal träumte Konrad davon, wie bewaffnete Männer die Familie von Kalman von Wiehe erst mit Knüppeln erschlugen und dann nach dem Schatz suchten. Sie gruben den gesamten Innenhof um, suchten im Abort und im Brunnen, stocherten mit langen Lanzen im Breitstrom herum – vergeblich. Schließlich gaben die Männer auf, und der Schatz, der so offen vor ihren Augen in der Mauer versteckt war, blieb unentdeckt. Bis er irgendwann in einer fernen Zukunft von Männern gefunden wurde, die nicht wussten, wem er einst gehört hatte – und unter welchen Umständen er überhaupt vergraben worden war. Alles in einer Zeit, in der es vielleicht gar keine Juden mehr in Erfurt geben würde.

Es war Samstagmorgen, und Konrad aß gemeinsam mit Karl und Wieland von einem schon etwas älteren Schweinebraten, als es laut am Tor des Hauses klopfte. Maria lief nach vorne, öffnete, und ein Diener Kalman von Wiehes drängte sich an ihr vorbei ins Innere. »Ich muss zu deinem Herrn, schnell! Wo ist er?«

»Ich weiß nicht«, antwortete sie, »ich glaube, er ist im Verkaufsraum. Ich hole ihn.« Sie ließ den Diener stehen und eilte nach hinten.

Wenige Augenblicke später passierte Thomas von Weimar mit schnellem Schritt die Küche in Richtung Tor, hörte sich an, was der Diener zu sagen hatte und stellte dann ein, zwei Fragen an den Mann. Der antwortete in kurzen Sätzen, drehte sich schließlich um, murmelte einen Gruß und verschwand wieder durch das Tor auf den Platz. Der Goldschmied stand ein paar Augenblicke wie angewurzelt, um dann plötzlich durch die Küche eilend auf dem Hof zu verschwinden. Gefolgt von Konrads fassungslosen Blicken, der seinen Meister noch nie in solch einem Zustand gesehenen hatte. Das Gesicht des Goldschmieds hatte die Farbe eines Vollmondes angenommen.

Obwohl er noch nicht satt war, schob Konrad den Teller mit dem Fleisch von sich weg, ihm war der Appetit vergangen. Er starrte Maria an, die ihn ebenso verwirrt ansah. Konrad zog fragend beide Augenbrauen nach oben, ob sie vielleicht wusste, was hier los sei.

»Ich weiß es nicht«, antwortete Maria auf seine stumme Frage. »Ich weiß nur, dass es ein Diener des Juden war und dass er völlig aufgeregt war.«

Plötzlich hörte Konrad auf dem Platz vor dem Haus mehrere Pferde ankommen. Das alleine wäre nicht weiter bemerkenswert, wenn das Hufgetrappel nicht von einem Scheppern von Rüstungen begleitet worden wäre. Er hörte mehrere scharfe Kommandos, die er nicht verstand, und dann ein lautes Murren als Antwort.

Konrad stand auf, er wollte sehen, was da draußen los war. Maria, die in der Küche aufräumte, wischte sich die Hände an ihrem Arbeitsgewand ab und wollte ihn nach draußen begleiten. Als Konrad das Tor öffnete, trat er erst einmal einen Schritt zurück: Ein riesiges Pferd stand mit seinem Hinterteil direkt vor der Tür, sein Schweif wedelte im Eingang. Der Reiter drehte sich um, sah Konrad, grinste, gab seinem Tier einen kleinen Tritt in die Seite, und das Pferd machte ein paar Schritte nach vorne.

Konrad schlüpfte durch das Tor, gefolgt von Maria. Auf dem Platz hatten sich bereits jede Menge Menschen versammelt, die vier Reiter anstarrten, die vor der Benediktskirche Aufstellung genommen hatten. Die Männer waren bewaffnet, trugen Schwerter und Lanzen, an denen zum Teil bunte Fahnen befestigt waren, die im leichten Wind flatterten.

In diesem Augenblick kam eine Abteilung der Stadtwache scheppernd auf den Platz marschiert, gefolgt von einigen Dutzend Bürgern, die ebenfalls bewaffnet waren. Die Blicke der Männer waren so ernst, wie es Konrad noch nie zuvor gesehen hatte. Sie reckten ihre Kinne nach oben, als stünden sie vor einer wichtigen Aufgabe. Angriffslustig wirkten sie, dachte Konrad. Und plötzlich spürte er Angst.

Ihm war nicht wohl in seiner Haut. Das, was er sah, gefiel ihm nicht. Was war hier los? Wieso trugen die Männer alle Waffen? Was machten sie vor der Kirche? Zum Glück fingen nun die Glocken an zu läuten, und ein Teil der Menschen auf dem Platz ging in das Gotteshaus. Die Bewaffneten verharrten jedoch auf dem Platz.

»Kommt rein, schnell!« Konrad hörte die Stimme des Meisters, drehte sich um und erschrak: Thomas von Weimar war immer noch ganz blass im Gesicht, und seine Lippen hatten ebenfalls jede Farbe verloren. »Los jetzt, kommt!« Es klang mehr wie ein Zischen.

Im Haus sahen Konrad und Maria, dass Thomas von Weimar einen Mantel angelegt hatte. Darunter hatte er sich ein kurzes Schwert umgegürtet.

»Etwas Schreckliches wird geschehen«, sagte der Meister zu Konrad. Hinter ihm standen Karl und Wieland, auch sie hatten kurze Schwerter um, und ihre Mienen verrieten eine düstere

Laune, die Konrad an den beiden überhaupt nicht kannte. Im Hintergrund trieb die Frau des Goldschmieds die Kinder in der Stube zusammen. Irgendetwas war los, von dem er keine Ahnung hatte.

Der Meister sah ihn ernst an: »Konrad, ich möchte, dass du hier bleibst, während ich zu meinem Freund gehe und ihm beistehe.«

Konrad musste so verdutzt geguckt haben, dass der Goldschmied für einen kurzen Moment lächelte. Als er weitersprach, war sein Gesichtsausdruck wieder sehr ernst. »Kalman hat seinen Diener geschickt, um mir mitzuteilen, dass sich Bürger der Stadt zusammengeschlossen haben, um die Juden zu überfallen. Er ist sich dessen sicher, er weiß nur nicht, wie viele sich tatsächlich an den Ausschreitungen beteiligen werden. Und wann sie zuschlagen. Aber eines weiß ich genau: Die Juden dieser Stadt werden nicht fliehen. Sie lassen sich nicht vertreiben.«

Konrad zeigte nach draußen, dorthin, wo die Bewaffneten aufmarschiert waren.

»Ich habe sie gesehen, ich weiß auch nicht, wer die sind, was die wollen. Ob sie Teil des Komplotts sind. Ich frage mich außerdem, was die Stadtwache da macht. Und warum niemand vom Rat einschreitet.« Thomas von Weimar drehte sich um. »Egal, ich werde jetzt zu Kalman gehen und sehen, was ich tun kann. Karl, Wieland, Konrad – ihr bleibt hier und passt auf meine Familie auf. Habt ihr verstanden?«

Alle drei nickten. Konrad zeigte auf seine Seite, dorthin, wo die anderen ihr Schwert trugen. »Tut mir leid, wir haben nur drei Stück. Wenn du willst, nimm dir ein langes Messer aus der Küche. Und jetzt muss ich los.«

Thomas von Weimar ging zu seiner Frau, die Tränen in den Augen hatte, gab ihr einen langen Kuss auf die Stirn und verschwand im Hinterhof. Von dort aus konnte er am Breitstrom entlang relativ unerkannt zu Kalman von Wiehe gelangen. Er musste nur über die Mauer klettern.

Konrad verständigte sich kurz mit den beiden Gesellen, ging dann zum Tor, öffnete das kleine Guckloch und beobachtete die Bewaffneten auf dem Platz. Es waren nicht mehr geworden, nur die Zahl derer, die um sie herum standen, war weiter angestiegen. Es handelte sich um ganz normale Hausmädchen, Diener, Herren und Damen, die anscheinend neugierig darauf warteten, was als nächstes passieren würde.

Karl und Wieland hatten sich in der Küche an den Tisch gesetzt hatten. Konrad stellte sich so, dass sie ihn sehen konnten, zeigte erst auf sich, dann nach draußen auf den Platz. Ich gehe, sollte das heißen.

Karl verstand sofort: »Du bleibst hier, wie es der Meister befohlen hat.«

Doch Konrad drehte sich einfach um, griff nach seinem neuen dunklen Mantel und verließ schnell das Haus. Er wollte seinen Meister nicht alleine lassen, und die Familie war durch Karl und Wieland ausreichend geschützt – dachte er. Zum ersten Mal in seinem Leben hatte er einen Befehl ignoriert. Er fühlte sich befreit.

Niemand kümmerte sich um ihn, niemand nahm wahr, wie Konrad an der Hausmauer entlang zur Michaelisstraße lief. Die Straße war wie ausgestorben, alle schienen sich mittlerweile auf dem Benediktsplatz versammelt zu haben.

»He, du! Komm sofort zurück!« Konrad hörte eine tiefe Stimme hinter sich, offensichtlich eine Stadtwache, doch er drehte sich lieber nicht um. »Nun komm schon, der Weg ist gesperrt! Du hast da nichts zu suchen!«

Doch Konrad war das egal, jetzt rannte er die Straße entlang, und einer Eingebung folgend, bog er in die Waagegasse ein, das Haus von Kalman von Wiehe rechts liegend lassend. Er hatte plötzlich Angst bekommen, direkt zum Haus des Juden zu gehen. Konrad wollte erst wissen, was genau in der Stadt los war.

Auch die Waagegasse war völlig leer – niemand war unterwegs, auch keine Fuhrwerke, keine Pferde oder Esel wie sonst an einem Samstag. Konrad rannte zur Synagoge, öffnete das unverschlossene Tor und lief in den Innenhof, der wie leergefegt wirkte. Erst als Konrad durch das Fenster einen Blick in das Gemeindehaus warf, entdeckte er mehrere junge Männer, vielleicht zwanzig an der Zahl. Unter ihnen der Rabbi mit dem langen weißen Bart.

»Was willst du hier, wer bist du?«, schrie einer der Männer, als er Konrad sah. Der war wie gelähmt und rührte sich nicht, bis plötzlich die Tür der Synagoge aufging und fünf Männer auf ihn zu rannten. Konrad hob instinktiv die Arme als er sah, dass die Männer bewaffnet waren. Doch niemand hatte ein Schwert gezogen, als sie vor ihm standen.

»Den kenn' ich, das ist der Junge vom Goldschmied, einem Freund von Kalman von Wiehe«, sagte einer der Männer. Die Mienen der anderen entspannten sich.

»Was machst du hier?«, fragte ihn der Rabbiner, der inzwischen dazugekommen war. »Weißt du nicht, was hier los ist?«

Doch, Konrad wusste es. Er nickte und zeigte in die Richtung, wo er glaubte, dass das Haus des jüdischen Händlers stand.

»Der ist stumm, der kann nicht reden«, sagte ein anderer junger Mann.

»Geh, und lass uns in Frieden«, sagte der Rabbi. »Geh zu deinem Herrn und steh ihm bei. Er kann es gut gebrauchen, wie wir alle.« Der alte Mann drehte sich um und ging zurück in die Synagoge, begleitet von den jungen Männern.

Konrad blieb noch einen Augenblick stehen. Er hatte begriffen, dass diese Männer ihre Synagoge vor den Angreifern schützen wollten – sollte es überhaupt zu einem Angriff kommen, was Gott vielleicht im letzten Augenblick der Vernunft verhüten mochte. Schließlich drehte er sich doch um und spürte, wie seine Angst wuchs und ihm den Hals zuschnürte. Wie sich sein Innerstes zusammenzog und sein Herz schneller schlug.

Konrad rannte zurück auf die Waagegasse, bog nach links ab, lief weiter und bemerkte aus den Augenwinkeln, dass in einigen

Hofeingängen nun bewaffnete Männer standen. Darunter sogar Söldner, gut erkennbar an ihren unterschiedlichen Rüstungen. Aus einigen Fenstern beäugten neugierige Menschen, was auf der Straße vor sich ging. Die Gaffer waren vorher auch noch nicht zu sehen gewesen. Es war, als ob sie Zuschauer einer Tragödie waren, deren letzter Akt gerade begonnen hatte.

Konrad wollte zurück Richtung Michaelisstraße zum Haus des Juden, denn dort vermutete er seinen Meister. Dann hörte er zwei Reiter, sah sich hektisch um, hörte sogar das Schnauben der Rösser hinter sich. Doch nichts war zu sehen.

Konrad fing an zu schwitzen, obwohl auch dieser Tag eiskalt war. Jeder, der ihn sah, schüttelte den Kopf. Wo wollte der junge Mann bloß hin? Wusste er nicht, was gleich passieren würde?

Die Sonne schien zwar, aber sie konnte die Luft nicht genügend erwärmen. Eine kalte Brise aus Nordosten zog durch die Stadt und würde in der Nacht bestimmt wieder für gefrorene Pfützen sorgen, dachte sich Konrad und wunderte sich über diese überflüssigen Gedanken. Als ob es jetzt nichts Wichtigeres geben würde.

Seine Angst wuchs mit jedem Schritt. Wo waren die Männer, Frauen und Kinder, die hier sonst für so viel Leben sorgten, plötzlich abgeblieben? Er lief am Ende der Waagegasse nach links, Richtung Allerheiligenkirche – bloß weg von den Reitern. Und da sah er sie vor dem Gotteshaus: Einen ganzen Haufen bewaffneter Männer, an deren Lanzenspitzen Wimpel und Fähnchen im Wind flatterten. Sie sahen ihn ebenfalls, rief ihm etwas Unverständliches zu und fingen an zu lachen, doch Konrad drehte sich um, lief wieder zurück. Mittlerweile klebten ihm seine Gewänder am Körper, er konnte nicht glauben, was hier geschah. Das war schlimmer als jeder Albtraum, den er je gehabt hatte! Auch die Allerheiligenstraße war menschenleer. Bis auf die bewaffneten Männer, die in einigen Höfen in geöffneten Toren standen, die mit einem großen Kreuz aus Kohlestaub gekennzeichnet waren.

Und dann begriff er: Die Bewaffneten standen alle in den Höfen der Christen – während die unmarkierten Häuser der Juden wie verwaist wirkten.

Konrad rannte jetzt noch schneller, Richtung Michaeliskirche. Er keuchte. Auch dort hatten sich Bewaffnete zusammengerottet, einige sogar auf Pferden. Einer der Reiter preschte auf ihn zu. In panischer Angst lief Konrad zurück, an der Waagegasse vorbei zur Turniergasse, rannte rechts rein, weiter zur Pergamentergasse.

Auch hier das Gleiche: Keine Menschen auf der Straße, dafür Bewaffnete in einigen Höfen. Wie viele es wohl waren? Und vor allem – worauf sie wohl warteten? Konrad hatte keine Ahnung. Er lief die Pergamentergasse entlang zur Michaelisstraße, dann nach rechts, traf plötzlich wieder auf einen bewaffneten Reiter, wich dem riesigen Tier aus, das sich genauso erschreckt hatte wie er, rannte nach links in die Furthmühlgasse Richtung Kreuzsand. Immer wieder sah er sich um, aber der Reiter hatte ihn nicht verfolgt.

Erleichtert lief Konrad zur Rückseite des Grundstücks von Kalman von Wiehe. Er zog sich an der Mauer, die das Anwesen umgab, hoch, schwang sich hinüber, fiel mit dem Schwung auf der anderen Seite herunter und plumpste unsanft auf den Boden. Ihm wurde schwarz vor Augen.

Als er zu sich kam und die Augen öffnete, tat ihm die plötzliche Helligkeit weh, er dachte, sein Kopf müsste platzen. Trotzdem ließ er die Augen geöffnet, denn vor ihm stand sein Meister.

»Was machst du hier? Habe ich dir nicht gesagt, du sollst bei der Familie bleiben?«, sagte Thomas von Weimar und klang sehr verärgert. »Ich wusste schon, warum ich das gesagt habe!«

Konrad ließ sich mit der Antwort Zeit. Vielleicht auch, weil er nicht wusste, wie er dem Meister zu verstehen geben konnte, dass er sich in dessen Schuld fühlte und deswegen bei ihm sein wollte.

Thomas von Weimar seufzte. »Na, nun bist du eben hier, dann kannst du dich ja auch nützlich machen. Komm, steh auf.«

Konrad rappelte sich vom Boden hoch und schüttelte seine Kleider aus. Er blickte kurz um sich und sah neben dem Meister den Diener, der am Morgen bei ihnen gewesen war. Der sah ihn verwundert an und flüsterte dem Goldschmied etwas zu. Die Antwort war auch für Konrads Ohren bestimmt: »Du kannst ihm vertrauen, er ist für mich wie mein eigener Sohn.«

Gemeinsam gingen sie über den Hof zum Haupthaus, zwei Männer standen mit Schwertern gegürtet am Tor Wache. Konrad wusste, dass sie Christen waren, und für einen kurzen Augenblick fragte er sich, warum sie einen Juden mit ihrem Leben schützen wollten. Schnell schämte er sich für diesen Gedanken. Konrad versuchte, irgendetwas zu hören, aber außer ihrem Atem und ihren Schritten drangen keine Geräusche an seine Ohren. Sogar die Tiere im Stall hielten anscheinend die Luft an.

Kalman von Wiehe kam ihnen entgegen, auch er hatte ein Schwert an seiner Seite und war in einfache Gewänder gekleidet. »Habt Ihr Euch Verstärkung geholt?«, fragte er den Goldschmied und blickte ihn mit einer Mischung aus Staunen und Freude an.

»Eigentlich sollte Konrad meine Familie beschützen, aber Karl und Wiegand werden das auch alleine schaffen. Also kam er hierher, und wenn ich's recht überlege, können wir ihn gut gebrauchen. Habt Ihr schon etwas gehört?«

Der Jude schüttelte den Kopf. »Nein, es ist immer noch ruhig. Nichts ist zu hören, doch immer mehr Bewaffnete sammeln sich vor den Kirchen und in den Innenhöfen. Leider fangen sie alle ab, die durch die Straßen wollen. So können wir nicht genau erfahren, was passiert. Ich denke, es ist an der Zeit, lasst uns unsere wahren Schätze aus der Synagoge holen.«

Schätze aus der Synagoge? Konrad war überrascht. Was für Schätze befanden sich in einer Synagoge?

»Macht das Tor auf, seid aber vorsichtig und guckt erst einmal, ob die Luft rein ist!«, befahl der Händler den beiden Wachen. Sie gehorchten umgehend, steckten ihre Köpfe nach draußen, blickten sich um und gaben dann ein Zeichen, dass die Straße momentan passierbar war.

Kalman von Wiehe schlug sich die Kapuze über seinen Kopf, zog die Gürtel um seinen stattlichen Bauch noch enger und schlich auf die Straße, gefolgt von Thomas von Weimar und Konrad, die ebenfalls ihre Köpfe mit Kapuzen verhüllt hatten. Sie wandten sich nach links, wechselten schnell die Straßenseite und bogen flink rechts in die Waagegasse. Rechts und links hatten Bewohner die Läden vor die Fenster gehängt. Und das mitten am Tag.

Der kleine Trupp gelangte völlig unbehelligt zur Synagoge, eilte durch den Innenhof, klopfte an der Tür und musste einen Augenblick warten. Dann ging sie auf, die drei Männer betraten den Innenraum, nahmen ihre Kapuzen aber auf ein Zeichen Kalmans hin nicht ab. In einer Synagoge musste der Kopf immer bedeckt sein, dachte Konrad.

»Ich will nichts Falsches sagen, aber das wurde auch langsam Zeit«, sagte der Rabbiner und der alte Mann neben ihm nickte. Sein zerfurchtes Gesicht sah aus, als hätte der Mann seit Tagen nicht geschlafen. Konrad kannte ihn, es war Alexander von Süßkind, ein jüdischer Gelehrter, dessen weise Sprüche Kalman von Wiehe und Thomas von Weimar oft und gerne abends in der Stube zitierten.

»Da sind sie«, sagte der Rabbiner und zeigte auf einen Tisch in der Ecke, wo sich mehrere Haufen unter Tüchern verhüllt abzeichneten. »Nehmt alles, bringt es in Euer Haus und bewahrt es für uns auf. Und vergesst nicht, es ist das Heiligste, was wir besitzen.«

Konrad fragte sich, was dort wohl verborgen war.

Der Meister schlug das Tuch zurück, als ob er Konrads Gedanken lesen konnte.

»Es sind vier Thorarollen und vier Bibeln«, erklärte der Rabbiner, »und einige Handschriften, die seit Urzeiten im Besitz der Gemeinde sind.«

»Das schaffen wir aber nicht alles auf einmal«, sagte der Meister. »Jeder von uns kann höchstens eine Heilige Schrift tragen, sie sind einfach zu schwer!«

»Wir werden uns um die anderen kümmern«, antwortete der Rabbiner.

Konrad blickte staunend auf das unterste Buch aus Pergament, noch nie hatte er so ein großes Werk gesehen.

»Das ist unsere Bibel«, sagte der Rabbiner. »Die könnte eigentlich auch in euren Gotteshäusern liegen. Nur ist sie in unserer Sprache und nicht der eurigen abgefasst.«

Konrad verstand, alle hatten denselben Gott.

»Kommt, wir müssen schnell machen. Konrad, du nimmst zwei der Thorarollen, ich schlage vor, dass Ihr«, der Meister blickte zu Kalman, »die anderen beiden nehmt. Ich nehme eine Bibel – vielleicht könnte noch einer der jungen Männer uns mit den Handschriften helfen?«

»Sicher«, sagte der Rabbiner. »Nur brauche ich hier jeden Mann, wenn es zum Angriff kommt. Ihr wisst, dass unsere Synagoge das Hauptziel sein wird. An ihr werden sich die Menschen austoben, sie wird brennen – das war schon immer so. Nur werden wir sie nicht kampflos dem Pöbel übergeben.« Er zeigte auf einen jungen Mann mit blonden Haaren: »Geh du mit, hilf Kalman und den anderen. Und wenn du damit fertig bist, kommst du wieder zurück. Verbirg dein Schwert, geh jedem Streit aus dem Weg und gib dich nicht als Jude zu erkennen.«

Was bei der Haarfarbe auch nicht weiter schwerfallen würde, dachte Konrad.

Jeder wuchtete sein schweres Bündel und schlug die Rollen, Handschriften und die Bibel in Tücher ein, damit sie nicht zu erkennen waren. Nacheinander verließen sie die Synagoge. Auf der Waagegasse war es immer noch ruhig, kein Mensch war auf der Straße zu sehen.

Die kleine Truppe eilte zum Haus von Thomas von Weimar. Sie nahmen jedoch nicht den direkten Weg, sondern liefen bis zum Kreuzsand und wateten, inzwischen schwer atmend, durch das eiskalte Wasser des Breitstroms Richtung Süden. Die Männer überquerten die Badergasse, die ebenfalls menschenleer war. Als die vier schließlich vor der Mauer standen, die das Grundstück des Goldschmieds umgab, öffnete der Meister eine winzige Tür, die von Himbeerbüschen überwuchert war. Er trat die kahlen Zweige herunter, bahnte sich mit der schweren Bibel einen Weg durch die winzige Pforte und eilte, gefolgt von den anderen, zum Haupthaus. Dort übergaben sie Karl und Wieland ihre Schätze.

»Passt darauf auf, als würde es um euer Leben gehen«, sagte Thomas von Weimar. »Es ist die Heilige Schrift unseres Gottes.«

Die beiden Gesellen nickten.

Plötzlich hörten sie von draußen lautes Geschrei und Pferdehufe, Metall klapperte aneinander.

»Es geht los«, sagte der Goldschmied und wurde leichenblass. Ihm wurde übel. Auch Kalman von Wiehe verlor sämtliche Farbe aus seinem Gesicht. »Ich möchte zu meiner Familie, wir sollten uns beeilen«, sagte er und drehte sich schon um.

»Konrad, sieh draußen nach, was los ist, und sag uns Bescheid. Wir werden dann bei Kalman sein. Ich glaube nicht, dass dir etwas passiert, du bist ja kein Jude«, sagte der Meister und eilte seinem Freund und dem blonden jungen Mann hinterher, die schon durch die kleine Pforte verschwunden waren.

Das Geschrei war so laut, dass Konrad eine Gänsehaut bekam. Er konnte überhaupt nicht verstehen, was die Männer brüllten, es wurde übertönt vom Geklapper der Rüstungen und dem Getrampel der Pferdehufe. Außerdem schlugen einige der Männer mit Schwertern rhythmisch gegen ihre Rüstungen oder Schilde, es war schrecklich laut, und es klang wie eine dumpfe Drohung.

Konrad spürte eine unbändige Furcht, aber trotzdem öffnete er das Tor. Er spürte, wie jemand an seinem rechten Ärmel zupfte und drehte sich kurz um. Es war Maria, sie hatte rote, verweinte Augen. »Sei bloß vorsichtig. Und hilf dem Meister«, sagte sie, drehte sich um und eilte zurück ins Haus. Konrad hörte noch ein leises Aufheulen, dann schloss sich die Tür.

Er schlüpfte durch das Tor und wurde gleich von einigen Männern mitgerissen, die schreiend an ihm vorbeiliefen und dabei ihre Schwerter oder Eisenkeulen schwangen. Andere hatten die Lanzen hoch erhoben, wieder andere hatten sogar Eisenhüte auf und trugen Armbrüste. Konrad sah jetzt auch die Männer auf den Pferden, ausgerüstet mit Schwertern und Helmen.

»Schlagt das Judenpack zu Tode!«, brüllte einer der Anführer auf dem Pferd laut genug, um alles andere zu übertönen.

Die Menge, vielleicht hundert Mann, teilte sich auf, einige stürmten geradeaus, andere bogen nach rechts in die Michaelisstraße ab. Konrad sah, dass an den Spitzen jeweils Männer der Stadtwache mit ihren Hellebarden waren. Sie machten also ebenfalls Jagd auf die Juden der Stadt. Ihm wurde schlecht, als er begriff, dass die Juden keine Chance hatten.

Konrad eilte an Hauseingängen vorbei, die mit einem großen Aschekreuz gekennzeichnet waren, die Menge stürmte daran vorbei. Andere Tore ohne Zeichen wurden mit Rammböcken attackiert, und Konrad fragte sich, wo die Männer diese schweren Dinger plötzlich herhatten.

Dann hörte er wenige Schritte vor dem Haus von Kalman von Wiehe Schreie und sah, wie Frauen aus den Fenstern eines anderen großen Anwesens den Inhalt großer Töpfe auf die Männer unter sich auskippten. Es musste heißes Öl sein, denn die, die davon getroffen wurden, brüllten wie am Spieß und rannten die Straße gegen den Menschenstrom hinunter.

Doch das Öl konnte die Angreifer nicht vertreiben, im Gegenteil, es spornte die anderen Männer nur noch mehr an. Sie brüllten vor lauter Wut, immer wieder flog der Rammbock gegen die schwere Pforte.

Und plötzlich gab das Tor nach. Krachend flogen Holzstücke auseinander, die Angreifer stemmten sich gegen den Rest, drückten alles ein und liefen in den Hof. Konrad wurde mitgerissen und sah, wie zwei Männer mit gezogenen Schwertern versuchten, die Angreifer zurückzudrängen, doch sie wurden von Lanzen im Bauch getroffen, Armbrustpfeile bohrten sich in Hals, Brust, Schulter. Wortlos sackten die Männer zusammen, Blut sprudelte aus den Halswunden, als wären sie gerade geschlachtet worden.

Konrad musste brechen.

Als er sich aufrappelte, hörte er Schreie aus dem Haus. Er sah, wie eine Tür aufflog und sich Männer ins Innere des Hauses drängten. Andere liefen über den Hof, öffneten wie im Wahn alle Gatter im Stall. Das Schreien der Lämmer und das Brüllen von Kühen dröhnte durch die Luft.

Konrad wollte nur noch raus hier, er wollte zu seinem Meister. Immer mehr Männer drängten sich jetzt ins Haus, einige hatten sogar Fackeln dabei. Spitze Schreie von Frauen und Kindern drangen aus den Fenstern auf den Innenhof, kostbares Glas zersplitterte, Holz krachte, johlende Männer warfen zerfledderte Bücher aus den Fenstern, und die einzelnen Blätter schwebten viel zu sanft für den Irrsinn, der sich hier abspielte, auf den Innenhof. Um dort im Matsch zertreten zu werden.

Konrad kämpfte sich mit den Ellenbogen durch die Menge, die ihn gar nicht beachtete. Als er endlich das Tor erreicht hatte, zwängte er sich nach rechts durch zum Haus von Kalman von Wiehe. Konrad kam nur langsam voran, zu viele Menschen drängen sich nun auf der schmalen Straße. Er sah, dass einige Männer auf der anderen Straßenseite auch eine Türe mit einem schwarzen Kreuz eintraten, und hörte, wie der Besitzer verzweifelt schrie, sie wären Christen. Das war denen, die in das Haus stürmten, völlig egal.

Endlich hatte Konrad das Grundstück des Händlers erreicht, das Tor stand sperrangelweit offen. Er kämpfte sich mit beiden Händen durch das Gewühl und erreichte die Haustür. Dort war der Kampf noch in vollem Gange, ein Diener stand drei

Männern gegenüber, die Helme aufhatten. Sie konnten nicht viel gegen ihn ausrichten, es war zu eng und der Mann war geschickt im Kampf mit dem Schwert. Seine Bewegungen waren um ein vielfaches schneller als die der eher tumben Angreifer mit ihren hinderlichen Rüstungen.

Konrad blickte sich kurz um. Mehrere Männer hatten sich Zugang zu den Ställen verschafft und anscheinend damit begonnen, die Tiere abzuschlachten. Andere liefen mit lebenden Hühnern und Gänsen an ihm vorbei, die sie erbeutet hatten.

Konrad spürte, wie sich sein Hals vor Hass zuschnürte. An der Haustür wollten weitere Männer den Angreifern helfen, doch es war einfach zu eng. Konrad sprang vor, trat um sich und zerrte einen von ihnen von der Tür weg. Der war so verdutzt über den Angriff von hinterrücks, dass er sich gar nicht wehrte, sondern nach hinten stolperte und auf den Rücken fiel. Ein zweiter Angreifer sah Konrad erstaunt an, wollte gerade sein Schwert gegen ihn erheben, als der Diener ihm seines in die ungeschützte Seite stach und es mit einem schmatzenden Geräusch wieder herauszog.

Der Mann riss fassungslos seine Augen auf, fasste sich an die Seite, hielt sich die blutende Hand vors Gesicht, als könnte er nicht glauben, dass er gerade getroffen worden war. Dann sackte er wortlos zusammen.

Die anderen Männer wichen jetzt einen Schritt zurück und Konrad nutzte die Gelegenheit, um den Diener hinter sich herziehend ins Haus zu stürmen. Geistesgegenwärtig donnerte der die Tür ins Schloss, verriegeln konnte er sie nicht, die Stelle war zersplittert. »Hilf mir«, schrie er und stemmte sich gegen die Tür, gegen die auf der anderen Seite mehrere Fäuste und Schwerter einhieben.

Ein weiterer Mann kam angerannt, stemmte sich ebenfalls gegen die Tür. Plötzlich hörten sie Glas zersplittern und sahen, wie zwei Männer ihre Oberkörper durch ein Fenster wuchten wollten. Dabei zerschnitten sie sich Hände und Gesicht und brüllten vor Wut und Schmerz auf. Konrad trat mit voller Wucht zu, traf einen Mann mitten im Gesicht. Trotz der Schreie und des Getöses auf dem Hof konnte er hören, wie dessen Nase brach.

Ein anderer Angreifer wollte durch das zweite Fenster ins Haus gelangen, er hatte erst das Glas zertrümmert und sich dann rittlings auf den Rahmen gesetzt. Auch er schrie wie am Spieß, Splitter hatten sich in seine Hoden gebohrt, das Blut lief an seinen Beinen entlang und tropfte auf den Boden. Wieder trat Konrad mit dem Fuß zu, traf den Mann am Hals. Der riss die Augen auf, röchelte, kippte vom Fensterbrett auf den Hof, wollte verzweifelt Luft holen, zuckte ein paar Mal und blieb dann mit offenen Augen regungslos liegen. Konrad hatte ihn getötet. Aber es war ihm völlig gleichgültig.

Während die beiden Diener versuchten, die Tür mit Stühlen zu verbarrikadieren, rannte Konrad die Treppe hoch. Die Tür der Bohlenstube war verschlossen. Er schlug in Panik mit den Fäusten gegen das Holz – die Tür blieb verschlossen.

Plötzlich hörte er trotz des Geschreis vom Hof, wie Füße die Stufen hinter ihm hochtrampelten. Die beiden Diener flohen, verfolgt von anderen Männern. Sie kamen immer näher, und Konrad erkannte, dass er nur eine Chance hatte: Die Diener mussten an der verrammelten Tür zur Stube um Hilfe rufen, ihre Stimmen würden diejenigen, die sich dahinter verrammelt hatten, wohl erkennen – und er musste dafür die Angreifer aufhalten.

Konrad griff nach dem Schwert des einen Dieners, drängte sich an den beiden vorbei und sah, dass gerade mal zwei Männer nebeneinander auf der Treppe Platz hatten.

Er griff an.

Und hatte einen großen Vorteil, den er vorher gar nicht erkannt hatte: Während Konrad genügend Platz hatte, um mit dem Schwert auszuholen, behinderten sich die Angreifer gegenseitig, manch kleinere Wunde an Beinen und Armen brachten sie sich sogar selbst bei.

Zwischen den Schwerthieben trat Konrad nach den Angreifern, die ihm am nächsten standen, einen traf er mit voller Wucht am Brustkorb. Er fiel hintenüber und kullerte nach unten, nicht ohne noch zwei seiner Kumpane zu Fall zu bringen. Inmitten des Durcheinanders auf der Treppe aus Geschrei, Gestöhn, Flüchen und polternden Leibern hörte Konrad auf einmal seinen Namen.

Er drehte sich um, sah, dass die Tür zur Stube geöffnet war, und erblickte das schreckverzerrte Gesicht seines Meisters. Der hatte gerade die beiden Diener in den Raum gezogen, jetzt griff er nach Konrad und zerrte auch ihn hinein. Dann trat er die Tür zu, legte einen Riegel vor und verkeilte einen Stuhl unter dem Schloss.

Konrad sah sich um, und der Mut sank ihm. In der Stube waren fast nur Kinder, Frauen und Greise versammelt, die gesamte Familie von Kalman von Wiehe, die Dienerschaft und einige ältere Menschen, die Konrad nicht kannte. Sie saßen alle wie Mäuse in der Falle. Denn nur zwei Wege führten nach draußen – entweder durch die verrammelte Tür oder durch die Fenster auf den Innenhof. Das war das Ende, hier kamen sie nicht mehr lebend raus.

In diesem Moment flog ein Stein durch ein Fenster und das bunte Glas regnete auf den Boden der Stube. Dann folgte ein zweiter Stein, ein dritter. Das Poltern und das Splittern des Glases waren ohrenbetäubend und übertönten sogar das Geschrei der Meute auf dem Hof und vor der Tür.

Der Tür wurde mittlerweile von den Angreifern kräftig zugesetzt, das Donnern der Schläge dröhnte durch die Bohlenstube. Die Familie hatte sich in den hintersten Winkel des Raumes zurückgezogen, der Großvater hatte ein langes Messer in der linken Hand, und auch die Frauen waren mit kleineren Stichwaffen bewaffnet. Das jungvermählte Paar, das Konrad erst vor ein paar Tagen in der Synagoge beobachtet hatte, war völlig verängstigt, und ihm war, als ob ihm jemand ein Messer ins Herz stach.

Hinter den beiden hockten die zwei Mädchen des Juden auf dem Boden, sie hatten die Hände auf die Ohren gedrückt, verbargen ihre Gesichter zwischen ihren Knien. Vom kleinen Sohn der Familie war nichts zu sehen. Kalman von Wiehe und Thomas von Weimar standen Seite an Seite vor der zusammengedrängten Familie und warteten anscheinend auf den Moment, in dem die Tür unter den Schlägen und Tritten zusammenbrechen würde. Die beiden Diener stellten sich jetzt so neben die Tür, dass sie jeden, der hereinstürmen würde, von hinten würden angreifen können. Konrad hatte dem einen sein Schwert wiedergegeben.

Er wusste nicht, was er tun sollte. Er suchte den Blick seines Meisters, und als er ihm in die Augen blickte, merkte er, wie sich sein Puls normalisierte. Es war die Ausweglosigkeit, die ihn anscheinend beruhigte. Wenn er schon sterben musste, dann wenigstens gemeinsam mit seinem Meister, dem er immerhin sein Leben zu verdanken hatte.

Das Gebrüll der Männer, die auf dem Innenhof wüteten, mischte sich jetzt mit johlenden Rufen und dem Gegacker geklauter Hühner. Über allem dröhnten einige Glocken, und Konrad verstand die Welt nicht mehr. Wer um Himmels Willen ging in diesem Moment zur Messe?

Als die Tür mit einem gewaltigen Krachen aufflog, stolperten die Angreifer, überrascht, dass der Weg plötzlich frei war, herein. Zwei fielen hin, ein dritter geriet deswegen ebenfalls ins Straucheln und landete direkt vor den Füßen des Meisters. Der wusste überhaupt nicht, was er tun sollte, das Schwert in seiner Hand zitterte. Der Mann kroch langsam rückwärts, ließ den Blick nicht von den beiden Männern vor ihm und der verängstigten Familie.

Plötzlich drang ein weiterer Mann in die Stube ein, er hatte ein langes Schwert, das er mit beiden Händen trug.

»Witzleben«, wisperte Thomas von Weimar nur, als er den jungen Mann erkannte.

»Ich hätte mir denken können, dass er dabei ist«, sagte Kalman von Wiehe mit fast normaler Stimmlage. »Vor einer Woche saß er mit seinem Vater noch hier und bettelte um Aufschub für seine Kredite.«

»Die brauche ich jetzt nicht mehr«, antwortete Kunz von Witzleben höhnisch und schwenkte drohend sein Schwert. »Meine Familie wird euch Juden nie wieder etwas schuldig sein.«

Noch immer drangen Männer in die Bohlenstube ein, stellten sich schweigend neben ihren Anführer. Aus dem Augenwinkel heraus sah Konrad, wie sich die beiden Diener, die bis jetzt unbemerkt geblieben waren, für einen Kampf bereit machten und ihre Schwerter anhoben. Konrad bewunderte den Mut der beiden – trotz der aussichtslosen Lage ergaben sie sich nicht, sondern hielten zu ihrem Herrn.

»Was ist? Schlagt das Judenpack endlich tot!«, schrie plötzlich ein Mann neben Witzleben und schwenkte eine gewaltige, mit Eisenzacken besetzte Keule. Mit einem lauten Aufheulen schlug der Mann zu und traf den völlig überraschten Kalman von Wiehe an der Schulter.

Der schrie auf und Konrad sah, wie sich sein Gewand schnell rot färbte. Thomas von Weimar stieß mit dem Schwert zu, traf den Bauch des Keulenschwingers, drehte mit einer ungeahnten Leichtigkeit den Stahl einmal um die eigene Achse und zog ihn wieder raus. Der Mann sackte zusammen. Das war das Signal für die Angreifer, sich auf den Rest der Familie zu stürzen.

Es war ein bestialisches Gemisch aus verzweifelten Schreien und wütendem Brüllen, aus Stößen, Hieben und sogar Gebeten, das den Raum erfüllte. Die beiden Diener schwangen ebenfalls ihre Schwerter, trafen Angreifer im Rücken, die mit verwundertem Gesicht zusammenbrachen. Der Boden war voller Blut und Menschen, die sich krümmten oder bereits tot auf den Eichendielen lagen. Immer mehr bewaffnete Männer drangen in die gute Stube, es stank mittlerweile bestialisch nach Schweiß, Urin und Blut.

Konrad hatte einem Sterbenden ein großes Messer entwendet und stach wie ein Irrer auf die Angreifer um sich herum ein. Bis er plötzlich einen Hieb an die linke Schläfe bekam, und alles um ihn herum im Dunkel versank.

Er wachte vom eigenen Husten auf. Sein Kopf dröhnte, und hinter der linken Schläfe hämmerte es. Vom Husten war ihm, als ob sein Kopf zersprang. Konrad wollte seine Augen öffnen, aber es gelang ihm nicht, sie waren wie zugeklebt. Er spürte, wie etwas Warmes seine Schläfe hinunterlief und von seinen Ohren auf den Boden tropfte. Konrad lag reglos auf dem Rücken und hörte durch das Gehämmer in seinem Kopf die Stimme von Witzlebens.

»So, du Schwein. Du wirst nie wieder jemanden mit deinen Wucherzinsen vor dir hertreiben. Nie wieder wirst du deine schmierigen Hände nach unserem Land ausstrecken.«

Dann hörte Konrad ein schreckliches Geräusch, als ob ein Messer mit voller Wucht in einen Leib getrieben wurde. Das Opfer gab keinen Laut von sich.

»Und dank deiner kleinen Küchenmagd weiß ich auch, wo du das geraubte Geld hortest. Den Schmuck deiner Frau, das Gold und Silber. Warum bist du nicht einfach geflohen, als noch Zeit dazu war? Aber nein, ihr wolltet ja hierbleiben und sterben. Und das tut ihr jetzt auch. Alle. Das nenne ich Gottes Gerechtigkeit.«

Konrad hörte, wie Witzleben aufstand, er musste also neben dem Händler gekniet haben. Konrad spürte tief in sich Hass aufsteigen, wollte sich aufsetzen – aber ihm wurde wieder schwarz vor Augen. Er blieb liegen.

Mit einem Klackern, als die Sporen auf den Boden schlugen, verließ Witzleben den Raum, schob dabei leblose Körper mit den Füßen beiseite. An der Tür drehte er sich noch einmal um. »Und du, du stummer Nichtsnutz, du solltest lernen, wer deine Freunde sind. Die Juden sind es jedenfalls nicht. Ich lasse dich am Leben, und weißt du warum? Weil du ein blinder, stummer Krüppel sein wirst.«

Dann war von den Angreifern niemand mehr im Raum, und Konrad hörte das leise Röcheln von Verwundeten. Menschen mussten das hier überlebt haben, aber er wusste nicht, wer. Und wie viele. Die nächste Ohnmacht kam wie aus dem Nichts und als Konrad wieder zu sich kam, wusste er nicht, wie lange er besinnungslos auf dem Boden gelegen hatte.

Wie ein Donnerschlag hallten plötzlich die Worte von Kunz von Witzleben durch seinen Kopf: »blinder, stummer Krüppel«. Trotz des teuflischen Pochens in seinem Hirn hob Konrad ganz langsam die rechte Hand. Er wischte sich mit dem Ärmel behutsam über die Augen und spürte, wie sie sich langsam öffneten.

Er sah Licht, schemenhafte Umrisse. Noch einmal wischte er sich über die Augen, ignorierte, so gut er konnte, die Schmerzen. Er sah immer besser, und dann fiel sein Blick auf den Ärmel – er war voller Blut!

Ganz vorsichtig versuchte Konrad sich aufzurichten, schob die Ellenbogen nach oben und drückte seinen Oberkörper hoch. Die Blitze, die durch seinen Kopf zuckten, nahmen ihm fast die Besinnung, aber schließlich schaffte er es doch, mit angewinkelten Oberarmen den Körper in die Aufrechte zu bringen.

Konrad musste wieder husten, Qualm drang ihm in die Lunge, so viel, dass ihm übel wurde. Er versuchte, so flach wie möglich zu atmen, und drehte sich langsam um, so dass er auf allen Vieren hockte. Konrad krabbelte in die Richtung, in der er seinen Meister vermutete.

Er sah immer besser, Tränen spülten seine Augen vom Blut frei. Er sah links und rechts leblose Körper, die Augen offen und meist verdreht. Er stakste auf allen Vieren durch Blut, bis er schließlich zu Kalman von Wiehe kam. Ein Messer steckte in seiner Brust, es musste das sein, das ihm Witzleben in den Leib gestoßen hatte. Die Schulter war verstümmelt, das Gesicht durch mehrere Schwerthiebe entstellt. Konrad spürte einen starken Brechreiz in sich aufsteigen, aber er durfte sich jetzt nicht übergeben.

Er krabbelte langsam am toten Körper des Händlers vorbei und sah dann seinen Meister. Er lag auf dem Rücken. Auf seiner rechten Seite waren die Gewänder zerfetzt, genauso wie die Haut darunter. Blut sickerte durch den Stoff, doch es war nicht sehr viel. Konrad blickte ins Gesicht des Goldschmieds, es hatte böse Schnittverletzungen davongetragen, aus denen Blut auf den Boden tropfte. Die Augen waren geschlossen, doch der Brustkorb senkte und hob sich, zwar kaum merkbar, aber gleichmäßig. Thomas von Weimar lebte.

Konrad machte etwas, von dem er später nicht erklären konnte, warum er es überhaupt getan hatte. Er schlug seinem Meister mit der flachen Hand auf die linke Wange. Immer wieder, immer stärker. Langsam, wie gequält, öffnete Thomas von Weimar die Augen. Konrad musste husten, und auch sein Meister röchelte. »Hat jemand überlebt?«, fragte er mit brüchiger Stimme, so leise, dass Konrad es kaum verstand – auch weil der Lärm im Haus nicht weniger wurde. Wenn er jetzt auch ein anderer war.

»Sieh nach«, sagte der Meister leise und rang bei jeder Silbe nach Atem. »Lebt das Brautpaar noch? Kalman?«

Konrad wollte sich langsam aufrichten, doch er merkte, dass das ein Fehler war. Nicht nur, dass die Luft in Kopfhöhe schlechter war als am Boden, sein Kopf hämmerte vor lauter Anstrengung so sehr, dass er Angst hatte, wieder ohnmächtig zu werden. Also krabbelte er auf allen Vieren umher, suchte das Brautpaar und fand es schließlich, begraben unten den Körpern der Großeltern, der Frau des Händlers, der Kinder – alle mit durchgeschnittener Kehle.

Konrad schossen Tränen in die Augen. So viel sinnloses Sterben. Langsam kroch er zurück zum Meister, und auch dessen Augen füllten sich mit Tränen. »Niemand?«, fragte er.

Niemand, sagte die Geste von Konrad. Er war sich mit der Hand über die Kehle gefahren.

»Lass uns gehen.« Vom Qualm, der immer dichter wurde, musste der Goldschmied husten. »Wir können hier nichts mehr tun.«

Gemeinsam krochen sie zur Tür und sahen durch ein eingeschlagenes Fenster, woher der Rauch kam: Das Haus, in dessen Kellereingang sie den Schatz vergraben hatten, stand in Flammen.

Plötzlich standen zwei Männer in der Tür, sahen sich um, entdeckten Konrad und den Goldschmied, sahen sich an.

»Was ist mit denen?«, fragte der eine.

»Mir egal«, antwortete der andere. Er sah sich noch mal um und sagte bedauernd: »Hier war schon jemand. Nichts mehr zu holen.« Die Männer drehten sich um und verschwanden so schnell, wie sie aufgetaucht waren.

Thomas von Weimar und Konrad verständigten sich mit einem Blick und schleppten sich wie auf Kommando weiter. Sie sahen die erschlagenen Diener, die mittlerweile geplünderten Truhen. Dann musste Kunz von Witzleben einen Teil des Vermögens des Juden schon weggeschleppt haben, bevor er Kalman von Wiehe erstach, dachte Konrad. Auch die Teppiche waren von den Wänden verschwunden, der Schrank war leer. Wie lange hatten er und sein Meister hier bloß ohnmächtig gelegen?

Wieder tauchte ein Mann in der Tür auf, sah die beiden Verletzten, blickte sich im Raum um, schüttelte den Kopf und ging.

Konrad robbte weiter bis zu Treppe. Im unteren Teil des Hauses war immer noch der Teufel los, überall rannten Menschen durch die Stuben und schleppten alles nach draußen, was sie zu fassen bekamen: Stoffe, Stühle, Truhen, Kissen, Geschirr, Töpfe, Wandteppiche.

Thomas von Weimar richtete sich langsam auf, er hielt sich die rechte Seite, wo der dunkle Fleck im Gewand größer wurde. Ein Mann mit Helm auf dem Kopf und Schwert an der Seite rannte an ihm vorbei zur Stube, um dann wie seine Vorgänger unverrichteter Dinge umzukehren.

Der Goldschmied reichte Konrad die Hand, zog ihn mit schmerzverzerrtem Gesicht zu sich, legte einen Arm auf die Schulter seines Schülers. Umständlich machten sie einem Mann

Platz, der eine leere Truhe hinter sich herzog und damit die Treppe runterpolterte. Konrad richtete sich auf, die Kopfschmerzen waren jetzt zu ertragen, auch blutete seine Wunde an der Schläfe nicht mehr so stark.

Der Meister und sein Schüler stützten sich gegenseitig, als sie die Treppe hinuntergingen. Unten begegneten sie mehreren Männern, die mit Fackeln ins Haus eingedrungen waren.

»Was soll das?«, fragte Thomas von Weimar einen der Fackelträger benommen.

»Wir räuchern dieses Nest hier aus«, antwortete der und lief die Treppe hoch.

Der Meister sah ihm nach. »Es wird Zeit, dass wir nach Hause kommen.«

Im Innenhof war das Durcheinander womöglich noch größer als im Haus. Männer durchwühlten die Gebäude, die noch nicht brannten, auf der Suche nach Brauchbarem, andere weideten getötete Tiere aus, zerteilten die Kadaver und schleppten dann große Stücke auf ihren Schultern weg.

Als Thomas von Weimar und Konrad durch das Tor traten, war ihnen, als würden sie in die Hölle blicken: Auf der Straße lagen die Leichen von einem Dutzend Menschen. Manche voller Blut, andere schwarz wie verbrannt, wieder andere hatte überhaupt keine sichtbaren Verletzungen. Überall waberte Qualm, mindestens zwei Dutzend Gebäude standen in Flammen.

Konrad hörte vereinzelte Schreie, die aus allen Himmelsrichtungen zu ihm drangen, er sah, dass auch die Synagoge brennen musste. Die Straßen waren voller Menschen, die die verschiedensten Dinge mit sich schleppten. Männer der Stadtwache gingen anscheinend von Haus zu Haus und verkündeten etwas, das Konrad nicht verstand.

»Wer hat die Häuser alle angesteckt?«, fragte Thomas von Weimar einen Mann, der gemächlich an ihm vorbeiging, in seinen Händen einige angesengte Schriftstücke.

Pfandbriefe, dachte Konrad.

Der Mann hielt an, sah den Goldschmied von oben bis unten an und sagte dann: »Na die Juden selber! Die verbrennen lieber in ihren Häusern, als sich im Kampf zu stellen. Oder zu fliehen.« Er schüttelte den Kopf und zog weiter. »Gott sei Dank ist es windstill, so kann sich das Feuer kaum ausbreiten.«

Konrad und sein Meister arbeiteten sich langsam durch den Strom aufgeregter Menschen, mühsam einen Fuß vor den anderen setzend. Thomas von Weimar hielt sich die verletzte Seite, und hin und wieder ließ er ein Stöhnen hören. Es roch nach verbranntem Holz und verbranntem Fleisch. Inzwischen hatten einige Menschen, die noch halbwegs klar im Kopf waren, mit dem Löschen der brennenden Häuser begonnen, sie bildeten mit ihren Eimern eine Kette zum nahen Breitstrom. Andere schütteten Wasser aus Eimern auf ihre Häuser, um sie vor dem Funkenflug zu schützen.

Die Schreie wurden langsam weniger. Konrad hatte keine Ahnung, wie viel Zeit seit dem Beginn des Schlachtens vergangen war. Er fühlte sich leer im Kopf und wunderte sich, warum er noch nicht einmal Trauer empfinden konnte. Hatte er einen Menschen getötet? Er wusste es nicht. Und er wollte es auch gar nicht wissen. Je mehr er darüber nachdachte, desto mehr versank alles in einer Art Nebel. Sein ganzer Körper schmerzte, und er wollte nur noch nach Hause.

Thomas von Weimar schien es genauso zu gehen, er hatte leere Augen, die nur geradeaus starrten, und schwieg den ganzen Weg bis zu dem Platz, an dem sein Haus stand. Erst jetzt, vor dem Tor, schien er seine Umgebung wieder wahrzunehmen, und als er sah, dass Werkstatt und Wohnhaus nicht in Flammen standen, entspannten sich seine Gesichtszüge etwas.

Mittlerweile war es fast dunkel, Fackeln, in den Händen von Plünderern und der Stadtwache, erhellten Wege und Platz. Als sie das Tor öffnen wollten, schwang es wie von Geisterhand auf. Dahinter erwarteten sie Karl und Wieland, die Frau des Meisters und Maria. Die Frauen hatten vom Weinen gerötete Augen, und sogar Karl und Wieland schienen nah am Wasser gebaut zu sein.

»Ihr lebt«, heulte die Hausherrin auf und trat auf Thomas von Weimar zu. Sie erschrak, als sie den großen roten Fleck an seiner Seite entdeckte. »Oh Gott! Was hast du denn da? Tut es sehr weh?«

Ihr Mann versuchte ein Lächeln: »Es geht schon. Schick nach einem Wundarzt oder dem Henker, dass er mich wieder zusammenflickt. Und sich Konrads Kopf ansieht.«

Konrad wachte auf, als die Glocken zum Mittagsgebet riefen. Er hatte fürchterliche Kopfschmerzen, und als er seine Schläfe betastete, fühlte er eine gewaltige Beule.

»Du musst einen wirklich außergewöhnlichen Schädel haben, meinte der Arzt, der dich untersucht hat«, sagte Maria leise. Sie saß neben ihm auf seinem Bett und hielt seine Hand. »Er meinte, dass der Schlag, den du abbekommen hast, einen Eber hätte töten können.«

Konrad öffnete langsam die Augen und wollte sich aufrichten, doch die Bewegung sorgte für einen gewaltigen Schmerz in seinem Kopf, als ob ein Blitz hineingefahren wäre. Er versuchte stattdessen, zu lächeln, aber als auch das wehtat, ließ er es lieber.

»Ich kann dir gar nicht sagen wie glücklich ich bin, dass du lebst. Und wie traurig ich über das bin, was geschehen ist. Wir waren hier im Haus, haben alles gehört. Die schreienden Menschen, die wütenden Angreifer, das Brennen der Häuser, es war so furchtbar. Und wir wussten doch, dass ihr mitten in dieser Hölle wart.«

Maria wusste nicht mehr weiter, und Konrad betrachtete sie. Irgendwie war sie noch schöner als zuvor. Er hob eine Hand und streichelte ihre Wange. Sie nahm die Hand und küsste sie.

»Der Meister liegt mit Fieber auf seinem Lager, ihn hat es schlimmer erwischt als wir zuerst dachten.«

Konrad legte seinen Kopf schief und versuchte, die Schmerzen zu unterdrücken.

»Er hat eine tiefe Fleischwunde an der Seite, der Arzt hat sie zunähen müssen. Ich habe den Meister noch nie schreien hören, aber das muss für ihn fürchterlich gewesen sein. Die Wunden im

Gesicht würden wieder heilen, hat der Arzt gesagt, aber er würde tiefe Narben behalten. Und er hatte sich ein Bein gebrochen und kann sich überhaupt nicht daran erinnern, wie und wann das passiert ist. Nun hoffen wir, dass der Herr keinen Wundbrand bekommt.« Maria streichelte Konrads Gesicht. »Dass er sich überhaupt mit diesem Bein bis nach Hause schleppen konnte, wäre ein Wunder, meinte der Arzt. Er hat ihm die Knochen zurechtgerückt und verbunden.«

Konrad schauderte.

»Der Herr hat mich gebeten, dir zu sagen, dass du zu ihm kommen sollst. Du solltest dich beeilen, kann sein, dass er wieder ohnmächtig wird.«

Konrad versuchte es ein zweites Mal mit dem Aufrichten, diesmal biss er die Zähne zusammen. Der Schmerz war schrecklich. Kaum hatte er sich aufgerichtet, atmete er mehrere Male tief durch. Es half – der Schmerz verschwand langsam aus seinem Kopf. Er sah Maria an und sein Blick blieb einen Moment zu lange an ihrem Ausschnitt hängen.

»Dass du daran jetzt denken kannst«, sagte sie mit einem Kopfschütteln und stand auf. »Komm, der Meister wartet.«

Konrad hob mühsam seine Beine aus dem Bett, zupfte sich das Nachthemd zurecht, streifte sich das dunkle Gewand, das nach Qualm stank, über und stand ganz langsam auf. Seine Schläfe hämmerte, und er hatte das Gefühl, dass der Schädel gleich platzen würde. Maria nahm ihn an die Hand, führte ihn zur Treppe und wich ihm auch auf dem Weg nach unten nicht von der Seite. Gemeinsam gingen sie zur Tür zum Innenhof, und erst jetzt ließ ihn Maria alleine. Konrad trat ins Freie und die kühle Luft tat seinem Kopf gut, die Schmerzen zogen sich noch etwas mehr zurück. Die Sonne stand mitten am Himmel, und ihre Strahlen hatten sogar schon etwas Kraft, so dass sich seine Kleidung langsam erwärmte.

Erst jetzt merkte Konrad, dass er sich gar nicht richtig angezogen hatte, aber es war ihm egal. Er ging zum Abort, wusch sich am Brunnen, genoss das kühle Wasser an seiner lädierten Schläfe und trocknete sich mit einem Lappen ab.

In der Kochstube traf Konrad kurz darauf auf die Frau des Meisters, die ihn kritisch musterte und dabei ein Lächeln versuchte. Es war das erste Mal, dass Konrad bei ihr tiefe Falten um die Augen sah, die Augäpfel waren rotgeweint.

»Ich bin so froh, dass ihr beiden überlebt habt«, sagte sie. »Du kannst dir gar nicht vorstellen, wie sehr wir hier alle um euch gebangt haben. Vor allem Maria.«

Konrad wusste nicht, was er darauf antworten sollte.

»Und jetzt geh bitte hoch, dein Meister wartet schon auf dich. Er ist sehr schwach, die Wunde an seiner Seite ist sehr groß, und er hat Fieber.« Sie ging vor ihm her zur Kammer, und er folgte ihr in den Raum, in dem Thomas von Weimar auf seinem Bett lag, umringt von seinen Kindern. Man hatte ihm eine schwere Decke über den Körper gelegt, und sein Kopf ruhte auf einem mächtigen Kopfkissen.

Der Goldschmied winkte Konrad zu sich heran. Er lächelte matt, und Konrad vergaß für einen Moment alle Kopfschmerzen. Auch er lächelte, obwohl er entsetzt war, wie sehr sich sein Meister in den vergangenen Stunden verändert hatte.

»Ich sehe … dass dein Kopf eine neue Form gefunden hat«, sagte der Goldschmied langsam und unter Mühen. Immer wieder musste er Sprechpausen einlegen, um vorsichtig Luft zu holen. »Tut es … sehr weh?«

Konrad nickte, aber langsam.

»Ist … sonst alles … beieinander?«

Konrad zeigte auf seinen Körper und nickte. Er zeigte auf sein Herz und schüttelte vorsichtig den Kopf.

»Das geht … mir … genauso«, antwortete der Meister kurzatmig. »Ich habe … nicht nur einen Freund … verloren, … ich habe auch … meinen Glauben … verloren.« Er machte eine längere Pause und scheuchte mühsam seine Kinder weg, die ohne zu murren den Raum verließen. »Sie müssen nicht hören …, was ich dir … zu sagen habe. Sie werden … noch früh genug … lernen …, wie der Lauf der Dinge ist … Du weißt …, dass du … für mich … fast wie ein Sohn geworden bist.«

Konrad blickte verlegen auf den Boden.

»Ich weiß nicht … ob ich das hier überlebe. Wenn ich Wundbrand bekomme …, dann werde ich es wohl kaum schaffen«, sagte der Goldschmied und aus seinen Lungen entwich ein leises Pfeifen. »Aber Karl … hat schon zugesagt …, dass er sich um meine Familie kümmern will.«

Wieder folgte eine längere Pause, in der der Goldschmied Kraft sammeln musste. »Du weißt ja, dass ich keinen Bruder mehr habe …, der das übernehmen könnte. Karl ist … nun fast wie ein Bruder für … mich, er war mir … immer … eine ehrliche Stütze.« Thomas von Weimar holte tief Luft und stöhnte auf. »Ich möchte …, dass du für mich … zum Haus von Kalman … gehst … und genau nachsiehst …, ob noch irgendwer lebt.« Er war kaum noch zu verstehen. »Vielleicht … hat es ja … doch einer geschafft. Und ich … ich will …, dass du so unauffällig … wie möglich … nachguckst, ob die Sachen noch dort sind, wo wir sie vergraben haben.«

Konrad nickte.

»Geh am besten sofort los, wenn du kannst.« Der Goldschmied hatte bei den letzten Sätzen seine ganze Kraft zusammengenommen und schloss jetzt die Augen, sein Kopf versank im Kissen. »Danke«, sagte er noch, und Konrad begriff, dass der Goldschmied das Gespräch beendet hatte und Ruhe brauchte.

Konrad ging langsam nach oben zu seiner Kammer, wechselte vorsichtig die Gewänder, schnürte sich einen Gürtel aus Leder um den Bauch, hängte sich einen Umhang um, zog die Stiefel an und verzichtete der Beule zuliebe auf eine Kappe. Dafür griff er nach einer grauen Kapuze, die er sich ganz behutsam über seinen Kopf streifte. Als er die Wärme des Stoffes spürte, bekam er eine Gänsehaut.

Auf dem Benediktsplatz kam es ihm so vor, als ob er in einem Traum unterwegs war. Denn hier draußen herrschte eine fast unbeschwerte Stimmung. Vögel flatterten auf dem Boden umher, wühlten im Mist der Pferde, Menschen schoben Karren kreuz und quer, Männer ritten auf Pferden oder Eseln über den Platz, Händler versprachen Wunderdinge von ihren Waren. Frauen schwatzten, Kinder spielten. Und über allem schien die Sonne, so als ob nichts gewesen wäre.

Nur der Geruch nach verbranntem Holz und verkohlten Leichen erinnerte an den Albtraum. Und die Männer, die immer noch eimerweise Glutnester löschten.

Konrad drehte sich um und ging langsam zur Michaelisstraße. Männer mit Karren, die mit Säcken oder Truhen beladen waren, kamen ihm entgegen. Er sah, wie Soldaten der Stadtwache patrouillierten und so manchen Mann mit Karre aufforderten, mit seiner Beute dorthin zurückzukehren, wo er hergekommen war. Andere kamen durch, sie hatten die Stadtwache vorher mit einem Teil der Beute bestochen. Nur wer so dumm war, zu glauben, auf die Bestechung verzichten zu können, durfte alles wieder zurückkarren. Konrad hörte, wie die Wachen einem Plünderer mitteilten, dass der Rat der Stadt angeordnet habe, dass alles Eigentum der Juden jetzt der Stadt gehören würde. Schmuck, Kleidung, Gold und Silber, Pfandbriefe. Einfach alles.

Erfurt war jetzt reich, dachte Konrad. Er überlegte weiter, dass diejenigen, die die Juden ermordet hatten, um an ihre Pfandbriefe zu kommen, jetzt dumm aus der Wäsche schauten, denn nun war der Rat ihr Gläubiger. Was auch nicht besser war.

Im Weitergehen stellte er sich zum ersten Mal die Frage, warum Gott, der groß genug war, um Himmel und Erde zu erschaffen, seine Kinder, die Menschen, so klein und beschränkt in die Welt gesetzt hatte? Warum ließ Gott so viele mörderische, habgierige Menschen zu? Er kaute auf der Frage herum und sie bereitete ihm Kopfschmerzen – denn irgendwie fand er keine Antwort darauf.

Von einigen Häusern, die Konrad passierte, standen nur noch qualmende Gerippe. Tore waren eingedrückt, Mauern umgestürzt. Die Synagoge war beschädigt, Teile brannten immer noch. Nur wenige machten sich hier die Mühe zu löschen, nur die angrenzenden Häuser wurden mit Wasser benetzt. Dann kam Konrad ein Karren entgegen, der von einem altersschwachen Gaul gezogen wurde. Auf der Ladefläche lagen vier Leichen, aufeinandergelegt wie Mehlsäcke, mit verrenkten Armen und Beinen. Konrad erkannte einen alten Mann, eine alte Frau, zwei jüngere Männer – sie waren stellenweise verkohlt, und ihre angesengte Kleidung hing ihnen in Fetzen vom Körper. Der Mann, der das Pferd führte, hielt sich einen Stofffetzen vor die Nase.

Konrad hielt ihn an, zeigte auf die Leichen.

»Was willst du?«, fragte der Mann unwirsch und packte sich schnell wieder den Lappen vors Gesicht.

Konrad zeigte auf seinen Mund, schüttelte den Zeigefinger und der Mann begriff. »Was willst du wissen?«

Konrad zeigte noch einmal auf die Leichen und dann auf einen imaginären Ort am Horizont. »Aha, du willst wissen, wo die hier hinkommen?«

Konrad nickte, er staunte, dass der Mann vor ihm so schnell begriff.

»Die kommen alle auf ihren Friedhof am Moritztor, werden dort vergraben. Ich hätte die ja eher verbrannt, aber mich fragt ja keiner. Hat doch eh keiner überlebt.«

Der Mann spukte aus, ließ Konrad stehen und zog den Gaul hinter sich her.

Konrad sah dem schrecklichen Gespann nach, bis es um eine Ecke bog und aus seinem Blickfeld verschwand. Nachdenklich ging er weiter und stand schließlich vor dem Grundstück von Kalman von Wiehe. Hier hatten Unbekannte anscheinend rechtzeitig zu den Löscheimern gegriffen. Zwar qualmten noch einige Balken, und den Stall hatte es komplett zerlegt, aber das Haupthaus war noch intakt. Er ging durch das stellenweise eingestürzte Tor, stolperte über ein paar Mauersteine, fluchte über den plötzlich einsetzenden Kopfschmerz und öffnete eine Haustür.

Sonnenstrahlen fielen durch die Fensteröffnungen, beleuchteten eine dunkle Szenerie. Hier hatte es gebrannt, das Holz war angekohlt, und überall lagen Pergamentblätter aus den Büchern des Händlers. Konrad bückte sich, hob ein wunderschönes Bild eines Adlers mit einem Ritter auf, klemmte es sich hinter den Gürtel und zog den Mantel darüber.

Im Haus war niemand, zumindest hörte er keinerlei Geräusch, und das wunderte ihn. Gab es hier nichts mehr zu stehlen? Konrad stieg die Treppe hoch und hoffte, dass die angekohlten Stufen ihn tragen würden. Es roch derart stark nach verbranntem Holz, dass Konrad dachte, so oder so ähnlich müsste es in der Hölle stinken. Er hielt sich den Zipfel eines Ärmels vor die Nase.

Oben stand die Tür zur Bohlenstube offen, und Konrad wusste nicht, was er tun sollte. Er hatte Angst vor dem Anblick, der ihn erwarten würde. Lagen die Leichen noch dort, wo er sie einen Tag zuvor verlassen hatte? Dann dachte er an seinen Meister und überwand die Angst. Mit weit geöffneten Augen betrat er in die Stube und war wie gelähmt: Vor ihm war – nichts. Oder besser gesagt, fast nichts. Die Leichen waren verschwunden, genauso wie alle Truhen, Wandteppiche, Bänke, Stühle, der gewaltige Tisch, der Schrank. Alles weg.

Schleifspuren und unzählige Fußabdrücke hatten sich im Blut eingegraben, das die Holzbohlen mittlerweile schwarz gefärbt hatte. Hier roch es nicht ganz so streng, durch die eingeworfenen Fenster drang immer wieder neue Luft in den Raum.

Konrad suchte die Stelle, an der er gelegen hatte – aber er konnte sich nicht mehr genau erinnern. Er drehte sich um und ging mit hängenden Schultern die Treppe runter. Im Erdgeschoss durchsuchte er jeden Raum, jede Kammer – doch auch hier war außer Scherben, zertrümmerten Möbeln und seitenweise Pergament nichts zu finden. Die Geräusche, die von der

Straße in das Haus drangen, hallten durch die kahlen Räume. Es war, als ob das Leben einer ganzen Familie in wenigen Augenblicken ausgelöscht worden war. Nichts von den Erfahrungen, der Liebe, den Hoffnungen, Enttäuschungen, dem Leid und der Freude der Menschen, die hier so lange gelebt hatten, war übrig geblieben. Bis auf das Blut auf dem Boden der Bohlenstube, und das war noch nicht einmal nur das ihrige – es hatte sich mit dem Blut ihrer Mörder vermischt.

Zurück auf dem Innenhof erkannte Konrad, was die Plünderer vom Grundstück fernhielt: Zwei Männer der Stadtwache standen vor dem niedergebrannten Stall und redeten miteinander. Sie hatten ihm den Rücken zugedreht. Er fragte sich, wieso er die beiden nicht bemerkt hatte, als er hier angekommen war.

Konrad nutzte die Gelegenheit und drückte sich an der Wand entlang zum Steinhaus. Er versuchte, möglichst leise zu sein, und die Anstrengung hämmerte ihm wieder die Schmerzen in den Kopf. Er hörte hinter sich die Wachen lachen, ging aber weiter. Endlich stand er vor dem Zugang zum Keller. Die Tür war geöffnet, und Konrad schlich sich zu der Stelle, wo der Schatz versteckt war. Er holte tief Luft: Die Steine, hinter der Hochzeitsring, Silberbarren, Ringe, Brosche und Becher und Kannen versteckt waren, lagen noch unversehrt an der richtigen Stelle.

»He, du! Was machst du da?«

Konrad erschrak heftig und drehte sich ruckartig um. Sein Kopf war nahe daran zu platzen. Eine der Stadtwachen hatte ihn entdeckt.

»Ja, du. Komm mal her!«, rief ihm der Mann zu.

Konrad überlegte kurz, ob er einfach davonlaufen und über den Breitstrom verschwinden sollte, entschied sich dann aber aufgrund seiner Kopfschmerzen dagegen.

Als er vor den beiden Wachen stand, wurde ihm zum ersten Mal bewusst, wie groß er eigentlich war: Er konnte den beiden auf die Helme schauen.

»Also, was hast du hier zu suchen?«

Konrad öffnete seinen Mund, deutete mit seinem Finger darauf und schüttelte den Kopf.

»Ich kenn' den«, sagte der andere Mann. »Das ist der Stumme vom Goldschmied. Geh zu deinem Meister und sag ihm, dass niemand hier überlebt hat und dass die Leichen längst verscharrt sind. Und das, was sich der Jude zusammengerafft hat, ist auch alles weg. Gerecht verteilt, würde ich sagen.« Der Mann grinste verschlagen.

Sein Kumpel zog Konrad am Ärmel Richtung Tor. »Geh und tu, was wir dir aufgetragen haben.«

Erleichtert fügte sich Konrad in sein Schicksal und trat zurück auf die Michaelisstraße. Jetzt wollte er nur noch nach Hause. Er hatte genug von diesem Elend, und er hatte genug von dieser Stadt, in der so etwas passieren konnte. Eigentlich wollte er nur noch weg.

Er konnte die Menschen, die mit ihren Karren voller Beute an ihm vorbeirollten, nicht ertragen. Jeder Mann, den er sah, war vielleicht einer, der mit gemordet hatte. Oder einer, der die Opfer im Stich gelassen hatte. Oder nicht den Mut gehabt hatte, einzugreifen. Niemand klagte die Täter an. Niemand schien zu interessieren, dass es in dieser Stadt offenkundig nicht einen Juden mehr gab. Das Leben ging einfach weiter. Und Konrad hatte das Gefühl, dass die meisten in der Stadt darüber sogar ganz froh waren.

Er wollte nicht mehr länger hier sein. Und der Gedanke daran, von hier zu verschwinden, war verlockend schön. Einfach weg. Einfach raus. Den Gedanken entfliehen, aufs Gute hoffend.

»Es hat … niemand … überlebt?« Der Meister blickte ihn an, seine Augen schimmerten fiebrig, er hatte Mühe zu sprechen und machte wieder viele Pausen.

Konrad schüttelte den Kopf.

»Und … der Schatz, … ist er … noch … da?«

Jetzt nickte Konrad, und der Meister lächelte kurz. »Es ist … auch ein … gutes Versteck, das … sich Kalman … da … ausgesucht … hat.«

Der Meister schwieg. Und fragte dann mit brüchiger Stimme: »Brennt es … in der … Stadt?«

Kopfschütteln.

»Stehen die Häuser …. der Juden … denn noch?«

Nicken.

»Und es hat wirklich … niemand … überlebt?«

Langsames Kopfschütteln.

»Was … machen … wir … jetzt?«

Konrad legte seinen Kopf schräg, die Frage verstand er nicht.

»Leben wir … so weiter … wie bisher?«

Konrad verstand. Und schüttelte wieder langsam seinen Kopf.

Der Meister ließ sich ins Kissen zurücksinken. »Ich bin … entsetzlich … müde.«

Konrad wollte schon aufstehen, als ihn die Hand des Goldschmieds festhielt. »Ich weiß nicht, … wie es … weitergeht. Ich … ich … will dir … nur sagen, … dass ich … dass ich … dir für deine Treue … und … Ehrlichkeit … danken möchte.«

Er ließ Konrads Hand los und schloss die Augen. Konrad beobachtete, wie sich der Brustkorb kaum merklich hob und senkte und stand dann auf. Er hatte soeben eine Entscheidung getroffen.

Langsam ging Konrad die Treppe hoch in seine Kammer und setzte sich auf sein Bett. Er blickte sich um, sah durch das kleine Fenster ins Freie, verfolgte die Lichtstrahlen, die auf sein schmales Bett, die Truhe, in der er seine Kleidung und den kleinen Beutel mit den Münzen aufbewahrte, fielen. Das Licht fiel auch auf seine Beine, und es war, als ob es ihm sagen wollte: »Komm, los jetzt.«

Konrad stand auf, öffnete die Truhe und suchte nach einem Sack, in den er seine Habseligkeiten stopfen konnte. Es war nicht viel, und bei jedem Stück, das im Sack verschwand, empfand er Erleichterung. Die Kopfschmerzen waren verschwunden.

Sein Entschluss hatte ihm wieder Hoffnung gegeben. Hatte die Erinnerungen an den Horror in eine Bahn gelenkt, die aus Hoffnung bestand. Ihm wurde immer noch übel, wenn er an das Geschehene dachte. An das Blut, die Schreie, das Feuer. Aber die Übelkeit verschwand, als er an das dachte, was er vorhatte.

Zum Schluss sah er sich noch einmal im Raum um und empfand plötzlich ein tiefes Gefühl der Liebe. Oder war es Geborgenheit? Hier war er groß geworden, hier hatte er so viele Träume gehabt. Und einer sollte jetzt wahr werden.

Konrad schulterte seinen Sack und ging die Treppe hinunter. Leise öffnete er die Tür zur Kammer des Goldschmieds, ging zu dessen Bett und betrachtete ihn. Er war nicht mehr sein Meister – der Mann, der da lag und an seinen Wunden litt, war ein Freund geworden. Kein Freund des Verstandes, dafür war der Goldschmied zu alt, aber ein Freund des Herzens. Da gab es keine Unterschiede im Alter, dachte Konrad.

Er strich Thomas von Weimar über die heiße Stirn, malte mit dem Daumen ein winziges Kreuz darauf, lauschte ein letztes Mal dem tiefen Atem und verließ mit einem für ihn bislang völlig unbekannten Gefühl den Raum.

Konrad ging zur Küche. Hier roch es nach Gebratenem, nach Brei, Bier und Wein. Maria war nicht da, die andere Magd schnitt Fleisch, und die Herrin schälte Zwiebeln. Das Leben musste ja irgendwie weitergehen. Die beiden Frauen sahen auf, als Konrad den Raum betrat, die Frau des Meisters putzte sich die Hände an ihrem Gewand ab.

»Hast du dich also doch entschieden, uns zu verlassen? Mein Mann hat es gewusst«, sagte sie. »Er hat es mir gesagt, bevor er dich zu Kalmans Haus geschickt hat.«

Konrad schluckte, damit hatte er nicht gerechnet.

»Weißt du, ich glaube, er hatte dich deswegen losgeschickt. Er wusste, dass du nach dem, was du erlebt hast, in dieser Stadt nicht mehr glücklich werden würdest.«

Konrad verstand nicht.

»Ich weiß, dass er deinen Entschluss gutheißt. Er sagt, dass du raus musst in die Welt, dass du deinen Horizont erweitern musst. Hier wärest du auf Dauer kaum glücklich geworden, nicht nach dem, was geschehen ist.«

Konrad nickte.

»Ich habe hier etwas für dich«, sagte die Herrin und zog einen Beutel aus ihrem Gewand hervor. »Ich denke, du weißt, was drin ist, oder? Es soll dir helfen, ein neues Leben aufzubauen.«

Sie hielt Konrad den Beutel hin. Doch der zögerte.

»Du kannst es nehmen, er hat es mir für dich gegeben.«

Konrad nahm das kleine Bündel, stopfte es in seinen Sack. Er traute sich nicht, hineinzuschauen. Dann verneigte er sich tief, drehte sich um, wischte sich die Tränen aus den Augen und ging durch die Tür in den Innenhof. In diesem Moment war er froh, stumm zu sein, er hätte jetzt nie und nimmer die richtigen Worte gefunden.

Konrad schulterte den Sack und öffnete das Tor. Kurz überlegte er, ob er von Karl und Wieland Abschied nehmen sollte, aber die Antwort war nein. Nur wenn er an Maria dachte, zogen sich Bauch und Herz zusammen. Aber er wollte sie nicht sehen, denn wenn er ihr gegenüberstand, würde er womöglich doch hierbleiben.

Und das wollte er auf keinen Fall.

Er drehte sich nicht mehr um, als er über die Krämerbrücke ging, sich durch die Menschenmassen drängte. Doch dann machte er plötzlich kehrt, der Weg über die Krämerbrücke führte letztendlich nach Osten, da wollte er nicht hin. Er wollte nach Süden, dorthin, wo die Sonne so oft schien und wo es viel wärmer sein sollte als hier. Das hatte ihm sein Meister an den Abenden so oft erzählt, dass es einfach wahr sein musste. Von Süden her kam zwar die Pest, aber das war ihm egal. Schlimmer als einige Menschen hier konnte sie auch nicht sein.

Und als Konrad wieder auf den Benediktsplatz kam, stand sein Entschluss fest. Er klopfte ans Tor des Goldschmieds und nach wenigen Augenblicken wurde es geöffnet. Maria stand vor ihm. Alleine. Und mit einem großen Bündel auf dem Rücken.

»Ich hatte gehofft, dass du zurückkommst und mich holst.«

Buchhinweise

ISBN 978-3-86680-426-5 | 14,90 € [D]

Hessen im Jahre 1461: Der 16-jährige Berthold Graychen aus Dreieich muss hilflos die Verbrennung seines Freundes Franz als Hexer mit ansehen. Als ihn dabei Visionen heimsuchen, die ihn schon seit der Kindheit begleiten, gerät auch er ins Visier des machthungrigen Vogtes Wolfram Etzelroth. Hals über Kopf muss Berthold fliehen. Nur langsam begreift der junge Mann, dass er die Schlüsselrolle in einer politisch hochbrisanten Verschwörung um den Mainzer Bischofstuhl spielt, in die sogar der Papst verwickelt ist.

Buchhinweise

ISBN 978-3-86680-677-1 | 12,00 € [D]

Fünf Menschen. Grimhild, die aus Liebe eine Katastrophe heraufbeschwört. Sigfrid, der plötzlich versteht, als es zu spät ist. Hagen, dessen eiserne Selbstbeherrschung von einem Lächeln bis auf den Grund zerschlagen wird. Brünhild, die ihre Seele verschenkt und der Macht gebrochener Versprechen erliegt. Gunter, der zum ersten Mal etwas für sich will und sich nicht damit abfinden kann, dass es unerreichbar sein soll.

Gunnar Kunz hat die Geschichte entstaubt und in einen historischen Roman verwandelt.

WWW.HISTO-COUCH.DE

Buchhinweise

ISBN 978-3-86680-082-3 | 12,90 € [D]

Pfingsten 1184: Von seiner Burg bei Trechtingshausen am Mittelrhein zieht der junge Ritter Wolfram von Rheinbod nach Mainz, wo Kaiser Friedrich Barbarossa auf der Maaraue seinen Hoftag abhält. Das glanzvolle Ritterfest wird zu einem schicksalhaften Ereignis für Wolfram: Er rettet das Leben von König Heinrich, einem der Söhne Barbarossas. Zum Dank nimmt der Stauferkaiser den jungen Ritter in sein Gefolge auf.

Auf über 300 Seiten erlebt der Leser eine spannende, aufschlussreiche Reise in die Geschichtswelt.

Book Lounge (Blog)

SUTTON VERLAG

Weitere Krimis und Romane finden Sie unter:
www.sutton-belletristik.de